grafit

Weitere Hellweg-Anthologien:
Mord am Hellweg I, ISBN 978-3-89425-271-7
Mehr Morde am Hellweg, ISBN 978-3-89425-294-6
Mord am Hellweg III, ISBN 978-3-89425-325-7
Mord am Hellweg IV, ISBN 978-3-89425-352-3
Mords.Metropole.Ruhr. Mord am Hellweg V, ISBN 978-3-89425-377-6
Kalendarium des Todes, Mord am Hellweg VI, ISBN 978-3-89425-409-4

Chemnitzer Str. 31, 44139 Dortmund
Internet: http://www.grafit.de
E-Mail: info@grafit.de

Umschlaggestaltung: Johannes Sich, www.jojosich.de
Druck und Bindearbeiten: CPI – Clausen & Bosse, Leck
ISBN 978-3-89425-448-3
1. 2. 3. / 2016 15 14

»Wenn Deutschland das Bordell Europas ist, dann ist der Hellweg die Puffmutter und der Zuhälter in einem.«

aus: *Ahlener Feuchtgebiete* von Osman Engin

»Danny, mein Lieber, es gibt nichts Ehrlicheres in dieser verlogenen Latte-macchiato-Callcenter-Welt als einen anständigen Blowjob.«

aus: *Dirty Heaven Hamm* von Nina George

Inhalt

Immer nur das Eine?

Willkommen in der Sexy.Hölle.Hellweg

Eine mörderische Hölle ist der Hellweg schon immer gewesen. Kein Wunder, denn die alte Heer- und Handelsstraße zwischen Dortmund, Unna und Soest heißt nach der germanischen Göttin Hel immer schon Todes- oder Höllenweg. Spätestens seit 2002, als der erste Krimiband zum Festival *Mord am Hellweg* erschien, pflastern Leichen diesen Weg. Verantwortlich dafür sind über hundertvierzig Krimistars, die für die sieben Anthologien bisher geschrieben haben, darunter internationale Größen wie Jussi Adler-Olsen, Peter James, Petros Markaris, Maj Sjöwall, Taavi Soininvaara oder Helene Tursten. Und natürlich die erste Garde des deutschen Krimis: Friedrich Ani, Jacques Berndorf, Oliver Bottini, Doris Gercke, Bernhard Jaumann, Volker Kutscher oder Jan Costin Wagner. »Ich bin froh, einen Beitrag für die renommierte *Mord-am-Hellweg*-Anthologie beigesteuert zu haben«, sagte der deutsche Thrillerkönig Sebastian Fitzek und kein Geringerer als Jussi Adler-Olsen schrieb: »Warum New York, wenn es das auch in Lünen gab?«

Doch Mord und Totschlag, wenn auch nur fiktiv, reichen diesen kriminellen Experten nicht. In diesem Jahr mutiert die Region zur *Sexy.Hölle.Hellweg.* Einundzwanzig renommierte KrimiautorInnen beweisen mit ihren Storys, dass die Städte und Gemeinden entlang des Hellwegs alles sind – außer brav. Was in den Geschichten vom Strich, aus Bordellen, Ehebetten, von Hotels oder Lasterhöhlen erzählt wird, ist verrucht und mörderisch zugleich, mal zum Schreien komisch, mal todtraurig, mal hard-boiled oder höchst erotisch – die Bandbreite ist beeindruckend!

Lucie Flebbe, Nina George, Andreas Gruber, Tatjana Kruse, Volker Kutscher, die Krimi-Cops, Ingrid Noll, Arno Strobel, Gabriella Wollenhaupt und viele andere renommierte KrimiautorInnen griffen 2014 für Europas größtes Krimifestival exklusiv zur Feder. Entstanden sind Kurzkrimis wie *Heiß, heißer, Bönen, Süße Sünde Soest, Wild Wild Wickede, Shades of Kamen, Gelsenkirchener Romanze*, aber auch *Das Fröndenberger Kettenschmiedemassaker* oder die *Ahlener Feuchtgebiete.* Stets geht es um *Immer nur das Eine*, wie Ralf Kramp seine Geschichte genannt hat, mit der er seine LeserInnen auf eine sexy Bustour durch den Kreis Unna schickt.

Sexy.Hölle.Hellweg – der Titel ist Programm! Beobachten Sie den speziellen Nahverkehr – sorry für den Kalauer –, den Tatjana Kruse in den Zügen der Hellweg-Bahn ausgemacht hat. Ingrid Nolls *Unhold von Unna* liefert den Blümchensex zum Crime, ist aber von einer dezenten Abgründigkeit, die einen schauern lässt. Martin Calsow bietet mit seiner Provinzstudie über *Fleisch und Lust in Oelde* einen tiefen Einblick in die verborgenen Fantasien der Westfalen. Wer es gern modern mag, kann sich an einer verspielten Version von Brad und Janets Hochzeitsnacht aus der *Rocky Horror Picture Show* amüsieren, die Sandra Lüpkes als bizarre Show in der Schwerter *Rohrmeisterei* inszeniert.

Die umfangreichen Recherchen, die zahlreichen Lokaltermine, die Arbeit an den Texten, die Gestaltung des Buches, so sehr sich da erschreckende Abgründe auftaten, sie waren eine spannende, (ja, wir wagen es zu sagen) eine erregende (!) Arbeit – alles natürlich nur zu Ihrem Vergnügen. Also treten Sie näher, wenn Sie sich trauen, erleben Sie die Sexy.Hölle.Hellweg!

H. P. Karr, Herbert Knorr und Sigrun Krauß
nach Diktat verschollen

Ingrid Noll

Der Unhold von Unna

Wenn man mir vorwirft, ein Psychopath zu sein und an einem Mangel an Empathie zu leiden, dann lächle ich nur amüsiert und sage: »Sehr witzig!«

Denn einmal im Leben habe ich ja geliebt, und genau das führte zur Katastrophe.

Im Volksmund zitiert man ja gern Klischees – Verbrecher sollen zum Beispiel häufig an den Tatort zurückkehren. Mein Verhalten zeigt eher, dass sie besser beraten sind, wenn sie das Gegenteil tun. Dass ich Dortmund verließ, hatte seine Gründe, auf die ich hier nicht näher eingehen möchte. Sagen wir, dass es mir zu eng geworden war zwischen Phoenixsee und Reinoldiplatz. Die Abschaffung des Straßenstrichs tat ein Übriges dazu, dass ich mir einen neuen Lebens- und Wirkungsort suchte.

Unna erschien mir als eine gute Wahl – nicht zu nah an meinem letzten Tatort, aber auch in ausreichender Entfernung, um nicht unmittelbar ins Visier polizeilichen Interesses zu geraten.

Mit meiner Ausbildung bekam ich leicht eine Stelle im Bereich Restmüllbehältervolumenminderung bei den Stadtbetrieben und fand eine schiefe, viel zu teure Wohnung in einem Fachwerkhaus des Nicolaiviertels. Dort lebte ich unauffällig und von meinen Nachbarn durchaus respektiert. Erst einige Jahre nach meinem Umzug habe ich zwei miteinander befreundete Flittchen liquidieren müssen, um die es nicht weiter schade war. Beide besserten sich ihr Taschengeld mit gelegentlicher Prostitution auf. Die Erste hatte sich mir gegenüber frech und aufsässig benommen, ja mich mehrfach lächerlich gemacht. Derartige Kränkungen kann ich nun einmal nicht ertragen. Die Zweite war mir kurz darauf auf die Schliche gekommen und versuchte, mich zu erpressen.

Aufgrund meiner Kenntnisse in der Restmüllbeseitigung kannte ich die Probleme bei der Entsorgung eines ausgewachsenen Menschen. Deswegen schritt ich in beiden Fällen im Freien zur Tat, im Stadtgarten am Ostring. Dem Kalender und dem Wetterbericht konnte ich entnehmen, wann Neumond war und es nasskalt sein würde. In solch ungemütlichen Nächten trieben sich nicht einmal mehr die Trinker im Stadtgarten herum, obwohl sie von der Polizei beim Fund der Leiche zuerst ins Visier genommen wurden. Ich hatte alles perfekt geplant, trug Einweghandschuhe und hinterließ zur Irreführung leere Schnapsflaschen mit fremder DNA, die ich aus einem Altglascontainer gefischt hatte. Es war nicht sonderlich schwer, die beiden Schnepfen in den finsteren Park zu locken, ich brauchte nur mit einer geheimnisvollen Offerte an ihre Geldgier zu appellieren und sie wären mir in die Hölle gefolgt. Meine Wortwahl ist durchaus kein Zufall, denn der Hellweg ist ja bekanntlich ein Weg zur Hölle. Es klappte bei beiden Damen alles wie geschmiert, ich vergaß hinterher auch nie, mein blutiges Messer in Alufolie einzuschlagen. Falls es unfreiwillige Zeugen gegeben hätte, wäre es dann eben zu einem Kollateralschaden gekommen.

Nach dem Fund der zweiten Leiche las ich in der *WAZ: Der Schlächter von Unna hat wieder zugeschlagen*. In anderen Zeitungen war von einem Monster, einer Bestie, einem Teufel oder Unmenschen die Rede, Begriffe, die auf mich wahrhaftig nicht zutreffen. Die Ängste der Frauen, die sich nachts nicht mehr auf die Straße trauten, wurden von einer Boulevardzeitung kräftig geschürt. Da titelte doch einer der

Schreiberlinge: *Er schleicht durchs Gebüsch, er ist schon ganz nah – der Unhold von Unna ist wieder da!*

Die allgemeine Aufmerksamkeit schmeichelte mir durchaus, denn man hatte es mir nicht an der Wiege gesungen, dass ich einmal so berühmt würde. Die Wortwahl hingegen irritierte mich. Ich und ein Unhold! War mein dickbäuchiger, raffsüchtiger Vermieter vielleicht ein Hold? Die Zeitungsfritzen schrieben hier doch über Dinge, von denen sie so viel verstanden wie ein Kalb von der Milchstraße.

Hin und wieder fragten mich Kollegen bei den Stadtbetrieben, warum ich mit fast vierzig Jahren noch nicht verheiratet war. Den Ratschlag meines Vaters, an den ich mich gehalten hatte, zitierte ich lieber nicht: »Junge, mach nicht den gleichen Fehler wie ich! Man sollte keine Kuh kaufen, wenn man bloß ein Glas Milch trinken will!« Ich habe seinen etwas altmodischen Spruch inzwischen für mich etwas modernisiert und sage: »Wenn man eine Steckdose sucht, muss man sich nicht gleich ein Haus bauen.«

Mein Vater ist mir immer ein Vorbild gewesen. Auch wenn er mich manchmal zur Gaudi meiner gehässigen Mutter versohlte, glaube ich nach wie vor, dass es zu meinem Besten geschah. Schließlich habe ich sowohl das Abitur bestanden als auch die Ausbildung zum Verwaltungsfachangestellten in der Entsorgungswirtschaft. Man schickte mich sogar für ein halbes Jahr in Unnas Partnerstadt Palaiseau, wo ich leidlich Französisch gelernt habe.

Auf die indiskreten Fragen meiner Kollegen habe ich stets ausweichend geantwortet: Die Richtige sei mir noch nicht über den Weg gelaufen. Was ja auch stimmte, denn alle bisherigen Versuche waren Missgriffe gewesen. Die es verdient hatten, dass man sie aus dem Weg räumte.

Als ich Mona kennenlernte, war auf einmal alles anders. Sie war keine dumme Kuh wie meine Mutter, keine Nutte wie meine Bekanntschaften aus der Dortmunder Linienstraße, sondern eine selbstbewusste Abiturientin, die sich etwas Geld als Aushilfe im *café im zib* verdiente. Außer mir verbrachten dort noch einige andere aus unseren Büros ihre Mittagspause.

Natürlich interessierten sich auch meine Kollegen für die hübsche Neue, was sie umso begehrenswerter für mich machte. Mit ihr konnte ich mir zum ersten Mal eine Partnerschaft vorstellen. Ja, ich gebe es zu, ich wollte sie haben, und zwar mit Haut und Haaren.

Mona sah so aus, wie ich mir ein modernes Schneewittchen vorstellte: schwarze Locken, heller Teint, unglaublich blaue Augen. Sie betonte ihren Typ durch weißes Make-up, schwarz lackierte Fingernägel, Piercings in Nase und Mundwinkel und durch ein paar tätowierte Rosen, die sich aus dem Ausschnitt rankten. Mit dem Körperschmuck konnte ich nicht viel anfangen, aber es gefiel mir ungemein, dass sie stets hohe Lackstiefel und enge schwarze Lederhosen trug. Ein bisschen erinnerte ihr Auftritt an die Mode der *Gothics*, belehrte mich Frau Hartmann, eine klatschsüchtige, bestimmt auch neidische Kollegin.

Ignoranten sagen mir zwar einen Mangel an Humor nach, aber Mona fand es drollig, als ich sie mit *Blanche-Neige* ansprach.

»Wahnsinn! Du scheinst dich von meinen bisherigen Fans absetzen zu wollen«, sagte sie. »Denen fällt nichts anderes ein, als mich ›Mona Lisa‹ oder ›Desde-Mona‹ zu nennen!«

Endlich lernte ich eine Frau kennen, die eine Antenne für meinen hohen Bildungsgrad und meinen Charme hatte. Mehr als einmal stellte ich mir vor, wie ich Mona auf mein Sofa betten und ihr langsam die hohen Stiefel und dann alles andere ausziehen würde. Leider blieb es nur bei sexuellen Fantasien, denn es fiel mir seltsamerweise schwer, ihr meine Gefühle anzudeuten. Doch ich wusste durchaus, dass ich mich beeilen musste, denn die Konkurrenz schlief nicht.

Schnell hatte ich in Erfahrung gebracht, wann sich Mona mit Gleichgesinnten vorm *zib* zum Rauchen traf. Obwohl ich den Qualm verabscheute, hatte ich Zigaretten gekauft und konnte so tun, als ob ich zufällig auch eine mittägliche Pause einlegen wollte. Beim zweiten Treffen zeigte sie sich erfreut, weil ich dieselbe Marke rauchte wie sie selbst. Es war allerdings kein Zufall, dass sie ihre eigenen Sargnägel nicht in ihrem Täschchen fand.

Fünf Raucher standen qualmend – und ich hüstelnd – im Kreis herum, als einer der Kollegen Mona anzüglich beäugte und bemerkte, er habe sie schon mehrmals auf dem Westfriedhof gesichtet. Ob sie vielleicht eine Liaison mit einem Vampir habe?

»Bist du endlich auch mal aus deiner Gruft gekrochen, Dracula?«, antwortete sie schlagfertig. »Eigentlich bist du doch in deiner miefigen Kammer am besten aufgehoben!«

Diesen Typen hatte sie bereits dreimal abblitzen lassen, ich witterte meine Chance. Schon mehrmals hatte Mona betont, dass sie sich am liebsten an der frischen Luft bewegte, also verabredeten wir uns zu einem Spaziergang. Natürlich achtete ich darauf, dass keiner meiner Rivalen von unserem Rendezvous etwas mitbekam.

Am Nachmittag stahl sich Frau Hartmann, die ebenfalls zur Rauchergruppe gehörte, in mein Zimmer. Nachdem sie ausführlich über andere gelästert hatte, meinte sie: »Ich mag es nicht, wenn man den Westfriedhof in Verbindung mit Vampiren erwähnt. Ich mag diesen Ort, nirgendwo sonst kann man mitten in Unna so beschauliche Spaziergänge machen. Das hat ja wohl selbst eure kesse Mona kapiert. Im

Übrigen traue ich ihr nicht über den Weg. Haben Sie schon bemerkt, dass alle Männer hinter ihr her sind? Und dieses kleine Aas lässt sich den Hof machen, als ob sie eine Prinzessin sei!«

»Das ist sie bestimmt nicht«, behauptete ich, obwohl ich vom Gegenteil überzeugt war. Dann goss ich uns ein Gläschen Hertingpörter ein und die Welt war für Frau Hartmann wieder in Ordnung.

Ich bin ein Stadtmensch und kein Naturbursche, trotzdem lief ich schon ein paar Tage vor unserem Treffen kreuz und quer über den Westfriedhof, um das Terrain zu erkunden. Leider wurde das Tor bei Anbruch der Dunkelheit abgeschlossen, sodass eine romantische Mondscheinbegegnung nicht infrage kam. Die ungewohnte Umgebung irritierte mich ein wenig. Eichhörnchen huschten durch die Bäume, Vögel zwitscherten. Zwischen Farn und Gebüsch verbargen sich verwitterte Gräber und mit Moos, Flechten und Efeu überwucherte Stelen. Überall Verfall – gestürzte Kapitelle, verrostete Geländer, Grünspan an den Lanzenbekrönungen, umgefallene Kreuze. Beim Anblick eines trauernden Engels, der einen toten Jungen in den Armen hielt, dachte ich sofort an all jene, für die ich den Engel gespielt hatte. Sicherlich war es jedes Mal die richtige Entscheidung gewesen.

Seit 1980 wurden hier keine Toten mehr begraben, laut zahlreicher Inschriften ruhten sie in Gott. Auf den Grabsteinen entdeckte ich in Stein gehauene Anker, Schlangen und sogar inmitten eines Blätterkranzes einen kleinen Schmetterling, Symbol der Auferstehung. An was für Ammenmärchen die Leute wohl immer noch glaubten!

Bei meinem Streifzug war ich nicht der Einzige auf dem Friedhof, obwohl es ein trüber Tag war. Rentner drehten ihre Runden, Hunde und Kleinkinder wurden ausgeführt und ein schrecklicher Laubbläser verursachte Lärm. Von Einsamkeit konnte nicht die Rede sein.

Als ich meinen Friedhofsbummel beendete, war mir klar: Falls unsere Beziehung leider nicht so harmonisch verlaufen würde, wie ich es erhoffte, dann sollte Mona nicht wie ihre Vorgängerinnen im Stadtgarten gefunden werden, sondern hier; einer so schönen jungen Frau war man schließlich etwas schuldig. Ich würde sie vor dem steinernen Engel ablegen, vielleicht mit einem Ilexzweig auf der Brust. Je länger ich darüber nachdachte, desto anmutiger stellte ich mir dieses Stillleben vor, viel schöner noch als Schneewittchens gläsernen Sarg. Und ich ging sogar noch weiter in meinen Gedankenspielen, sah mich schließlich selbst als Toten, aufgefangen in den Armen eines Engels – ich, der überzeugte Atheist! Eine Vorstellung, für die Kitsch noch eine Beschönigung ist, die mich aber trotzdem zutiefst rührte. Schluss jetzt, befahl ich mir, was soll das! Ich werde sie kriegen, mit Haut und Haaren.

Als wir uns dann am Samstagnachmittag beim *zib* – dem Zentrum für Information und Bildung am Lindenplatz – trafen, traf mich allerdings eher der Schlag. Mona trug weder Lederhosen noch Stiefel, sondern einen spießigen Jogginganzug und giftgelbe Laufschuhe. Es hatte den ganzen Tag genieselt, die Straßen waren schmutzig, ich hätte meine teuren Budapester weder polieren noch anziehen sollen. Vom *zib* war es nicht weit zum Friedhof, der bei diesem Schmuddelwetter allerdings ein tristes Ziel war.

»Ja, was dachtest du denn?«, sagte sie, als sie meinen enttäuschten Blick registrierte. »Wir sind doch nicht zum Windowshopping hier!« Und schon setzte sie sich in Bewegung und ich musste ihr wohl oder übel nachhetzen. Schon öfters hatte ich erwogen, mich in einem Fitnessstudio anzumelden, doch es war leider bei diesen Überlegungen geblieben – jetzt rächte es sich. Mit bedrohlichem Herzrasen und hechelnd wie ein alter Jagdhund stolperte ich keine zehn Minuten später über eine Wurzel, glitt aus und rutschte der Länge nach in den Matsch. Mein edler dunkelgrauer Tuchmantel war ruiniert.

Mona hatte meinen Klagelaut gehört, machte kehrt und sah mich wie einen gestrandeten Käfer auf dem morastigen Untergrund herumzappeln. Statt mir aber die Hand zu reichen, brach sie in ein diabolisches Lachen aus, das wie das gemeine Keckern einer Hyäne klang.

Ich geriet in grenzenlose Wut und brüllte: »Dein Glück, dass ich kein Messer dabeihabe!«

Eine alte Frau, die zufällig vorbeikam, half mir hoch und reichte mir mitfühlend eine Packung Papiertaschentücher.

Anscheinend schämte sich Mona nun doch ein wenig. Sie begleitete mich zum Auto und schien zu überlegen, wie sich ihr schadenfrohes Gelächter wiedergutmachen ließe. »Ich fahr dich nach Hause und wenn du dich umgezogen hast, könnten wir ja im *Morgentor* etwas essen, okay?«

Ich knurrte nur, aber es war mir recht. Bisher hatte mich noch nie eine Frau zum Essen eingeladen.

Um sieben hatte es schon wieder angefangen zu regnen, aber im gut geheizten *Morgentor* saß man gemütlich. Das Lammkarree mit Rosmarinkartoffeln schmeckte vorzüglich, der Rotwein ebenso. Im Schein der Kerzen sah Mona verführerisch und wunderschön aus. Zu meiner Freude hatte sie sich auch umgezogen und trug jetzt eine enge schwarze Lodenjacke mit aufgestickten Flammen.

Schade, dass der Friedhof inzwischen abgeschlossen und es keine laue Sommernacht sei, bemerkte ich und prostete ihr zu, sonst hätten wir später noch eine romantische Runde drehen können.

»Als Teenager war ich oft in Unna zu Besuch«, erzählte meine Blanche-Neige. »In den Sommerferien haben meine Cousine und ich manchmal gekifft, uns als Flattergeister verkleidet und die Patienten im *Katharinen-Hospital* mit unserem Eulenschrei erschreckt. Das liegt ja direkt am Westfriedhof und die guckten dann aus dem Fenster auf die alten Gräber und machten sich wegen uns bestimmt ins Nachthemd. Beim Parkplatz kann man übrigens mühelos über den Zaun klettern. Aber seit dieser Unhold hier in Unna sein Unwesen treibt, sind uns solche Streiche zu gefährlich. Meine Cousine kannte übrigens eines der Mädchen, die der Schweinehund ermordet hat.«

»Welche denn?«, fragte ich. »Annika oder Tessi?«

»Die Tessi«, sagte sie, stutzte und hakte nach: »Woher kennst du überhaupt ihre Namen?«

»Das stand doch in allen Zeitungen«, log ich und sie gab sich zufrieden.

Leider trank ich mehr, als mir guttat. Auch Mona ließ sich nicht lumpen, für ihre zierliche Erscheinung vertrug sie erstaunlich viel. Aufgekratzt erzählte sie, wie das alles mit ihrem Cousin angefangen habe, einem *Schwarzfahrer.* Das seien Leute, die am Wochenende gern mit einem ausrangierten Leichenwagen herumkurvten und dabei Gothic Rock hörten.

Als wir schließlich aufbrachen, hatte der Regen aufgehört und es schimmerte ein fahler Vollmond. Angeregt durch das magische Licht, wollte mir Mona unbedingt noch zeigen, wo man über den Zaun des Friedhofs steigen konnte. Darauf hätte ich mich natürlich nicht einlassen sollen, aber zu diesem Zeitpunkt wäre ich ihr auch bis in die Hölle gefolgt.

Es war spürbar kälter geworden, auf den Frontscheiben

der Autos zeigte sich eine dünne Eisschicht. Um warm zu bleiben, hakte sich Mona bei mir unter und ergriff dabei ganz selbstverständlich meine linke Hand, die rechte vergrub ich in der tiefen Tasche meines uralten Dufflecoats und berührte zu meiner eigenen Verwunderung einen in Alufolie eingewickelten Gegenstand. Es war mein Messer, das ich nach dem letzten Gebrauch eingesteckt und fast vergessen hatte. Ich musste lächeln, denn ein Gefühl des Triumphs, ja, der Allmacht überwältigte mich. Trotzdem wusste ich genau, dass ich Mona niemals ein Härchen krümmen könnte.

Es fühlte sich ein wenig fremd an, ihr zutrauliches Pfötchen mit schwarzen Krallen in meiner Linken zu spüren. Mit Sex hatte das wenig zu tun. Nervös und fast zwanghaft knibbelte meine rechte Hand an der Alufolie herum, in die ich das Messer damals gewickelt hatte. Bald hatte ich die Silberfolie zerpflückt und der Stahlgriff erwärmte sich in meiner Hand.

Vom Krankenhaus gab es einen direkten Zugang zum Friedhof, um den Patienten einen Spaziergang zu ermöglichen. Auch hier wurde das Tor zum Friedhof nachts verschlossen. Doch Mona fackelte nicht lange, hielt sich am Geländer fest, schwang sich erst mit einem Bein auf den Pfosten, dann mit einer Flanke über den Zaun. Sie landete elegant auf der anderen Seite und zischte mir ein wenig schnippisch zu: »Nun bist du dran!«

Ich zögerte. Womöglich würde ich schon wieder unsanft auf die Schnauze fallen! Trotzdem machte ich einen zaghaften Versuch, brach aber auf halber Strecke wieder ab. Ich kam mir vor wie als Achtjähriger, als ich nicht vom Einmeterbrett springen mochte und die anderen Kinder mich auslachten.

»Angsthase, Pfeffernase! Wadenbeißer, Hosenscheißer!«, sang Mona. Mich packte eiskalte Wut. Beim nächsten vergeblichen Ansatz hörte ich wieder das Keckern der Hyäne, das mich an meine verhasste Mutter erinnerte und fast rasend machte. Mit dem Mut der Verzweiflung zog ich mich endlich über den Zaun und landete zum zweiten Mal an diesem Tag im Dreck. Das infame Keckern schwoll zu voller Lautstärke an.

Als ich aufstehen wollte, versagte mein linkes Bein. Überdies spürte ich einen stechenden Schmerz, presste die Hand gegen den Leib und ertastete eine warme Quelle. Nach einer Schrecksekunde begriff ich, dass ich in mein eigenes Messer gestürzt war.

Es dauerte eine Weile, bis auch Mona den Ernst der Lage erfasste und per Handy den Notruf wählte. Da sie sich noch gut an die Maßnahmen der Ersten Hilfe erinnerte, gelang es ihr sogar, die Blutung zu stoppen. Damit hat sie mir damals zwar das Leben gerettet, es mir aber auch für viele Jahre versaut. Als der Krankenwagen eintraf, vergingen noch weitere Minuten, bis man das Friedhofstor geöffnet hatte und die Sanitäter mich endlich stabilisieren, verfrachten und versorgen konnten. Damals wollte ich am liebsten sterben, denn ich ahnte das Ende meines freien Lebens und den Beginn der Hölle.

Durch das Messer wurde ich überführt. Obwohl ich es ja jedes Mal abgewischt hatte, fanden sich trotzdem noch DNA-Spuren. Mona sagte im Prozess gegen mich aus; sie war wohl der festen Meinung, dass ich nur ihretwegen eine Waffe eingesteckt hatte. Schließlich ergab ich mich in mein Schicksal und gestand beide Taten, um endlich zur Ruhe zu kommen. Nur über das Schicksal des schwarzen Bastards in Dortmund habe ich bis heute geschwiegen.

Lebenslänglich wegen besonderer Schwere der Schuld, so lautete das ungerechte Urteil.

Jetzt sitze ich in der Justizvollzugsanstalt Schwerte und

muss an sinnlosen Therapien für Gewalt- und Sexualstraftäter teilnehmen. Manchmal besucht mich auch der Gefängnispfaffe, redet von Sünde, labert mich voll und will mich bekehren, aber da beißt er auf Granit. Aus der Anstaltsbibliothek schleppte er doch tatsächlich noch *Schuld und Sühne* von Dostojewski herbei und bildete sich ein, ich würde diesen Schinken lesen. Von den Begriffen Sünde oder Schuld halte ich ja sowieso nichts, vom Sinn der Sühne erst recht nicht.

In meiner Freizeit nehme ich zähneknirschend an einem Töpferkurs teil und habe schon zwei hässliche Katzen modelliert. Und wenn ich wieder einmal einsam und allein in meiner Zelle liege und nicht einschlafen kann, beschäftige ich mich auch damit, Limericks über das verfluchte Unna auszutüfteln.

Es geschah vor Jahren in Unna,
und ist traurig, aber nicht unwahr.
Ein Unhold liebte Schneewittchen,
doch das war leider ein Flittchen
und trieb es mit Typen aus Poona.

Ralf Kramp

Immer nur das Eine – von Cappenberg nach Opherdicke

Es sind immerhin vier Beamte, die ihn zu den Einsatzfahrzeugen zerren. Er wehrt sich mit Händen und Füßen und brüllt wie am Spieß. »*Papierschiffchen! Zahngold! Mottenkugeln!* Ich kann an tausend verschiedene Sachen denken, hört ihr!«

Sie versuchen, ihn in einen Wagen zu verfrachten. Immer wieder reckt er den Kopf in die Höhe und schreit unentwegt. »Eine Million Dinge! Ich habe Milliarden von Gedanken in meinem Kopf, wirklich! Ich kann an *binomische Formeln* denken und an *Daktari!* An *braunen, süßen, klebrigen Hustensirup! Hundekuchen!* An *runde, mit Loch,* und an die *kleinen, eckigen Bröckchen! An den Tag, an dem Papst Johannes XXIII gestorben ist!* Es geht! Es geht wirklich!«

Schließlich wird die Tür zugeschlagen und das Motorengeräusch überlagert den letzten Rest seiner Stimme.

»Du denkst immer nur an das Eine«, sagte Kirsten und meinte es auch so. Was für andere Menschen eine dahingeworfene Floskel, eine leere Worthülse war, stellte für sie tatsächlich eine ernst gemeinte, unumstößliche Wahrheit dar. Sie glaubte wirklich, er sei sexuell überstimuliert, er stehe ständig unter Strom, weil seine Gedanken angeblich immer nur um ein und dasselbe Thema kreisten. Dass ihr das möglicherweise nur so vorkam, weil sie selbst ständig mit anderen Dingen beschäftigt war und während ihrer bis jetzt achtmonatigen Beziehung bislang noch nie die sexuelle Initiative ergriffen hatte, weil Erotik bei ihr stets auf dem letzten

Tabellenplatz rangierte, daran dachte Kirsten wohl kaum. Weil Fleischeslust nun mal einfach nicht ihr Thema war.

Karsten vermutete, dass Kirsten so etwas war wie frigide, aber das gestand er sich nicht ein. Er liebte seine Freundin so, wie sie war. Kirsten und Karsten, sie waren ein Traumpaar, sie würden in drei Wochen heiraten und dieses Glück wollte er nicht durch unnötige Diskussionen aufs Spiel setzen. Oder durch schmutzige Gedanken. Es konnte ja nicht so schwer sein, einfach mal ein paar Tage nicht an Sex zu denken.

Dachte er.

Und Kirsten dachte das auch: »Es kann ja wohl nicht so schwer sein, mal einfach ein paar Tage nicht an Sex zu denken!«, hatte sie verächtlich gesagt.

Aus dieser Erwägung heraus war ein Versprechen entstanden. Karsten würde bis zu ihrer Hochzeit nicht mehr an Sex denken. In den Zeiten, in denen er im Materiallager einer Rohrleitungsbaufirma arbeitete, war er nicht gefährdet, da war er beschäftigt und keinerlei weiblichen Reizen ausgesetzt. Frau Köndgen aus der Registratur verfügte jedenfalls nicht darüber. Nein, die Freizeit war es, die sich als bisher vermintes Gelände herausgestellt hatte, durch das Kirsten ihn mit weiblicher Sensibilität zu leiten versprochen hatte.

Nicht dass sie sich extra zu diesem Zweck besonders hochgeschlossen und unzugänglich gekleidet hätte, das tat sie ohnehin immer. Vielmehr hatte Kirsten ein Programm für ihn aufgestellt, das es in sich hatte. Natur, Kultur, Sport lautete das Motto. Also erkundeten sie an den Sonntagen Gebiete rund um Unna, die ihnen völlig fremd waren. Sie absolvierten Tagesmärsche mit an sich unnötigem, aber durchaus zweckmäßigem Gepäck. Und sie lernten eine Konzertlandschaft und einen musealen Reichtum der Region am Hellweg kennen, die dem Rohrleitungsbauer Karsten vermutlich für immer verborgen geblieben wären. Theater, Ausdruckstanz, Blockflötenkonzert, Autorenlesung, Bergwerksbesichtigung … Karsten stand die Kultur, wenn er ehrlich war, bis zur Oberkante Unterlippe.

Jetzt waren es noch zwei Tage!

Wirklich nur noch zwei lächerliche Tage und die wären schneller vorbei, als er sich's versah, so prall, wie sie mit keuscher Aktivität und sittsamer Aktion gefüllt waren.

Am Morgen, als er wach geworden war, hatte er sich erst einen Moment lang besinnen müssen, was heute auf dem Keuschheitskalender stand.

»Volkshochschule. Die Ausstellungstour«, hatte Kirsten gesagt und mit den Augen gerollt. »Hatten wir doch so geplant.«

Ja, hatte sie.

»Natürlich, natürlich.« Ein Blick auf die Uhr sagte ihm, dass es höchste Zeit war. Er hegte den Verdacht, dass sie ihn in den letzten Tagen extra lange schlafen ließ, damit er ihr morgens nicht mehr im Badezimmer begegnete. Irgendwie war es wirklich rührend, wie ernsthaft und überlegt sie ihn vor jeder Versuchung zu bewahren versuchte.

Wie etwa mit der Ausstellungstour, einer Busfahrt nach Schloss Cappenberg und Haus Opherdicke, organisiert von der VHS Unna-Holzwickede-Fröndenberg. Alles in allem eine Unternehmung, bei der nicht die allergeringste Gefahr bestand, dass seine Gedanken dabei auf sündige Seitenwege geraten könnten.

Auf dem Parkplatz vor dem in moderner Schlichtheit erstrahlenden Kreishaus hatte sich eine kleine, kulturinteressierte Gruppe versammelt, deren Zusammensetzung ebenfalls eine hundertprozentige Garantie für die völlige Abwesenheit etwaiger erotischer Irritationen und hormoneller Herausforderungen darstellte. Zwei Drittel Rentner, der Rest bestand aus drei pickligen Studenten und zwei jungen Müttern mit quengeligen Babys. Das sah gut aus.

Undeutlich nahm er am Rande des Parkplatzes eine Plakatwand wahr und im selben Bruchteil der Sekunde, in der er etwas Hautfarbenes darauf zu erkennen glaubte, drehte sich sein Kopf auch schon ganz automatisch um hundertachtzig Grad zur Seite. Zack! Nackte Haut in der Werbung bedeutete Gefahr. Das hatte er längst im Griff. Da war er mittlerweile hervorragend konditioniert. Auch wenn möglicherweise nur Putenschenkel, *extra fleischig*, offeriert wurden.

Schnell an was anderes denken: *Räucherstäbchen, Ohrenkneifer, gebrannte Mandeln, Tintenkiller …*

Die Frau von der Volkshochschule war eine Hosenanzugträgerin unbestimmten Alters, mit kleinen, graublonden Löckchen, einer Nickelbrille und einem Hauch von Damenbart. Sie trug einen langen Doppelnamen, den sich Karsten nicht einmal hätte merken können, wenn er es gewollt hätte.

Der Busfahrer war ein kleiner, rundlicher Kerl mit grauem Schnurrbart, der sich launig mit »Hereinspaziert, ich bin der Gisbert« vorstellte. Beim Einsteigen half Karsten zuerst den Müttern mit ihren Kinderwagen und dann einem einbeinigen Rentner mit seiner Gehhilfe. Fahrer Gisbert schwenkte derweil den letzten Schluck Kaffee im Becher seiner Thermoskanne und schüttete ihn aus dem Seitenfenster. Dann ließ er die Finger knacken und startete den Bus.

»Viel Spaß, Schatz«, sagte Kirsten und drückte ihrem künftigen Ehemann einen Kuss auf die Wange.

Der einbeinige Opa rechts von ihm beobachtete das, reckte aufmunternd den Daumen nach oben und grinste verschwörerisch.

Kirsten hatte darauf bestanden, ganz vorne zu sitzen, um die Fahrt in ihrer ganzen Schönheit genießen zu können.

Mit einem Ruck setzte sich der Bus in Bewegung und rollte durch Königsborn stadtauswärts. Gisbert drehte WDR4 an und zu den Klängen von *Hallo, NRW!* gaben die beiden Babys auf den Sitzen hinter Karsten gut gelaunte Quieklaute von sich. Die Mütter schnatterten über das Fernsehprogramm vom vergangenen Abend. Von rechts kamen der rasselnde Atem des Opas und das Pochen seiner Gehhilfe, mit der er den Takt zu Helene Fischer klopfte: »Atemlos durch die Nacht …« Die Sonne ließ die weißen Frisuren der beiden Omas auf den Sitzen vor Karsten und Kirsten aufleuchten. Es versprach ein entspannter Tag zu werden.

Die Hosenanzugfrau verteilte Prospekte und erklärte den Tagesablauf. Erst Schloss Cappenberg, dann Haus Opherdicke, wo es einen kleinen Imbiss geben würde. Zwei völlig gegensätzliche Ausstellungen, der totale Kulturgenuss in einer Tour.

»Wir verstehen hier hinten nichts«, quakte einer der Studenten von der letzten Bank. Die Doppelnamen-Dame bekam von Gisbert ein Mikrofon gereicht und wiederholte alles noch einmal. Als sie fertig war, ließ sie sich erschöpft in ihren Sitz neben dem Einstieg fallen.

Aus den Lautsprechern plärrte jetzt Semino Rossi »Meine Sonne bist du« und in Karsten gewann die ungewisse Furcht Gestalt, dass sich irgendwann aus diesen Lautsprechern auch der Wendler über sie ergießen würde.

Der Verkehr hielt sich in Grenzen, es ging zügig in Richtung Kamen.

»Fahren Se mal rechts ran«, rief plötzlich der Opa ganz aufgekratzt, als sie auf der Kamener Straße fuhren. Ein roter Backsteinbau mit der Werbetafel *Club Bad Königsborn.*

Ein Bordell!

Hundertachtzig Grad – zack! Karsten riss den Kopf nach links.

… Frühstücksbrettchen, Kaffeetassen, Butterdose …

Der Busfahrer lachte dröhnend. »Auf der Rückfahrt vielleicht«, blökte er zurück.

... Kirschmarmelade, Erdbeermarmelade, Quittengelee ...

»Woran denkst du?« Kirsten runzelte die Stirn.

»An Quark, Frischkäse, Wurst ... nein, nicht an Wurst ... Schinken roh, Schinken gekocht ...«

Sie wandte sich irritiert ab und blickte aus dem Fenster. Lag da etwa schon Skepsis in ihrem Gesicht?

»Gehört das Ding nicht dem Puffkönig, der mal Bürgermeister werden wollte?«, fragte eine Oma.

»So weit kommt es noch«, empörte sich die andere. »Nee, nee, nee!«

»Wenn ich es dir doch sage! Dem wäre es aber langweilig geworden, da im Rathaus. Keine nackten Weiber mehr.«

Karsten begann, leise und mit zusammengebissenen Zähnen, die Namen der vorbeihuschenden Firmen vor sich hin zu murmeln.

... Burger King, ATU, Kentucky Fried Chicken ...

Huch! Hatte er da gerade *Ficken* gesagt?

Wenn ja, hatte Kirsten es nicht gehört. Sie guckte weiter aus dem Fenster. Ficken, das fehlte gerade noch. Dann wäre der Ofen aber ganz schnell aus.

Er fummelte die Prospekte der Kulturtour aus der Tasche und begann, darin zu blättern, um sich ein bisschen abzulenken. Eine Otmar-Alt-Ausstellung auf Schloss Cappenberg. Knallbunte Kringel, Punkte, Striche, lustige Fantasiefiguren. Und in Haus Opherdicke? Hans Trimborn, depressiver Künstler aus dem letzten Jahrhundert. Frauen mit züchtig geschlossenen Blusen, finstere Selbstporträts, einsame Landschaften. Super, da lauerte ja überhaupt keine Gefahr. Karsten atmete auf. Hätten unter Umständen auch Aktgemälde ...

... Hustensaft, eine Büchse Erbsen und Möhren ...

… mit Brüsten und üppigen Hinterteilen …

… *Dackel, Zylinderkopfdichtung* und … und … *Inge Meysel*

Kirstens Kopf ruckte zu ihm herum. Hörte sie seine Gedanken?

Da sah er das, was sie am Straßenrand entdeckt hatte, gerade noch im Augenwinkel. Ein riesiges Werbebanner mit der Aufschrift *Erotikmesse Hamm!*

Hundertachtzig Grad – zack! Sie versuchte, in seinem Gesicht zu lesen. Er blickte starr zum rechten Fahrbahnrand.

… *Kirgisien, Eichhörnchen, Lego, Verbandskasten* …

Ein Schweißtropfen kullerte ihm die Schläfe hinunter. Kirstens Blicke glühten, schienen seine Haut zu verbrennen. Sein Kopf war garantiert rot wie ein Feuermelder.

Der Busfahrer musste plötzlich scharf bremsen, weil ein Fahrradfahrer vor ihnen einen riskanter Schlenker hinlegte. Alle Insassen zogen die Luft ein. Es zischte, wie Überdruck, der durch ein Ventil entweicht. Karstens Situation normalisierte sich wieder. Er könnte doch einfach ein paar Minuten die Augen schließen, ein bisschen ruhen.

»Wenn ich ein bisschen döse?«, fragte er unschuldig.

»Mach mal ruhig.« Sie klang schon wieder ganz normal.

Von da an hört er nur noch, was um ihn herum geschah. Das war perfekt. Er konnte nicht mehr unbewusst reagieren. Kirstens Hand legte sich auf sein Knie. So ging es. Die ganze Welt konnte ihn mal. Übermorgen würde er heiraten, dann war der ganze Spuk vorbei. Dann würden er und seine Kirsten endlich mal so richtig … *Dörrpflaumen, Zahnseide, Traubenkernöl* …

Die Frauen hinter ihm waren inzwischen bei einem kulturkritischen Vergleich von *Sex in the City* mit *Danni Lowinski* angekommen, der Opa sang leise mit Andrea Berg »… bis dich der Wein zu müde macht … für eine schöne Liebesnacht.«

… ausgetrocknete Eddingstifte, Düsenjägerkondensstreifen, Scharlach …

Die beiden alten Frauen tuschelten aufgeregt: »Da vorne auf dem Pendlerparkplatz an der Autobahn, da haben die sich jede Woche getroffen und gesagt, sie hätten langen Donnerstag gehabt. Da war ein richtiger Pendelverkehr in dem Auto, das kannste mir aber glauben!«

»Nee!«

»Wenn ich es dir sage!«

… grobkörniges Schleifpapier, Dick und Doof, Mönch, Eiger und Jungfrau im Abendrot …

Jungfrau? Karsten kniff die Augen fester zusammen und hatte das Gefühl, dass Kirstens Hand sich verkrampfte. Er gab ein paar Schnarcher von sich und sabberte ein wenig, um zu signalisieren, dass er fest schlief.

»Der hat es ja mit jeder getrieben. Nicht nur im Auto!«

»Nein!«

»Doch, wenn ich es dir sage!«

»Spürst Du das leise Beben, dieses Zittern meiner Hände …«

»Und auch die Szene in *Desperate Housewives,* in der Bree ihren ersten Orgasmus hat …«

… Kunstrasen, Honig in Krankenhausportionsdöschen, Halma …

Sie erreichten Lünen.

»Da links ist dieses Schlaflabor«, sagte eine der Omas. »Würde mich nicht wundern, wenn er da auch sein Unwesen getrieben hätte, der Wüstling. Der hat das überall gemacht.«

»Nee.«

»Wenn ich es dir doch sage!«

Karsten hob ein Augenlid und las *Bären-Apotheke.*

Er stöhnt leise.

Bären!

… *Radkappen, Gummistiefel, Peter Scholl-Latour, parboiled Reis …*

Irgendwann waren sie an ihrem Etappenziel angekommen: Schloss Cappenberg. Das kannte er immerhin schon. Sehr ruhig, sehr gediegen, gefahrlos. Das war nicht gerade ein Lustschloss, das Freiherr vom Stein sich als Altersruhesitz auserkoren hatte. Und Otmar Alt? Kannte man ja. Von überall her. Von Plakaten, Bussen, Bahnen und so. Bunt und lebensfroh … Ein großformatiges Bild ließ Karsten stutzen.

Was war das? Beziehungsweise: Was sollte das denn sein?

Konzentrische Kreise, in der Mitte Punkte. Er legte den Kopf schief. Waren das etwa zwei … zwei von diesen … undenkbaren … unaussprechlichen … DINGERN?

Er floh mit großen Schritten aus dem Raum und rief Kirsten im Vorüberlaufen zu: »Bin mal auf dem Klo!«

Dort blieb er fast eine halbe Stunde. Als er zurückkehrte, fragte sie mit zusammengekniffenen Augen: »Was hast du denn die ganze Zeit gemacht, da drinnen?«

»Was soll ich denn schon gemacht haben?« Das war zu laut. Er musste sich zusammenreißen. Wenn er sie zu grob anfuhr, dann wurde sie immer gleich sauer. Dann war das hier gelaufen.

Er hatte da in der Abgeschiedenheit der Herrentoilette gesessen und versucht, alle Vogelarten aufzuzählen, von denen er je gehört hatte. Dann hatte er gemerkt, dass ›Vögel‹ viel zu sehr nach ›vögeln‹ klang und hatte sich auf Katzen konzentriert. Muschis – Es war wie verhext! Er hatte auf die Klopapierrolle gebissen und an *Polartiere* gedacht. *Pinguine, Robben …*

In seinem Inneren tobte ein Sturm. Er hatte das Gefühl, gleich von einem Orkan mitgerissen zu werden. Kirsten durfte immer wütend werden, er nie!

Als sie wieder in den Bus einstiegen, ballte er die Fäuste in den Jackentaschen und überließ es Gisbert, die Kinderwagen hineinzuheben. Auch dem Opa half er diesmal nicht.

Kirsten schwieg. Ja klar, er hatte schon zu viel gesagt. Gut, konnte sie haben. Er zog den Kopf zwischen die Schultern und betrachtete seine gefalteten Hände.

Wäre beten eine Option?

Wohl kaum.

Der Hosenanzug erzählte etwas über ihr nächstes Ziel, Haus Opherdicke. Den Studenten war es wieder zu leise und natürlich wurde alles über die Lautsprecheranlage wiederholt.

Sie umrundeten Werne und fuhren weiter südwärts, auf Bergkamen zu.

Als der Hosenanzug nach der Ansage versuchte, das Mikrofon wieder auszuschalten, piepste es schrill, und Gisbert nahm es dem Hosenanzug aus der Hand und schien es plötzlich für eine glänzende Idee zu halten, für ein bisschen Stimmung zu sorgen. Also polterte es gleich darauf fröhlich aus dem Lautsprecher: »Jetzt mal aufgepasst, hab ich dieser Tage an der Tanke gehört. Kann man ja mal erzählen: Nach der allerersten Liebesnacht seines Lebens sieht der junge Knecht die nackte Magd morgens am Waschtrog, wie sie die Arme nach oben reckt und sich die behaarten Achseln wäscht, und da ruft er aus: Wie, was, ist das wahr? Noch zwei davon?«

Das Gelächter fiel nicht einmal so dürftig aus, wie Karsten sich das in seinem ersten Schrecken erhofft hatte. Das war doch eine Kulturfahrt! Was fuhr denn hier für ein Pack mit? Selbst die pickligen Studenten schienen diesmal alles verstanden zu haben.

Kirsten räusperte sich vernehmlich. Ihr Blick sagte: Du denkst dran, du denkst dran, du denkst dran!

Er starrte sie an und dachte: *Streuselkuchen, Überweisungsträger der Commerzbank, Zahnbelag …*

Es war ein Kampf. Ja, das war es. Nichts anderes als ein erbitterter, gnadenloser Kampf, den sie hier ausfochten. Es ging ihr nicht mehr um die Sache, es ging ihr nur noch ums Prinzip!

Ortsausgang Bergkamen: *Erotic Fachmarkt!*

Hundertachtzig Grad – zack! Es ging doch! Er konnte es! Wieso akzeptierte sie das nicht? Warum quälte sie ihn denn nur so?

… eingewachsene Zehennägel, Strauchbohnen, die Brille von Nana Mouskouri …

Gisbert legte jetzt nach: »Beim Kreuzworträtsel: weibliches Geschlechtsorgan? Na?«

Eine der Omas fragte kichernd: »Senkrecht oder waagerecht?«

»Waagerecht!«

»Waagerecht? Mund!«

Jetzt hatte das Lachen alle angesteckt.

Alle außer Kirsten.

Und Karsten.

Die anderen lachten jetzt sogar, als an der Kamener Straße ein Matratzen-Outlet-Center auftauchte.

»Sollen wir anhalten?«, krähte der Einbeinige fröhlich. Eine Lachsalve!

Gisbert schien zur Höchstform aufzulaufen: »Warum onanieren Taubstumme mit der linken Hand?« Kurze Pause. »Weil sie mit der rechten stöhnen müssen!« Brüllendes Gelächter!

… Sandalen, Salatgurken … Nein, *Salatgurken* nicht!

… Rudi Carrell, Rasierschaum … Nein, *Rasierschaum* war auch ganz schlecht!

Der Bus schwankte nun regelrecht übers Land. Amüsiert

und aphrodisiert. Gisbert trat tüchtig aufs Gas. Karsten traute sich nicht, nach links zu sehen. Er wusste, was ihn dort erwarten würde. Zuckende Mundwinkel, mahlende Kiefer, Augen, die sich mit Tränen der Wut füllten.

Er kannte das.

Er kannte das nur zu gut.

Er hatte das nicht verdient!

Sein Blick wanderte gehetzt umher und fiel in den Spiegel über der Frontscheibe. In dem gewölbten Glas sah er den breit grinsenden Gisbert. Er sah auch sein eigenes, blasses Gesicht mit den vor Schreck geweiteten Augen, und er sah die beiden Mütter auf dem Sitz hinter sich, die exakt in diesem Augenblick etwas Ungeheuerliches taten: Die eine knöpfte ihre blassgelbe Bluse auf und die andere hob den Saum ihres gepunkteten T-Shirts. Beide entblößten im nächsten Augenblick ihre großen, prallen Brüste, an deren breiten, rosigen Spitzen die Münder ihrer Säuglinge simultan andockten, zärtlich geleitet durch die sanften Hände ihrer Mütter. Jetzt ertönte direkt hinter seinem Kopf zufriedenes Schmatzen und muntere Sauggeräusche.

... Milchtüten, Quarkbeutel, Wackelpudding ...

Er biss sich auf die Zungenspitze und seine Fingernägel gruben sich in den geballten Fäusten tief in die Haut. Vielleicht lenkte ihn der Schmerz ab.

Der Bus geriet plötzlich vor Holzwickede aus irgendeinem Grund mit den rechten Rädern auf die Bankette und Gisbert riss das Steuer nach links. Er ließ mit schwungvollen Armbewegungen das Lenkrad kreisen, um wieder in die Spur zu kommen, als sei er der Kapitän des Fliegenden Holländers. Eine Klappe im unteren Teil des Armaturenbretts sprang jetzt auf und etliche Papiere glitten hinaus und fächerten sich auf dem Boden auseinander. Straßenkarten, *Sanifair*-Gutscheine, Pornohefte!

Hundertachtzig Grad – ging nicht! Da hätte Karsten nach hinten gucken müssen, zu den beiden Brüsten, oder nach links, geradewegs in das feindselige Gesicht seiner Verlobten.

Drei abgegriffene Hefte, deren knallbunte Titelbilder nichts vom saftigen Inhalt der Druckerzeugnisse zu verheimlichen versuchten.

Die Omas kicherten verschämt, der Hosenanzug blätterte plötzlich demonstrativ in seinen Unterlagen. Einzig der einbeinige Opa pfiff durch eine Zahnlücke, streckte seine Gehhilfe lang aus und zog eins der Hefte zu sich hinüber. Karsten erkannte gestochen scharfe Details. Sein Atem ging schwerer.

»Du Schwein«, zischte Kirsten. »Sag ich doch. Nichts als Sauereien im Kopf, von morgens bis abends. Du bist nichts weiter als ein erbärmlicher, notgeiler Waschlappen, der keine Gelegenheit auslässt, seinen dreckigen Fantasien nachzuhängen.«

Es war ihm, als platze in seinem Schädel ein riesiger Ballon voller Wasser. Er hatte das Gefühl, es schösse ihm aus den Ohren heraus, durch die Nasenlöcher. Ein Schrei wie von einem wilden Tier bahnte sich einen Weg durch seinen Mund. Dröhnend, rau, kehlig. Alle Insassen des Busses schraken zusammen und starrten ihn an, die Babys stellten das Schmatzen ein und Gisbert, der Busfahrer, starrte in den Spiegel anstatt auf die Fahrbahn.

»Ja! Ich! Will! Sex!«, brüllte Karsten und fuchtelte mit ausgestrecktem Zeigefinger herum. »Mit jedem! Jetzt gleich, hier. Mit denen und der und dem!« Der Zeigefinger zuckte zu den barbusigen Müttern, der VHS-Frau und zu dem Opa, der erschrocken sein Pornoheft umklammerte. »Ich will Sex mit jedem Einzelnen hier drin. Nacheinander, alle zusammen, mehrmals! Ich will Sex mit den Leuten in diesem Kasten da!« Vor ihnen tauchte die herrschaftliche Anlage von Haus Opherdicke auf. »Bei jedem, der mir begegnet, denke ich an Sex. Bei unseren Nachbarn, im Aldi, auf der Arbeit, im Zoo! Mit allen will ich vögeln, hörst du? Nur nicht mit dir! Was ich da vorhin auf dem Klo gemacht habe, willst du wissen? Ich habe mir einen runtergeholt!«

»Sie auch?«, fragte der Opa überrascht.

»Ich hab's doch gewusst«, wimmerte Kirsten tonlos. »Ich habe es die ganze Zeit gewusst. Du denkst immer nur an das Eine!«

Seine Hand riss wie von selbst den roten Notfallhammer aus seiner Halterung, ließ ihn weit ausschwingen, bevor seine metallene Spitze mit elementarer Wucht mitten auf Kirstens Stirn krachte. Es gab ein grässliches Geräusch. Ihre Augäpfel rollten noch einmal herum, verloren plötzlich jegliche Synchronität, dann seufzte sie ein letztes Mal auf und brach zusammen.

Der Opa schlug mit der Gehhilfe auf Karsten ein, die Omas kreischten, die Babys heulten los wie zwei Zwillingssirenen, der VHS-Hosenanzug versuchte mithilfe des schrill fiependen Mikrofons, die Passagiere dazu zu bewegen, Ruhe zu bewahren.

Gisbert riss das Steuer herum und donnerte auf das Gelände des Herrenhauses. Alle wurden durchgeschüttelt und in ihren Sitzen hin und her geworfen. Die Fliehkraft presste sie gegen die Außenwände, als Gisbert den Bus in einem riesigen Kreis auf dem gepflasterten Innenhof herunterbremste.

Karsten war schluchzend zusammengebrochen und hatte den Kopf im Schoß seiner toten Verlobten begraben.

Als der Motor erstarb und sich eine Art Schockstarre über alle Fahrgäste legte, glaubten sie, seine leise murmelnde Stimme zu hören: *»Fischstäbchen, Stacheldrahtzaun, voll-*

gerotzte Taschentücher mit Karomuster, Busfahrkarten, die Mondlandung, Müll rausbringen, die fiese Zahnpasta mit Anisgeschmack, die du so magst, deine alten Joggingschuhe, die du im Garten benutzt, deine geronnene Sauce hollandaise, deine Haarspange aus Fimo …«

Jutta Profijt

Süße Sünde Soest

Es waren die Glocken von St. Petri, die mich weckten. Sie schlugen zwölf, heller Sonnenschein drang durch die Ritzen der Fensterläden. Ich stöhnte. Mein Kopf dröhnte im Gleichklang mit den Glocken, die Zunge lag groß, schwer und trocken in meinem Mund und ich konnte mich nicht rühren. Etwas Schweres lastete auf meiner linken Seite, mein Arm war eingeschlafen und der Hals steif. Ich schaffte es, den Kopf nach links zu drehen, und blickte geradewegs in ein Paar rehbraune Augen.

Ich kniff die Augen zusammen und öffnete sie wieder. Richtig, ich war im Puff. Natürlich war ich schon früher hier aufgewacht, denn ich wohnte quasi hier.

Aber selten hatte beim Aufwachen jemand neben mir gelegen. Noch seltener ein Mann.

Und noch nie ein Toter.

Panisch krabbelte ich aus dem Bett, fiel, da auch das linke Bein eingeschlafen war, der Länge nach hin, rappelte mich hoch und betrachtete den Toten aus der Nähe. Ich hatte den Kerl schon einmal gesehen, allerdings noch nicht hier im Haus. Er war keiner von Rosis Kunden – und keiner von meinen.

Viertel nach zwölf. Das Blut kehrte in meine linke Seite zurück, es schmerzte, half mir aber beim endgültigen Aufwachen. Ich untersuchte den Toten und das neben ihm liegende, blutige Stuhlbein. Eindeutig die Tatwaffe – auf der sich jetzt meine Fingerabdrücke befanden.

Na super!

Wenn nachher um sechzehn Uhr Rosi und die Damen

zum Dienst kamen, würden sie den Toten finden und ihn mitsamt dem Stuhlbein der Polizei übergeben. Dann wäre es eine Frage von höchstens einer Stunde, bis ich mich im Knast wiederfände mit einer Mordanklage am Bein. Dabei hatte ich keine Ahnung, ob ich den Kerl wirklich gekillt hatte. Ich schaute mir den Burschen noch mal an und schlagartig wurde mir klar, dass ich durchaus ein Motiv gehabt hätte, ihn umzulegen. Und ich begriff, dass ich ab jetzt genau drei Stunden und fünfundvierzig Minuten Zeit hatte, um herauszufinden, ob ich ein Mörder war.

Als Erstes sah ich im Keller des Hauses nach. Dort befand sich mein Reich, darauf hatte ich mich mit Rosi geeinigt. Die Gerätschaften, die ich für mein Geschäft brauchte, standen offen herum, denn als die alte Drogerie, die früher hier gewesen war, geschlossen wurde, hatte der Besitzer seinen ganzen Kram einfach stehen gelassen.

Einschließlich der Drogen.

Aber darüber später mehr.

Zunächst zählte nur, dass ich offenbar vor dem Blackout noch die übliche Staubschicht über meinen Arbeitsplatz geblasen hatte, sodass eventuelle Kaufinteressenten bei der Besichtigung des Objektes keinen Hinweis auf die aktuelle Zwischennutzung fanden. Gut. Ich verließ das Haus durch die Hintertür, warf einen kurzen Blick hinauf zur Turmuhr von St. Petri und überlegte, welchen Verdächtigen ich zuerst aufsuchen sollte.

Auch wenn ich den Toten erkannt hatte, hieß das nicht, dass ich genau wusste, wer er war. Ich wusste nur, dass er ein Russe war, deshalb hatte ich ihn und seinen Bruder nach den Romanen von Dostojewski einfach nur ›der Idiot‹ und ›der Spieler‹ genannt. Beides war falsch. Der Idiot besaß eine gewitzte Bauernschläue und der Spieler war einer von denen, die sich selbst immer vollkommen unter Kontrolle hatten. Dazu stahlharte Muskeln, keinerlei Drogenkonsum, eiskaltes Geschäftsgebaren. Hatte ihm aber alles nichts genutzt, denn er lag jetzt mausetot im *Haus zur Rose*.

Aber warum?

Ich brauchte Koffein. In einem Stehcafé am Markt trank ich einen doppelten Espresso als Hirndoping und fragte mich, ob ich wirklich ein Mörder war. Oder überhaupt einer sein konnte. Denn immerhin hatte ich Wirtschaftschemie studiert und Aussicht auf einen Job im Unternehmen meines Beinahe-Schwiegervaters.

Der Gedanke an Kerstin brachte mich wieder auf Trab. Sie war die Frau meiner Träume, ihr zuliebe war ich aus Münster hierher in die Boerde gezogen. Aufs Land, hatte ich damals gesagt. Kerstin hat mir fast die Augen ausgekratzt. Urban sei Soest, und zwar seit anderthalbtausend Jahren. Superlative, wohin man schaue.

Ich mochte die Stadt ja auch, nur mit der Arbeit klappte es nicht auf Anhieb, weil ich eben dieses Herkunftsproblem hatte. Wäre ich wenigstens nach dem Studium in Düsseldorf geblieben, wäre mein Geburtsort inzwischen vermutlich kein Thema mehr gewesen. Aber ein eingefleischter Münsteraner war für Soester schlimmer als ein Senegalese mit Kopfläusen. Bis ich eine richtige Arbeitsstelle fand, hatte Kerstin mir zur Überbrückung den Instandhalterjob für die leer stehenden Objekte des väterlichen Maklerbüros besorgt. Vielleicht sollte ich sie fragen, ob sich in letzter Zeit ein gewisser Russe für dessen aktuelle Topimmobilie, das *Haus zur Rose*, interessiert hatte. Ich verkniff mir einen weiteren Espresso, denn ich hatte nur noch zwei Stunden und fünfzig Minuten Zeit.

»Ja, der Micki«, sagte Kerstin und lachte mich an.

»Micki?«, fragte ich verblüfft.

»Michail Goljatkin.« Kerstin beschrieb den ›Spieler‹ mit Worten wie ›markant‹ und ›kraftvoll‹, wo ich ›brutal‹ und ›grobschlächtig‹ benutzt hätte. »Er interessiert sich für das *Haus zur Rose.* Ich bin gestern mit ihm da gewesen.«

»Wann?«, fragte ich und hoffte, dass meine Stimme nicht zitterte.

»Gegen sieben.«

Mir brach selbst im Nachhinein noch der Schweiß aus. Um sieben bedienten Rosi und ihre Damen die ›After-Work-before-Tagesschau‹-Kundschaft. Normalerweise erfahre ich die Besichtigungstermine für die *Rose* früh genug, um sie zu warnen. Als Instandhalter lüfte ich die unbewohnten Gebäude regelmäßig, führe kleinere Reparaturen aus und passe auf, dass sich keine Penner einnisten. Von meinem Drogenlabor im Keller, in dem ich die aus dem früheren Betrieb des *Drogenhauses und Fotohandlung zur Rose* übrig gebliebenen Chemikalien einer umsatzstarken Nutzung zuführe, weiß Kerstin natürlich nichts. Und von Rosi und ihren Mädels, die das Haus schon heimlich in Besitz genommen hatten, als Frau Kleinschmitt noch im Erdgeschoss ihr Pralinengeschäft *Süße Sünde* betrieb, erst recht nicht. Ein Drogenlabor und ein illegaler Puff im schönsten Haus der Stadt sind einem Verkauf sicher nicht förderlich und ich will Kerstin, die im Immobilienbüro ihres Vaters für die *Rose* zuständig ist, nicht mit den Details meiner aktuellen Nutzung belasten.

»Micki möchte wahnsinnig gern in Sichtweite des Doms in einem denkmalgeschützten Haus leben«, erklärte Kerstin. »Er hat ein Faible für unsere geschichtsträchtige Vergangenheit.«

Mir blieb die Spucke weg. So dumm konnte Kerstin doch

nicht sein. Aber sobald Sie einem Soester etwas stadthistorischen Honig ums Maul schmieren, glaubt er auch, dass die Erde eine Scheibe und der Soester Dom ihr Mittelpunkt sei. Micki jedenfalls, wie Kerstin den Inhaber des größeren der beiden Soester Puffs und ungekrönten Drogenkönig der Stadt nannte, hatte sicher andere Gründe für sein Interesse an der *Rose* als eine plötzlich erwachte Liebe zu verwinkelten Fachwerkhäusern und den gewaltigen grünen Sandsteinmassen von St. Patrokli.

»Wann war die Besichtigung zu Ende?«, krächzte ich.

»Gegen halb acht. Er hatte es eilig.«

Das Bedauern in ihrer Stimme gefiel mir nicht, aber – die Erkenntnis brachte eine gewisse Schadenfreude mit sich – zur Eifersucht bestand ja nun kein Anlass mehr.

Micki hatte also gestern um halb acht noch gelebt und er hatte das *Haus zur Rose* gemeinsam mit Kerstin verlassen. Wenn ich ihn gekillt hatte, dann auf jeden Fall später. Ich wunderte mich über den völligen Blackout, denn noch nie zuvor hatte meine Erinnerung einen Zeitraum von mindestens vierzehn Stunden vollständig gelöscht. Aber vielleicht war ein Mord ein guter Grund, die Datenspeicher komplett zu formatieren. Immerhin war ich kein geübter Krimineller – wenn man von Herstellung und Verkauf eines gewissen Mittelchens absah, das ich zur Unterstützung der sexuellen Leistungsfähigkeit an Menschen über achtzehn verkaufte. Ich verstand mich selbst als Inhaber einer rechtschaffenen Ich-AG, der sein im Studium erworbenes theoretisches Wissen in Sachen Wirtschaftschemie einer praktischen Nutzung zuführte. Die Kriminalisierung meines Geschäftsmodells betrachtete ich als legislativen Formfehler.

Wenn ich also einen stadtbekannten Rotlicht- und Drogenboss gekillt hatte, dann höchstens aus Notwehr. Aber warum hätte Micki ausgerechnet auf mich, das kleinste Licht im Soester Sündengeschäft, losgehen sollen?

Da gab es ganz andere Konflikte, mit denen er sich herumschlagen musste, einer darunter war seit Jahren Thema der lokalen und regionalen Presse. Natürlich: Die Ökos hatten Micki ausgeschaltet, weil er lautstark den Abschuss der in der Stadt lebenden Saatkrähen forderte, die er aufgrund eines mittelalterlichen Aberglaubens für Galgenvögel und Todesboten hielt. Der Streit war erst vor Kurzem eskaliert, als über Nacht auf dem Markt drei Holzkreuze aufgetaucht waren, an die jemand jeweils eine Krähe genagelt hatte. Die rechtsmedizinische und kriminaltechnische Untersuchung hatte in jedem der drei Vögel eine Kugel aus einer fünfzig Jahre alten russischen Waffe zutage gefördert. Damit waren die beiden Russenbrüder zu Hauptverdächtigen geworden.

Und mir blieben noch zwei Stunden und zehn Minuten, um mich vom Mordverdacht reinzuwaschen.

Um zwei Uhr neun klingelte ich bei Hannes Claßen in der Geschäftsstelle seines neu gegründeten Umweltverbandes *Leben und leben lassen in Soest.*

Der pensionierte Biologielehrer mit grauem Vollbart und ebensolchem Haarkranz empfing mich mit einem freundlichen Lächeln. Er war selbst ein Zugereister, aber einer vom bekehrten Typ. Es gab keine verbisseneren Soesteraner als die Eingebürgerten.

»Guten Tag, junger Mann, was verschafft mir die Ehre?«

Er hatte mich nicht erkannt. Gut so. Ich gehöre ohnehin zu den eher unauffälligen Zeitgenossen und hatte mich für den Besuch bei Claßen mit einer dicken Sonnenbrille und einer Basecap von *Westfalia Soest* ausstaffiert.

»Warum haben Sie Michail Goljatkin umgebracht?«

Sein Lächeln tropfte aus den Mundwinkeln und verlor sich im struppigen Bart. »Was soll diese Unterstellung?«

»Er hat Ihre Krähen gekillt, also haben Sie ihn gekillt, richtig?«

Claßen schnappte nach Luft. »Wie kommen Sie auf diese völlig absurde Idee? Wer sind Sie überhaupt?«

Darauf ging ich erst gar nicht ein. »Sie waren gestern zur Tatzeit im *Haus zur Rose*«, sagte ich lässig.

Er war früher da gewesen, nämlich bevor mein Film gerissen war, aber auf solche Feinheiten kam es momentan nicht an.

Claßen wurde blass. »Woher ...«

»Also, war es wegen der Krähen?«, hakte ich nach.

»Ich habe ihn nicht umgebracht. Fragen Sie Maria! Sie war die ganze Zeit mit mir zusammen. Sie hat mir die Tür geöffnet und mich dann auch wieder hinausbegleitet.«

Ich wusste, wen er meinte, auch wenn keine von Rosis Kolleginnen Maria hieß. Im *Haus zur Rose* durfte sich jeder Kunde den Namen seiner ... Gesellschafterin selbst aussuchen. Claßen nannte sie also nach der Gottesmutter. Nun, jeder nach seinem Geschmack.

»Und danach?«, fragte ich.

»Um halb acht war ich zu Hause, das kann meine Frau Ihnen bestätigen.« Er räusperte sich und fügte dann demütig hinzu: »Ich wäre Ihnen allerdings verbunden, Herr Kommissar, wenn Sie die Sache diskret behandeln könnten.«

Ich strich Öko-Claßen von meiner Liste und überlegte bei einem weiteren Espresso im *Café am Markt*, wer sonst noch infrage kam. Spontan fiel mir die Wirtschaftsförderungsabteilung im Rathaus ein, die sich seit Jahren bemühte, das Gewerbegebiet, in dem die Russenbrüder einen Riesenpuff betrieben, auszubauen. Ein Orthopädiefachhandel und ein

Sanitärausstatter waren jedoch in letzter Sekunde abgesprungen – man munkelte, dass sie ihren Kunden weder die in aufdringlichem Neonrosa blinkenden Riesentitten noch das ständige Kommen und Gehen der Puffkunden zumuten wollten. Ein Blick zur Uhr machte mir Beine. Ich telefonierte ein wenig und erfuhr um zwei Uhr siebenundfünfzig, dass der zuständige Wirtschaftsförderer, der weder zu Rosis noch zu meinen Kunden zählte, nach einem Fahrradunfall seit drei Tagen im Krankenhaus lag. Genau genommen, hätte ich mir auch nicht vorstellen können, dass er bei seinem möglicherweise ersten Besuch in Rosis Privatpuff gleich einen zwar unbeliebten, aber durchaus lukrativen Gewerbesteuerzahler mit einem Stuhlbein killte.

Fünfzehn Uhr vierzehn. Noch sechsundvierzig Minuten bis Rosi die Bullen rufen würde, also machte ich mich schweren Herzens auf ins Gewerbegebiet. Sollte ich selber ›den Spieler‹ ausgeschaltet haben, dann musste es einen triftigen Grund dafür geben. Und den würde mir sein Bruder, ›der Idiot‹, sicher verraten.

»Was willst du?«, fragte er, als ich ihm um fünfzehn Uhr zweiunddreißig endlich in seinem Büro gegenübersaß.

»Ich möchte Ihnen ein Geschäft vorschlagen.«

»Welches?«

»Ich habe ein kleines Produktions- und Handelsunternehmen für ein medizinisches Mittelchen, das Männern Saft und Kraft verleiht.«

Der Idiot grinste. »Und?«

»Ich denke an eine Geschäftsaufgabe. Wären Sie interessiert?«

»Wo verkaufst du?«

»In der Stadt. Eine Übernahme könnte Ihr Verkaufsgebiet erweitern.«

Der Idiot überlegte einen Moment, dann lachte er dreckig. »Du bist der Clown aus der *Rose*, ja? Nun, Freundchen, wir werden unser Gebiet erweitern, aber nicht mit einem freundlichen Aufkauf, sondern mit einer feindlichen Übernahme. Dein Geschäftslokal gehört demnächst uns, verstehst du? Und wir kündigen dir wegen Eigenbedarf!«

Mir wurde eiskalt. Ich hatte ein Motiv. Die Russen wollten mich übernehmen. Vielleicht war der Spieler gestern zu mir gekommen, um mir diese tolle Neuigkeit zu eröffnen …

Hatten wir gestritten?

Hatte ich zugeschlagen?

War ich ein Mörder?

Wenn ja, dann musste ich hurtig die Leiche entsorgen und verschwinden. Sofort. Ich rief ein Taxi, um meinen Abgang aus Soest zu beschleunigen.

Wie immer, wenn man mal ein Taxi braucht, dauerte es ewig, bis eins kam. Und das fuhr dann zu allem Überfluss auch noch in den üblichen Feierabendstau. Um sechzehn Uhr waren wir immer noch zwei Kilometer von meinem Ziel entfernt und ich stieg entnervt aus, um den Rest zu Fuß zurückzulegen. Außer Atem kam ich um sechzehn Uhr fünfzehn im *Haus zur Rose* an. Kein Polizeiwagen vor der Tür. War das ein gutes Zeichen?

Die Hintertür quietschte nicht und ich dachte schon, dass ich es unbemerkt in meine Drogenküche schaffen würde, als Rosis Stimme meinen Herzschlag aus dem Takt brachte.

»Na endlich! Das wird aber Zeit, mein Lieber! Oder glaubst du, die Kunden stehen auf einen Dreier mit einem toten Russen?«

Ich drehte mich um und starrte sie an. Rosi, 45, ehemalige Schulsekretärin und seit Ewigkeiten getrennt lebend, trug eine Plastikschürze mit dem Logo des Schlachthofs, in dem ihr Bruders als Ausbeiner arbeitete. Dazu ellbogenlange Gummihandschuhe und rosarote Gummistiefel mit blauen Punkten.

»Ich habe dir auch eine Schürze und Handschuhe besorgt, nur Stiefel konnte ich auf die Schnelle nicht auftreiben. Na los, beweg dich!«

Den ›Clown aus der Rose‹ hatte ›der Idiot‹ mich genannt. Und mein Geschäftslokal gehöre demnächst sowieso ihm. Das konnte doch nur bedeuten, dass ... die Russen auch Rosis Puff übernehmen wollten! Womit Rosi offenbar nicht einverstanden gewesen war!

»Du«, stammelte ich, »du hast ihn umgebracht.«

»Natürlich«, sagte Rosi, während sie mir die Gummihandschuhe reichte. »Glaubst du etwa, ich lasse mir alles kaputt machen, was ich hier aufgebaut habe? Ein erstklassiges Bordell mit deutschen Frauen, nicht solchen osteuropäischen Sexsklavinnen, wie die Russen sie draußen im Gewerbegebiet schuften lassen. Ein sauberer, bodenständiger Puff von Soesterinnen für Soester. Das nimmt mir keiner weg!«

»Und warum musstest du mich da hineinziehen?«, fragte ich mit zitternder Stimme.

»Glaubst du, ich kann diese hundertzwanzig Kilo allein entsorgen? Los jetzt!«

Rosi warf mir die Schürze zu. In den nächsten zehn Minuten hatten wir dann unsere liebe Not, den Russen in die Hängematte von Rosis Ältestem zu wickeln, uns die Halteseile um Schultern und Taille zu schlingen und ihn die Treppe hinunterzuschleppen, um ihn in Rosis Kombi zu verladen. Dann fuhren wir in den Arnsberger Wald und verschafften ›dem Spieler‹ seine letzte Ruhe in einer feuchten Senke.

»Es gibt nichts Besseres, um eine Leiche verschwinden zu lassen«, erklärte Rosi. »Verbuddeln, im Wasser versenken, alles Quatsch. Das konserviert nur. Lass Fliegen, Maden und Ameisen an den Kadaver und ruck, zuck ist alles weg.«

Bei der Vorstellung, wie sich das ganze Getier über ›den Spieler‹ hermachte, kam mir der Mageninhalt hoch.

»Nicht neben die Leiche kotzen!«, sagte Rosi und reichte mir eine Plastiktüte. »Wegen deiner DNA, verstehst du?«

Eine Stunde später waren wir wieder im *Haus zur Rose*. Während ich versuchte, die Geschehnisse zu verarbeiten, setzte Rosi in meinem Labor eine Kanne Kaffee auf und ging sich umziehen. Sie kam gerade wieder die Treppe herunter, als oben jemand die Haustür aufschloss. Im nächsten Moment strahlte Kerstin mich an. Ich starrte reglos zurück.

»Kerstin, meine Liebe!« Rosi, die umgezogen, geschminkt und parfümiert aussah, als könne sie kein Wässerchen trüben, hauchte Kerstin ein Küsschen rechts und eins links an die Wange. »Na, was sagt dein Vater?«

Mir fiel die Kinnlade herunter.

Kerstin sagte: »Nachdem Micki sich nicht mehr gemeldet hat, hat Daddy den Preis für die *Rose* wieder etwas reduziert. Du wirst sehen, bald ist sie erschwinglich.«

Rosi füllte einen Becher Kaffee, brachte ihn mir und zischte: »Von dem Toten hat sie keine Ahnung, also halt die Klappe!«

Ich trank, verbrühte mir die Zunge am Kaffee und spürte, wie mir Tränen in die Augen stiegen.

»Ist das nicht prima?«, wandte Kerstin sich an mich. »Rosi will das Haus kaufen und zu einem exklusiven Etablissement für erotische Erlebnisse machen. Soest wird wieder zu seiner früheren Bedeutung zurückfinden.«

»Mit einem Bordell?«, krächzte ich.

»Ihr Münsteraner seid so prüde!«, sagte Kerstin kichernd. »Es ist doch ein Geschäft wie jedes andere. Und das Geld geht nicht an irgendeine auswärtige Firmenzentrale, sondern bleibt in Soest. Rosi und ich arbeiten hinter den Kulissen daran, dass mein Vater ihr das Haus verkauft. Bald hat sie das Geld zusammen, nicht wahr?«

Rosi zwinkerte mir zu. »Irgendwas muss ich ja tun, seit die Kinder aus dem Haus sind.«

»Und dir bietet Papa jetzt endlich eine Stelle als Makler an«, fügte Kerstin an mich gewandt aufgeregt hinzu. »Ich hoffe doch, dass du in unserem Sinne«, sie zwinkerte Rosi zu, »hilfst, die Stadt weiter zu versoestern. Dieses Wort wird jetzt eine ganz neue Bedeutung bekommen!«

Martin Calsow

Fleisch und Lust in Oelde

»Sie liegen in Ihrem Bett, schlafen. Jemand zieht Ihnen einen Draht durch die Nase, schubst Sie aus dem Bett, stößt Sie hinaus auf den Hof. Sie wehren sich, stemmen sich gegen zwei Menschen, die Sie von hinten schlagen und vorn den Draht ziehen. Panik übermannt Sie. Sie sehen vor sich zwei Männer mit langen Messern. Kaum haben Sie den Hof erreicht, zieht jemand Ihre Beine nach hinten. Sie fallen auf den Bauch. Ihre Beine werden zusammengebunden. Einer der Männer reißt Ihren Kopf hoch. Sie sehen das lange Messer, die lachenden Männer. Dann schneidet es in Ihren Hals. Ihr Blut pulsiert auf den Platz. Eine Frau eilt zu Ihnen, nicht um zu helfen. Sie hält einen großen Topf unter Ihren Hals, um Ihr Blut aufzufangen. Noch immer fallen Sie nicht in eine gnädige Bewusstlosigkeit. Ihre Beine und Ihre Arme zappeln. Ihre Angst ist schier unglaublich. Ihre Augen sind in diesem Horror geweitet. Dann wird Ihnen kalt. Blut und das Leben verlassen Ihren Leib. Sie erfahren nicht, dass Sie, an einem Haken hängend, aufgeschnitten werden, dass Ihre Haut abgeflämmt und dann der Rest filetiert wird. Nur noch wenige Knochen werden von Ihnen übrig bleiben. Und auch die werden gemahlen und zum Kompost gebracht. So sterben noch heute hier in Westfalen Schweine. Sie kreischen zuweilen so laut, dass man es auch trotz des Krachs der Autobahn hören kann. Es wird nie leise.«

Gudrun Averbeck konnte sich nicht sattsehen an den verstörten Gesichtern. Die Leiterin des *Kulturguts Haus Nottbeck* hatte eine Schulklasse aus Düsseldorf zu Gast. Übergewichtige Teenager, die mit ihren Hautunreinheiten, ihren

Fettwülsten auf den Hüften und den runden Gesichtern wie kleine Ferkel aussahen. Den Morgen über waren sie gelangweilt durch die Ausstellungsräume gelaufen, vorbei an Plakaten mit Sätzen wie *Als die Westfalen lesen lernten,* hatten mit ihren dämlichen Smartphones dämliche Selfies von sich geschossen. Bilder von einer visuellen Tristesse, wie sie nur lustlose und verweichlichte Jugendliche dieser Generation entstehen lassen können. Aber Gudruns Vortrag zum Thema ›Fleisch fressen oder bewusst essen‹ hatte sie jetzt mehr als jeder Splatterfilm gefangen genommen. Sie zeigte ihnen noch schnell ein paar Bewegtbilder von Schlachtungen, Eimern mit Eingeweiden und Töpfen mit Kuhaugen. Damit war der Tag für diese Horde von Minderleistern gelaufen.

Sie hingegen konnte schnell zu ihrem Termin an der Volkshochschule nach Oelde radeln. ›Vegan kochen‹ stand heute auf dem Plan. Hoffentlich hatte Sigmund die Reifen aufgepumpt.

Sigmund, der jetzt in, an oder auf Wiebke war.

Sigmund Löscher war Pianist. So sah er sich jedenfalls, während ihn die anderen nur als Kirchenorganisten bezeichneten. Und für Wiebke Wulsterkamp war er ihr Hengst. Das wusste Gudrun seit heute. Seit sie die SMS auf seinem Handy gesehen hatte, während er auf dem Klo saß und dort im *Forum Kirchenmusik* las. Die Nachricht in ihrer Schlichtheit, in ihrer üblen Fixierung auf das Rohe, hatte eine unbestimmbare Wut in Gudruns Kopf entstehen lassen.

Sigmund und Gudrun hatten sich über ihre gemeinsame Arbeit als militante Tierschützer in einer mittlerweile verbotenen Organisation kennen und lieben gelernt. Gudrun hatte nach ihrem Archäologiestudium keine Stelle gefunden und aus schierer Verzweiflung einen Aufbaulehrgang ›Kulturmanagement‹ in Lüneburg absolviert. So fand sie am Ende die

Stelle hier auf Gut Nottbeck, von der sie aber nicht sagen konnte, dass sie sie liebte. Ihre Leidenschaft galt noch immer der Geschichte. Deswegen experimentierte sie, stellte das Leben der Germanen, der Kelten und Römer nach, hoffend, eine Stelle als Archäologin in einem Museum oder Erlebnispark zu bekommen. Aber so lange musste sie es hier in der westfälischen Provinz mit Sigmund aushalten. Ihr Ehemann war mit seinem zarten Körperbau, der blässlichen Haut und den mausgrauen Haaren gar nicht Gudruns Typ. Sie selbst, durch täglichen exzessiven Ausdauersport muskulös und breitschultrig, schien den feinen Organisten mit seinen langen Fingern förmlich zu erdrücken. Aber der liebe Gott oder der genetische Zufall wollten es, dass Sigmund über zwei außergewöhnliche Gaben verfügte: Zum einen war er mit einem vermutlich selbst für die Erotikindustrie unfassbar großen Geschlechtsteil ausgestattet, zum anderen besaß er eine scheinbar nie versiegende Leistungsfähigkeit beim Einsatz desselben im Bett. Gudrun hatte es anfangs einmal einer Freundin gegenüber so ausgedrückt: »Er weiß nicht, was er tut, aber er tut es die ganze Nacht.«

Diese Freundin war Wiebke gewesen. Und die Betonung lag auf der Vergangenheitsform. Wiebke besaß einen Demeter-Hof mit Tieren, führte einen Bioladen in Oelde und verkaufte dort auch jeden Dienstag auf dem Markt ihre Produkte. Ihr Geschäft lief gut. Sehr gut. Sie war reich. Jedenfalls glaubte Gudrun das, die genau wie Sigmund überschuldet war. Die jahrelangen Prozesse, die Anwaltskosten, die Geldbußen – alles nur für den Kampf gegen die Tierquäler, gegen die Schlächter, die Mörder. Mit ihrem kargen Gehalt konnten sie kaum die Zinsen der Forderungen tilgen. Sigmunds halbe Stelle als Kirchenmusiker der örtlichen evangelischen Gemeinde warf auch nicht viel ab. Er bekam zwar monatliche Zuwendungen von seiner Mutter, aber das war auch nicht so viel, dass sie die Schulden loswerden konnten. Also gab Sigmund seit einem Jahr für fette Kinder in Oelde privaten Klavierunterricht, ertrug stoisch ihre fehlende Begabung und tat nichts, um die ambitionierten Eltern von dem Glauben abzubringen, ihre Kinder seien echte Talente.

Und seit Januar des vorigen Jahres gab Sigmund auch Wiebke Unterricht. Da waren die drei noch befreundet gewesen und Wiebke zahlte gut für die Stunden. Zwei Mal in der Woche fuhr Sigmund vom Gut Nottbeck mit dem Rad über die Autobahnbrücke, vorbei am Gewerbegebiet und dem Autohof mit seiner grotesken Architektur, um nach einer halben Stunde am Hof der Familie Wulsterkamp anzukommen. Gudrun war über Monate arglos gewesen, bis sie den infernalischen Gestank nach seinen Klogängen wahrgenommen hatte. So rochen nur Fleischfresser, hatte sie gedacht. Aber das brachte sie nicht mit Wiebke in Verbindung. Dann registrierte sie, wie er zunahm, wie sich Speck auf seine Hüften legte, wie sich eine weiße Fetttasche über seinem Schambein breitmachte, wie sein Atem, wenn er ihr abends einen Gutenachtkuss gab, nach faulendem Fleisch roch. Und sie war sich sicher, dass selbst sein Sperma so roch.

Gudrun konnte kaum atmen. Ihren Hass auf die beiden versuchte sie in jeden Tritt der Pedale zu legen. Ein leichter Nieselregen ging auf sie hernieder. Mit einer Hand zog sie ihre Kapuze über den Kopf. Der Wind wehte sie vor Gudruns Gesicht. Die Luft in Oelde konnte frisch riechen, aber heute wurde gegüllt. Die Schweinebauern der Umgebung, die das Vieh für den großen Schlachthof im Nachbarort lieferten, verteilten ihren Dreck auf der dunklen schweren Erde.

Ein Auto, sie hatte es kaum gehört, fuhr dicht an ihr vorbei, drohte sie zu berühren. Sie riss den Lenker nach rechts, geriet in die Bankette. Das Vorderrad stellte sich quer, sie schlidderte auf den schmalen Grünstreifen, dann fiel sie kopfüber die Böschung hinunter. Der Schmerz war kaum zu ertragen. Hätte sie nicht dank des täglichen Yogas über eine so ausgeprägte Muskulatur und Körperspannung verfügt, wäre sicher etwas gebrochen gewesen. Sie lag am Rande eines Ackers, von der Straße aus kaum zu sehen, und sah trotz aller Schmerzen auf ihre Uhr. Ihren VHS-Kurs würde sie nicht rechtzeitig beginnen können.

Es war diese unerhebliche Tatsache, die sie aus der Bahn warf. Gudrun begann, hemmungslos zu heulen. Ihr Kopf lag auf einer großen breiten Ackerscholle. Sie schluchzte, zog den Rotz, der ihr aus der Nase lief, wieder hoch. Hustete, krallte ihre Finger in den Boden, hieb sich mit der Faust gegen die Stirn. Und schrie. Gegen das Rauschen der Autobahn, gegen den Wind. Gegen ihr Leben.

Ihr Leben? Es war ein einziger Unfall. Sie wollte Grabungen am Mittelmeer leiten, da, wo es warm und das Essen köstlich war, die Menschen liebevoll miteinander umgingen und die Luft nach Zypressen, Zitronen und Kräutern duftete. Wo die Schätze der Menschheitsgeschichte unter der Erdoberfläche warteten, ausgegraben zu werden. Stattdessen lebte sie hier, wo es unter der Oberfläche nur von Gülle verseuchtes Grundwasser gab. Wo alles nach totem Tier roch. Wo sie ihren geliebten Mann an eine dralle Demeter-Schlampe verloren hatte, wo sie verschuldet war, wo sie ein Kulturgut mit einem Museum für Westfälische Literatur am Arsch der Welt leiten musste. Ein letztes Mal zog sie den Rotz hoch und spuckte ihn aus.

Gudrun ließ das Rad, wo es lag, und stapfte über den Acker Richtung Norden. Sie würde nicht lange brauchen, um den Hof der Schlampe zu erreichen. Dort würde sie

Sigmund zur Rede stellen – keine Ausreden, kein Mist à la »Das ist alles ganz anders« und »Du redest dir das nur ein«.

Aber was dann? Was, wenn Sigmund einfach umzog, nur über die Autobahn zu dieser Vettel? Sie wäre wieder allein. Auf Nottbeck.

Alles war hier eingezwängt zwischen zwei Verkehrslinien. Südlich führte die Autobahn A 2 aus dem Ruhrgebiet nach Berlin und nördlich durchschnitt die Schnellzugtrasse der Bahn das platte Land. Vor hundert Jahren war es das letzte Mal hier still gewesen. Seitdem waren Oelde und die Region dem ständigen Zischen und Rauschen, dem Hupen und Rumpeln der Autos und Züge ausgesetzt.

Wiebkes Hof lag direkt an der Bahnlinie. Das war aus Demeter-Sicht sicher nicht günstig. Der Dreck der Züge könnte die Felder verschmutzen, die Tiere beeinflussen. Aber am Ende hatte Wiebke die Demeter-Funktionäre überzeugen können, dass ihr Hof inmitten der Biogasanlagen und konventionell betriebenen Höfe der Region ein wichtiges Zeichen setzen könnte. Wiebke führte den Hof quasi allein, nur unterstützt von zwei Praktikanten.

Gudrun konnte gerade noch sehen, wie die beiden Jungen mit einem alten Peugeot die lange Hofallee entlangfuhren, dem Feierabend entgegen. Wie ein Dieb schlich sie an der roten Klinkermauer des Hofes zu den Ställen. Das Grunzen der Tiere übertönte ihre Schritte. Vorsichtig schob sie das Holztor zur Seite. Es quietschte und sie sah auf sieben Gatter mit Schwäbisch-Hällischen Landschweinen. Im Gatter vor ihr säugte eine Sau gerade ihre acht Kleinen. Für einen Moment besänftigte der Anblick Gudrun, ließ einen Keim des Zweifels aufkommen.

Doch dann war da dieses andere Geräusch, von hinten, wo der Stall sich verwinkelte. Sie trat näher. Das Geräusch war ihr bekannt. Sie hasste es. Es war Sigmunds Stimme, die sie hörte. Stammelnd, stöhnend, keuchend, wie er Wiebke antrieb, wie er sie bezeichnete. Worte aus der Sickergrube billiger Pornos. Sie drückte sich gegen die Wand und schob ihren Kopf um die Ecke. Da standen sie. Beide die Hosen in den Kniekehlen. Wiebke über das Gatter gebeugt, den Pullover hochgeschoben. Ihre fleischigen, weißen Brüste mit den braunen handtellergroßen Höfen hingen über den Gatterstäben. Hinter ihr arbeitete Sigmund, seine schmalen Klavierhände auf die breiten Hüften der Bäuerin klatschend und dabei rufend: »Ich besorg's dir, du geile Sau.«

Sigmund war Schwabe, deshalb war es mehr ein »I bsorgs dr«.

Und das würde jetzt minutenlang so weitergehen. Er war wie eine Nähmaschine. Wie oft hatte sie heimlich die Weleda-Wundcreme benutzen müssen, weil er nicht merkte, wann es genug war?

Gudrun lehnte an der Wand des Schweinestalls. Vor ihr das zufriedene Grunzen der Schweine, um die Ecke das Schmatzen und Stöhnen und Ächzen ihres Mannes und seiner fetten Bauernbumse. Sie sah die beiden schon glücklich auf dem Markt ökologischen Schinken in die Münder der feisten Oelder schieben, sie probieren lassen, »kost ja nix«. Alle würden akzeptieren, dass er jetzt mit ihr zusammen war, und sie wäre wieder allein. Ausgerechnet Wiebke Wulsterkamp!

Die dämliche, dicke Demeter-Wiebke, mit der sie hier zur Schule gegangen war, ehe sie nach München zum Studium zog und Wiebke den Hof ihrer Eltern übernahm. Die waren bei einem Brand in einem der Ställe umgekommen. Mit dem Geld der Versicherung hatten Wiebke und ihr Bruder den Hof »erfolgreich ökologisch neu ausgerichtet, nachhaltig!«, wie sie es vor Stolz triefend in einem Interview für das Lokalfernsehen erzählt hatte.

Jetzt sprang direkt vor Gudrun ein Eber auf den Rücken einer Sau, schob sie vor sich her und versuchte, in sie einzudringen. Die Sau quiekte, versuchte zu entkommen. Aber der Eber ließ nicht locker. Erst ein beherzter Sprung der Sau schüttelte ihn ab.

Eine Welle des Hasses schwappte in Gudrun hoch. Vor ihr lehnte eine Mistgabel am Gatter. Sie könnte sie beiden in die Seite rammen, noch und noch einmal zustechen, bis alles Blut auf den Boden sickern würde. Sie konnte den Wunsch kaum bezwingen. An der Wand hing ein alter Dreschflegel. Gudrun schloss die Augen, vergaß für einen Moment das Stöhnen, hörte nichts mehr und stellte sich vor, wie Wiebkes Hirn unter den Schlägen zerbarst. Aber was dann? Wohin mit den Körpern? Es wären ja gleich zwei, denn auch Sigmund würde Gudruns Ausbruch auf keinen Fall überleben.

Es pochte in ihren Ohren. Sie vernahm nicht, wie vom Grunzen und Stöhnen nur noch das Grunzen übrig blieb. Sie hatte daheim auf dem Gut einen Garten streng nach den Vorgaben der Permakultur angelegt. Alles, was sie nutzte, konnte wieder in den Kreislauf der Natur zurückgebracht werden. Sie war eine Meisterin des Kompostierens. In ihren vier Hochbeeten war genug Platz, um Teile der beiden unterzubringen. Und die Knochen – sie hatte im letzten Jahr eine alte keltische Knochenmühle gebaut. Aber wäre es damit getan, die Demeter-Schlampe einfach verschwinden zu lassen? Gudrun wollte sie demütigen, sie vor sich auf die Knie fallen sehen. Wiebke Wulsterkamp war in diesem Moment all das, was ihr in den vergangenen Jahren im Weg gestanden hatte. Diese undankbare Schlampe. Sie war es doch, die damals heulend vor der Tür gestanden hatte, als ihr Bruder von der Tenne in den Mistverteiler gefallen war und dann der Praktikant die geschredderte Leiche, ohne es zu merken, über das benachbarte Feld verteilt hatte. Schreiend war Wiebke über das Feld gelaufen, sich die Haare raufend. Nur Gudruns selbst gebrannte Schlehe hatte sie beruhigen können.

Schon damals war Gudrun davon überzeugt gewesen, dass auf dem Hof ein Fluch lag. Drei Familienangehörige waren hier verstorben. Und dann die Praktikantin vor ein paar Monaten. Sie hatte hinter dem Hänger gestanden, als Wiebke den Trecker in die Scheune fahren wollte. Noch im Krankenhaus quittierte sie das Praktikum und ging zurück ins Oldenburger Land zu ihren Eltern mit ihrem konventionellen Schweinemastbetrieb. Nach diesen Unglücken würde ein weiterer Todesfall auch nicht auffallen. Nur das Geld würde weiter knapp sein. Solange Sigmund nicht offiziell für tot erklärt war, kam Gudrun nicht an die Lebensversicherung.

In ihrem Kopf hämmerte es. Sollte sie wieder verschwinden? Würde sie je wieder diese Wut in sich verspüren, die es brauchte, um die beiden ohne Skrupel abzuschlachten? Sigmund liebte sie ja noch. Er war so zart, so anders. Aber nie würde sie ihn zurückgewinnen können. Wiebke gab ihm all das, was dieser mäusehaarige Schwabe heimlich begehrte und sie, Gudrun, ihm nie würde geben wollen. Bei Wiebke konnte er den Macker spielen. Den Fleischfresser. Sie sah die beiden förmlich vor sich, wie sie sich ein Schweinemedaillon nach dem anderen ins Maul schaufelten, wie sie sich daumendick den Schinken aufs Brot legten und danach stundenlang schmutzigen, fleischigen Sex hatten. Übereinander herfielen wie der Eber, der jetzt wieder versuchte, auf die Sau zu springen. Ficken und Fleisch. Mehr kannten diese Menschen hier nicht. Wie hatte sie die Zeit in München genossen, die vegetarischen Restaurants, die Diskussionen mit den anderen radikalen Tierschützern. Das war Gudruns vorletztes Bild.

Grün ist die Patrone. Sie ist das schwächste Geschoss. Das heißt: wenig Treibladung. Grundsätzlich gilt: je stärker die Hirnschale, desto stärker die Ladung. Bei Rindern setzt man dabei auf einen gedachten Kreuzungspunkt zweier Linien. Diese Linien verbinden den Hornansatzpunkt und das gegenüberliegende Auge. Schafen hingegen setzt man das Gerät direkt auf den Schädel und bei Säuen zwei Finger breit über den Augen. Man muss fest drücken, darf nicht verrutschen, sonst bleibt die Betäubung aus.

Gudrun Averbeck hatte Glück. Der Bolzen traf sie auf die Stirn, als sie sich umdrehte. Sie erkannte noch die Hofbesitzerin, Wiebke, mit nacktem Oberkörper, aber hochgezogener Hose und dem erhobenen Arm mit dem Bolzenschussgerät. Das war ihr letztes Bild.

Sigmund zwängte seine immer noch prachtvolle Erektion in die C&A-Unterhose und schloss die Augen. Er musste jetzt stark sein. Das hatte er Wiebke versprochen.

Er hatte das Handy am Vormittag so hingelegt, dass Gudrun die SMS einfach sehen musste. Dann, als er sie mit dem Wagen von der Straße hatte drängen wollen, kam ihm das Auto entgegen und er musste improvisieren. Immerhin war Gudrun im Graben gelandet und er hatte von Weitem gesehen, wie sie sich zu Fuß auf den Weg zu Wiebkes Hof machte. Wiebke hatte sofort reagiert, als er sie übers Handy von der Panne informierte, hatte ihn zu sich beordert, die Praktikanten in den Feierabend geschickt und im Stall auf ihn gewartet, so erregt und scharf, dass sie einfach die Gelegenheit hatten nutzen müssen, um ihre Gier aufeinander zu befriedigen.

Als sie übereinander herfielen, wohl wissend, dass Gudrun Zeugin werden würde, waren seine letzten Gewissensbisse verschwunden.

Schon das Stoßen ihres Bruders in den Mistverteiler hatte ihm eine sonderbare Freude verschafft. Wie der Bursche von dem Förderband in den Verteiler hineingerutscht und dann sofort verstummt war. Genau das, was Gudrun jetzt bevorstand.

»Zwanzig Sekunden – dann ist sie wieder wach.« Wiebke winkte ihn heran, deutete auf das Gatter und zog Gudrun die Windjacke, den selbst gestrickten Pullover aus Schafswolle und die Leinenhose aus. Sigmund sah auf seine bewusstlose Frau herunter, sah ihre kräftigen Beine und Arme.

»Dir ist kalt, Gudrun, nicht wahr?«, fragte er. Zum ersten Mal in ihrer Beziehung widersprach sie nicht.

Wiebke trieb sechs weitere Eber aus den anderen Gattern in eine Box, bis kaum noch Platz war. Sie hatten noch kein Futter bekommen. Dann hob sie Gudruns Kopf und griff nach dem Messer.

Ihr Blick, eben noch voller Lust, war jetzt stumpf und kalt. Sigmund war klar, dass er zukünftig nie einen Fehler würde machen dürfen.

Sandra Lüpkes

The Sexy-Schwerte-Heimat-Show

Das Loch war feucht. Es pulsierte.

»Gleich«, hauchte Janett ihrem Verlobten ins Ohr. »Ja! Gleich kommt's!« In der Umnebelung sah sie Farben von unglaublicher Intensität. Im zackigen Rhythmus – nach Janetts Empfinden war es der Radetzkymarsch – kündigte sich der Höhepunkt an: eine weiß schäumende Fontäne schoss empor, stattlich und auch ein wenig furchterregend.

Zitternd wollte sie sich in Bernds Arme sinken lassen, wollte seine Nähe spüren, sich gehalten wissen. Doch er war noch immer mit seinem erschlafften Schlauch beschäftigt.

»*Less Sauvage than Others*«, flüsterte sie, als die Eruption beendet war. »Weniger wild als andere. So heißt das Ding. Was das wohl bedeuten mag?«

»Die Künstlerin stammt aus Schwerte, ich bin mir sicher, sie meint damit diese Stadt«, sagte Bernd. »Die Menschen hier sind hochanständig.«

Bernd wusste, wovon er sprach. Immerhin kannten sie jemanden, der in Schwerte lebte: Pastor Dr. Buerbonn, ihren Mentor, der sie beide viele Jahre durch ihr Theologiestudium begleitet hatte. Ganz bestimmt ein hochanständiger Mann; inzwischen unterrichtete er an der Evangelischen Akademie in Villigst. Zu ihm waren sie unterwegs, denn es war ihnen wichtig, ihren Doktorvater über ihre Verlobung zu unterrichten.

Endlich war Bernd fertig mit dem Herumgefummel. »Das Gummi ist gerissen. Wir waren wohl ein bisschen zu heftig unterwegs.«

Was Janett bezweifelte. Bernd war ein elender Sparfuchs

und hatte wieder einmal nicht auf sie gehört, als sie vorschlug, er solle besser ein Markenprodukt kaufen und nicht den Großpack aus dem Supermarkt. Es gab Dinge, auf deren Funktionstüchtigkeit man sich einfach verlassen können musste, da waren ein, zwei Euro gut investiert.

Doch jetzt war es zu spät, um zu lamentieren. Nun standen sie hier mit plattem Fahrradreifen und die Dunkelheit lauerte bereits hinter den Bergen des Sauerlandes, die sie gestern und heute auf dem Ruhrtalradweg überquert hatten.

Ein Auto brauchten sie nicht, meinte Bernd. Umweltschädlich und teuer. Auf dem Fahrrad bewegte man sich mindestens genauso gut vorwärts. Sie waren ja schließlich in Schwerte angekommen, hatten sogar wie geplant noch einen Abstecher zu den Skulpturen gemacht und eben den aufregenden Geysirbrunnen von Rosemarie Trockel in seiner ganzen Pracht bestaunt – doch dann hatte es geknallt. Hinterreifen platt, Ende der Reise.

»Was machen wir jetzt?«, fragte Janett und überlegte, dass in diesem Moment ein Mobiltelefon eigentlich doch ganz praktisch wäre. Damit hätten sie Pastor Buerbonn anrufen können und der hätte sie abgeholt – hätte … hätte … Fahrradkette, beschloss sie ihren Gedankengang. Bernd lehnte Handys rigoros ab, die Dinger verursachten Strahlung, Reizüberflutung und natürlich nicht kalkulierbare Kosten.

Janetts Verlobter holte die Radwanderkarte hervor, doch in der Dämmerung war es fast unmöglich, etwas zu erkennen.

»Da!«, sagte Janett. »Da ist ein Licht! In diesem Backsteinhaus!« Sie zeigte hoffnungsvoll auf das schmucke Gebäude mit dem gewölbten Dach, eine alte Fabrik oder ein Bahnhof, vielleicht hundert Meter entfernt. Dumpfe Schläge schallten zu ihnen herüber.

»Die alte Rohrmeisterei«, las Bernd mühsam von der Karte ab.

»Da bumst es aber ganz schön«, fand Janett.

»Vielleicht werden dort gerade Rohre verlegt.« Bernd nahm ihre Hand. »Dann komm.«

Über einen leeren Platz näherten sie sich den dröhnenden Bässen, die es in Körperregionen kribbeln ließen, die vom Radfahren ein wenig taub geworden waren. Ja, das war eindeutig Musik, in dieser Rohrmeisterei schien ein Konzert stattzufinden. Und zwar nicht Bach oder Mendelssohn Bartholdy, sondern eher sogenannte Schlagermusik, von der Janett und Bernd schon oft gehört hatten. An den Fenstern verhinderten schwarze Vorhänge den neugierigen Blick nach innen.

Beinahe wären sie über den dunkel gekleideten Mann gestolpert, der vor ihnen kauerte. »Passen Sie doch auf«, blökte der. Er kniete mit seinem sehr dicken Sack auf den Pflastersteinen, neben ihm lag allerhand Werkzeug. Janett erkannte seinen prächtigen Hammer – wollte der Bursche hier etwa nageln? In seiner Hand hielt er etwas Langes, Steifes, das er jetzt in die Spalte vor ihm rammte. Dann stieß er mit einem Stöhnen zu. Mehrmals.

»Soll ich Ihnen die Stange halten?«, fragte Bernd höflich. »Oder ist das ein Rohr?«

»Haut ab, ihr Idioten!«

Was für ein unfreundlicher Kerl, dann eben nicht. Noch einmal klirrte Metall auf Stein, dann schien der Mann mit dem großen Gerät zu Ende gerammelt zu haben. Janett sah, wie er sich erhob und mit einem letzten zufriedenen Stöhnen eine rechteckige Scheibe in die Höhe reckte.

Wirklich seltsam, fand Janett.

»Komm, weiter!« Bernd zog sie ungeduldig rechts um das ganze Gebäude herum. Gegenüber den Parkplätzen entdeckten sie endlich eine Tür, die offen stand.

»Tut mir leid, wir sind hoffnungslos ausverkauft«, sagte

die Kassenfrau an ihrem Tisch am Eingang, als Bernd und Janett eintraten. »Heute ist unser Heimatabend. Da sind die Karten ratzfatz weg, sobald der Termin in der Zeitung steht.«

»Wir hatten eine Panne und müssten nur mal kurz telefonieren«, erklärte Bernd.

»Na wenn das so ist …« Die Frau wies nach rechts, wo es weniger laut war. »Im Restaurant gegenüber vom Veranstaltungssaal kann Ihnen bestimmt weitergeholfen werden.«

Bernd machte sich mit zügigen Schritten auf den Weg.

Artig blieb Janett neben dem Kassentisch stehen und wartete. Bernd waren solche Feste genau wie ihr nicht ganz geheuer, das wusste sie.

Zu viel Alkohol.

Zu viel nackte Haut.

Eventuell auch zu viel Spaß.

Nur schnell telefonieren und dann lieber noch draußen in aller Ruhe ein bisschen frische Luft schnappen, bis Dr. Buerbonn eintraf. Als sich die Tür zum Veranstaltungsraum öffnete, dröhnte die Musik ohrenbetäubend laut. Eine Frau drängte sich heraus. Stark geschminkt. Knapper Rock. Rote, kurze Haare.

»Hallo, Ariane«, grüßte die Kassenfrau. »Die Sucht?«

»So ein Mist, hör mir auf!« Ariane holte Zigaretten aus ihrem Handtäschchen. »Ich hatte es mir abgewöhnt, ich schwör, aber nach meiner Trennung von Edgar …«

»Hab schon gehört«, sagte die Kassenfrau. »Wird nicht einfach für dich!«

Ariane seufzte. »Er hockt gerade hinten auf dem *Walk of Love* und haut unser Schild von den Steinen.«

»Was für ein Schild?«

»Wir haben doch damals hier in der Rohrmeisterei unsere Hochzeitsfeier gehabt. Gegen eine Spende an den Förderverein kann man da draußen auf dem Pflaster seine Namenstafel anbringen. *Ariane und Edgar*, unser Hochzeitsdatum und ein schmalziger Spruch über Liebe und Treue und Blabla.«

»Schöne Idee«, sagte die Kassenfrau.

Ariane kramte ihr Feuerzeug heraus. »Als ich Edgar gesagt habe, dass ich mich scheiden lassen will, war seine erste Frage: ›Und was ist mit unserem Schild?‹ Erst danach ist er ausgeflippt, aber dafür richtig. Verrückt, oder?« Sie zündete sich ihre Zigarette an und ging vor die Tür. Kurz darauf zog stinkender Qualm ins Foyer.

»Wollen Sie nicht auch mal reingucken, Frolleinchen?«, fragte die Kassenfrau Janett. »Ist lustig, unser Heimatabend in Schwerte. Gibt immer ein Motto. Dieses Jahr: Die wilden Siebziger.«

Janett schüttelte den Kopf. Lieber kein Risiko eingehen.

»Der Moderator ist ein Schwerter Original. Toller Typ!«

Weil die Saaltür nicht richtig geschlossen hatte, konnte Janett von ihrem Platz neben der Kasse durch einen Spalt hineinlinsen. Auf der Bühne sang ein Mann in einem goldenen Anzug ein Lied von einem »Bett im Kornfeld« und tanzte dazu extravagant. Janett glaubte, sich verhört zu haben. Ging es in dem Lied etwa um … Nein, in Schwerte waren sie hochanständig, hatte Bernd versichert.

Überhaupt, wo blieb Bernd eigentlich?

»Ich schau doch mal rein«, erklärte sie entschlossen. »Aber nur kurz. Wenn mein Verlobter kommt …«

»Sag ich ihm, dass er warten soll, schon klar.« Die Kassenfrau nickte und Janett schob sich in die Halle, in der anscheinend halb Schwerte versammelt war. Die Wände zeigten nackten Stein und über den großen Bogenfenstern stand: *Laufenlassen der Motore verboten*. Das ergab keinen Sinn, denn hier befand sich doch nichts Motorisiertes. Stattdessen kurvte eine Frau mit tiefem Dekolleté auf Rollschuhen durch den Saal und suchte Kandidaten für ein Quiz, während der Moderator unanständige Witze erzählte.

Heimatabend?

Das sah bei Janett zu Hause im Sauerland aber ganz anders aus. Da hielt der Bürgermeister eine Rede und dann spielte die Blasmusik. Hier war niemand, der anständig blies. Man sah keine frisch gewichsten Schuhe. Und überhaupt war das Ganze überhaupt nicht steif. Immerhin spielte ein Sextett.

Es war laut.

Es war heiß.

Es war stickig.

Es begann Janett auf seltsame Art zu gefallen.

Und plötzlich stand die Frau mit den Rollschuhen vor ihr und sagte, dass der Moderator mit ihr spielen wolle.

»Was denn?«, fragte Janett völlig überrumpelt.

»Der goldene Schuss«, war die Antwort. Damit zog die Frau mit den Rollschuhen Janett zur Bühne. Das Schwerter Publikum klatschte begeistert und Janett wurde vom Moderator höchstpersönlich ins Scheinwerferlicht geschoben. Hunderte Augenpaare waren auf sie gerichtet. Sie spürte Schamesröte ins Gesicht steigen. Fast wäre sie ohnmächtig geworden.

Wo war bloß Bernd? Ihr liebster Bernd?

Der hatte sich verlaufen.

Die dicke Luft, die furchtbare Musik und besonders die vielen Menschen mit zu wenig Bekleidung am Leib und ganz besonders die Frauen. Bernd war erst ins Restaurant der *Rohrmeisterei* gegangen, doch die Kellnerinnen dort waren zu beschäftigt gewesen, um ihm auf seine Frage nach einem öffentlichen Telefon zu antworten. Also stand er schon eine ganze Zeit unschlüssig mit dem Zettel in der Hand, auf dem Pastor Buerbonns Telefonnummer notiert war, neben dem Treppenaufgang, bis jetzt das Weibsbild hereinkam, das ihm vorhin am Eingang der Halle begegnet war. Schon da hatte sie ihn verdächtig gemustert, mit ihren blauen Augen, wofür sie üppig getuschte Wimpern auseinanderreißen musste. Sehr verrucht.

Um sich von ihr abzulenken, studierte Bernd konzentriert die Auslagen neben der Treppe. Dort bot man verschiedene Schwerter Senfsorten an.

»Scharfe Sache«, sprach die Rothaarige ihn an. »Soll gut für die Durchblutung sein.«

»Wie eine Massage bei Gliederschmerzen«, ergänzte Bernd, denn das hatte er mal in einem Naturkundebuch über die Wirkung von Senföl gelesen. »Und der Samen ist hervorragend für den Darm!«

»Echt?« Das schien die Frau ernsthaft zu interessieren und weil sie ihm dabei ziemlich nahe kam, erschnupperte Bernd neben dem kalten Zigarettenrauch auch noch eine deutliche Alkoholfahne.

Das Weibsbild musste getrunken haben.

Womöglich prickelnden Schaumwein.

Von solchen Frauen hielt Bernd sich normalerweise lieber fern. Die waren ihm unheimlich. Die tranken und rauchten – und waren mit Sicherheit keine Jungfrauen mehr. Das kam für ihn nicht infrage. Janett und er waren sich seit ihrer ersten Begegnung im Theologischen Institut einig, dass es besser war, sich all diese körperlichen Dinge für die Ehe aufzusparen.

»Ich bin die Ariane«, stellte die Frau sich vor. »Aus Schwerte. Und du?«

»Bernd aus dem Sauerland.« Er gab ihr die Hand, auch wenn diese von der Wärme hier drin etwas schwitzig war.

»Ich bin hier wegen einer Nummer, die ich mal ganz schnell …« Er wedelte mit seinem Zettel.

»Aber warum bist du dann so schrecklich warm angezogen?«, fragte diese Ariane. »Leg doch mal deine Jacke ab und häng sie auf.«

»Dazu bräuchte ich erst einmal einen Ständer«, sagte er und verstand nicht, warum sie deswegen so kreischend lachte.

»Oben hat's welche. Bei den Toiletten.« Sie zwinkerte ihm zu.

»Soll ich mir jetzt etwa einen runterholen?«, fragte er und sie lachte noch mehr.

»Wahnsinn«, kreischte sie. »Du bist ja ganz ein schlimmer Finger!« Ihre Fingernägel waren schwarz lackiert und sie kratzte ihm damit leicht über den Handteller. Das kitzelte. Er hatte keine Ahnung, warum sie das tat, und nahm sich vor, nachher Dr. Buerbonn zu fragen, ob das in Schwerte vielleicht ein Begrüßungsritual darstellte. Inzwischen spannte seine Radlerhose an der Stelle, die besonders gut wattiert war.

Diese Ariane leckte sich mit der Zungenspitze über die Lippen, wahrscheinlich weil die unter der roten Farbe spröde geworden waren. »Okay, ich hab dich schon verstanden«, gurrte sie. »Ich helf dir mit deiner Nummer. Lass uns aber erst mal kurz nach draußen gehen. Ich will noch eine rauchen.«

Bernd folgte ihr in der Hoffnung, dass diese Ariane ein Handy hatte. Oder sie konnte es ihm besorgen.

»Wegen der Nummer …«, begann er, doch diese Ariane führte ihn zügig durchs Foyer an der Kassenfrau vorbei hinaus.

Draußen war zwischen den Dächern der Fachwerkhäuser hinter dem Parkplatz ein Kirchturm zu erkennen, beeindruckend hoch aufragend, jedoch mit leichter Schräglage.

»Der steht ja gar nicht richtig«, bemerkte Bernd.

»Der Turm von St. Viktor wartet auf eine Jungfrau«, erklärte Ariane. Sie schob sich eine Zigarette zwischen die Lippen und steckte sie an. »In Schwerte sagt man, erst wenn eine echte Jungfrau vor den Traualtar tritt, richtet er sich wieder auf.« Sie kicherte, schwankte und ließ die Zigarette fallen. Die landete auf dem Pflaster, direkt vor Bernds Füßen.

»Uppsala!« Ariane wollte vor ihm auf die Knie gehen, was in ihrem engen Röckchen aber gar nicht so einfach war.

»Warte, ich helf dir«, bot Bernd an.

»Verbrenn dir aber nicht die Finger.«

»Ich weiß schon, wie heiß so ein Stängel werden kann.« Er bückte sich, doch als er sich mit der Zigarette zwischen den Fingern wieder aufrichtete, stand nicht mehr Ariane vor ihm, sondern ein Berg von einem Mann, schwarz gekleidet und mit noch schwärzerem Blick.

»Wer hält hier wem den Stängel?«, knurrte der. Bernd erkannte die Stimme – das war derselbe Mann, über den Janett und er vorhin beinahe gestolpert wären. Nur wirkte er jetzt viel größer, und dass er Bernd am Kragen seiner Funktionsjacke packte und ihn ein paar Meter weiter in eine dunkle Ecke zog, war mehr als unangenehm. »Du Spacken lässt deine Dreckspfoten von meiner Frau, ist das klar?«

Hinter den breiten Schultern des schwarzen Mannes hörte Bernd Ariane wimmern: »Edgar, hör auf, das ist alles nur ein Missverständnis! Der ist völlig harmlos!«

»Ich hab es doch genau gehört, wie er dir mit dem Stängel helfen wollte! Eindeutiger geht's ja wohl nicht! Der wollte vögeln.«

»Was ist mit Vögeln?«, fragte Bernd. »Die sind doch um diese Zeit schon alle im Nest. Ariane hat mir bloß erklärt, dass sich der Turm aufrichtet, wenn eine Jungfrau …«

Weiter kam er nicht, denn dieser schwarze Edgar, der sich offenbar – mit oder ohne Ariane – gern mit Vögeln beschäftigte, hatte ihm die Pranken derartig fest um seinen Hals gelegt, dass er gezwungenermaßen verstummte.

»Erzähl keinen Scheiß!«, schrie Edgar.

Das mit der Luftnot wurde langsam kritisch. Nicht, dass es besonders wehtat, also gut, zugegeben, es gab Angenehmeres, als von einem Goliath gewürgt zu werden, aber plötzlich fühlte Bernd auch noch etwas anders, tief in sich, feucht und vernebelt und pulsierend. Er musste an Janett denken, an ihren runden Hintern, den sie heute den ganzen Tag vor ihm auf dem Fahrradsattel hin- und hergeschwungen hatte, seine Janett, seine Jungfrau, die auf ihn wartete. Dann kam ihm der Geysir im Park in den Sinn, dieser steile Stoß schäumender Nässe, in dem sich der angestaute Druck entlud, so wild ... so wild, so ...

Janett! Mein Gott! Wie fühlt sich das an?

Wie im Traum. Janett blinzelte in die Scheinwerfer, während der Moderator den *Goldenen Schuss* erklärte, den er mit ihr spielen wollte. Es ging irgendwie um einen Arm und eine Brust, einen Bolzen und ein Seil, das sie treffen musste. Mehr verstand sie vor lauter Aufregung nicht.

Noch nie war ihr so etwas Verrücktes passiert. Normalerweise vermied Janett es ja, im Mittelpunkt zu stehen, und da geriet sie jetzt in dieser völlig fremden Stadt in ein vollkommen fremdes Heimatfest mit völlig fremden Menschen – und stand auf einmal im Rampenlicht.

Und wenn sie ehrlich war: Es gefiel ihr!

All diese Leute, die zu ihr aufsahen, dann der Moderator im goldenen Anzug, der sie behandelte, als sei sie eine prominente Persönlichkeit wie zum Beispiel Margot Käßmann. Oder Eva Herman.

»Also, noch mal die Spielregeln für unsere Janett aus dem Sauerland«, sagte der goldglitzernde Moderator, bugsierte sie hinter eine fest montierte Armbrust und reichte ihr einen schmalen, harten Bolzen.

Janett traute sich kaum zu atmen. Niemals hatte sie mit Waffen zu tun gehabt. Und niemals war ihr ein Mann, den sie gar nicht kannte, mit einem Bolzen so nah gekommen. Der Moderator musste ihr Zittern spüren. »Keine Angst, Mädchen, dein Ziel befindet sich dort auf der Bühnenrückwand. Die Wahrscheinlichkeit, dass du jemanden aus dem Publikum nagelst, ist sehr gering!«

Die Menschen lachten. Janett auch. Hinter der Armbrust, in die der Moderator ihr jetzt den Bolzen einzulegen half, fühlte sie sich wie eine starke, wilde, schöne Frau, eine Amazone womöglich. Und sie hoffte insgeheim, dass Bernd inzwischen gekommen war und unten im Saal stand. Vielleicht würde er ablehnen, was sie gerade trieb, vielleicht würde es ihm aber auch gefallen und er würde Lust bekommen, dass sie zu Hause im Sauerland auch ab und an zu solch gefährlichen Spielsachen wie diesen Bolzen griffen. Erst hier – auf der Bühne beim Heimatabend im hochanständigen Schwerte – fiel Janett auf, dass sie sich, wenn sie ehrlich war, in ihrem Leben deutlich mehr Spannung wünschte.

Von hinten flüsterte ihr der Moderator erklärend ins Ohr: »Du musst die Armbrust spannen und dann das Seil da ins Visier nehmen …« Sein goldener Anzug rieb an ihrer Funktionshose, da lud sich etwas auf in ihr, und als er dann unter ihren Arm griff und dabei die Brust – also ihre und nicht die Armbrust – nur ganz leicht streifte …

Ach, da fühlte sich Janett ganz taumelig, wie vorhin beim Geysir, nur noch heftiger. Ihre Beine wurden weich, sie verlor die Kontrolle, weiter konnte sie die Spannung einfach nicht mehr halten, sie musste sich gehen lassen, egal, wohin sie den Bolzen nun schoss, sie schloss die Augen, drehte sich leicht, sank zu Boden und wollte nur noch aufgefangen werden …

Ach Bernd, ich wünschte, du könntest das miterleben, ach, mein Bernd, was passiert hier gerade in diesem Moment? Ach …

Ach … Gerade als Bernd mit dem letzten Rest seines mit Sauerstoff unterversorgten Hirns dachte, jetzt reicht es aber langsam mit dem Gewürge, so toll ist der Rausch dann doch nicht, dass ich hier auf einem Parkplatz in Schwerte sterben will, gerade in diesem Moment hörte Bernd eine Scheibe klirren.

Dann erschlafften die Finger an seinem Hals und der massige Edgar kippte nach vorn, begrub Bernd unter sich. Was ebenfalls nicht optimal zum Atmen war, aber immer noch besser als vorher.

Ariane musste die ganze Zeit gekreischt haben, aber nun steigerte sie sich noch weiter, stöhnte, seufzte, stieß spitze Schreie aus.

Mühselig schob Bernd den seltsam schlaffen Edgar von sich herunter, rappelte sich auf und klopfte den Staub von seiner Radlerhose, damit man ihm nicht sofort ansah, wie derangiert er sich gerade fühlte. Drinnen in der *Rohrmeisterei* schien der Teufel los zu sein. Ein Mann in einem seltsam goldenen Anzug erschien an dem Fenster, dessen Glas in tausend Scherben zerbrochen war, und starrte mit panisch geweiteten Augen heraus.

Auf die kreischende Ariane.

Auf den stummen Bernd.

Und den noch stummeren Edgar.

Ariane hatte die Hände vors Gesicht geschlagen, wie Loths Frau stand sie und starrte durch die Finger hindurch auf Edgar, der noch immer keine Anstalten machte, sich aufzurappeln. Bernd folgte ihrem Blick, sah einen Stab in Edgars Rücken – oder war es ein Bolzen? –, sah Blut und den zerfetzten, schwarzen Stoff. Dann schaute er hoch, weil das Fenster nun aufging und die Leute des Heimatfestes nach draußen strömten. Der Mann im goldenen Anzug, eine Dame auf Rollschuhen, die Kassenfrau … und Janett!

»Bernd!«, rief sie.

»Janett!«, rief er.

»Edgar!«, rief Ariane.

»Ariane!«, rief die Kassenfrau.

»O Janett!«, rief der Mann im goldenen Anzug. »Mein Gott, wer konnte denn ahnen, dass du dermaßen unter Druck gestanden hast?« Und dann erklärte er, dass ein von Janett geschossener Bolzen durch Vorhang und Scheibe hindurch direkt in Edgars Rücken gelandet war.

»Da hat es wenigstens den Richtigen getroffen«, kommentierte die Kassenfrau.

Janett sah aus, wie sie noch nie ausgesehen hatte, die Haare wirr, der Blick irgendwie feurig, natürlich schreckensblass, doch als Gesamtpaket, das musste Bernd zugeben, hatte es alles seinen Reiz. Vielleicht war es das, was einige Menschen so salopp ›sexy‹ nannten. Dann verdrehte Janett die Augen, schwankte, doch bevor sie fiel, war Bernd an ihrer Seite und fing sie auf.

Die Glocken von St. Viktor läuteten. Mit Pastor Dr. Buerbonn wartete vor dem Portal eine Menge Schwerter Bürger, die das Hochzeitspaar aus dem Sauerland begrüßen wollten. Janett und Bernd.

Die Trauzeugen waren schon da, sehr kuriose Gestalten: sie mit knappem Rock und kurzem Haar, er im goldfarbenen Anzug. Der Organist war angewiesen, alte Schlager aus den wilden Siebzigern zu spielen. Und zum Einzug den

Radetzkymarsch. Die Blumen streute eine Frau auf Rollschuhen.

Hut ab, dachte Dr. Buerbonn, da hatte er seine beiden Exstudenten aber völlig falsch eingeschätzt.

Jetzt kamen sie. Beide auf Fahrrädern direkt aus dem Sauerland, in engen Radhosen.

Sie stiegen ab und reichten ihm zur Begrüßung die Hand.

»Warum habt ihr euch eigentlich für Schwerte entschieden?«, fragte Dr. Buerbonn.

»Weil Schwerte so hochanständig ist!« Bernd zwinkerte seiner Braut zu. »*Less Sauvage than Others*.«

Janett übersetzte: »Weniger wild als andere.« Dann küsste sie ihren Bernd, und zwar alles andere als brav und züchtig.

Kurz bevor sie gemeinsam durch das Portal eintraten, schielte Dr. Buerbonn zum Kirchturm. Reine Neugierde. Er hatte nicht den Eindruck, dass sich dieser auch nur einen Millimeter aufrichtete.

Marc-Oliver Bischoff

Lasterhaftes Lünen

Ruhr Nachrichten Lünen 12.4.201x

HELLE AUFREGUNG WEGEN HELLER FREUDE

Wenn Heinrich Hehlmann, Vorsitzender des Vereins *Lünen bleibt sauber e. V.*, bislang noch gehofft hatte, dass der Bauausschuss der Errichtung des Großbordells *Helle Freude* im Gewerbegebiet Wethmarheide einen Riegel vorschieben würde, so sah er sich gestern bitter enttäuscht. Als sich kurz nach zwölf die Türen des Sitzungszimmers im vierzehnten Stock des Lüner Rathauses öffneten und Ausschussvorsitzender Frey informell den Beschluss mitteilte, herrschte schon bald helle Aufregung. »Uns waren die Hände gebunden«, erklärte Frey. »Diesmal war der Bauantrag für die *Helle Freude* formal korrekt gestellt. Wir konnten gar nicht anders, als ihm stattzugeben.«

Heinrich Hehlmann, dessen Bürgerinitiative bereits seit Jahren erbittert gegen das Großbordell kämpft, das der Gastronom Helmut Rosski in der Wethmarheide in unmittelbarer Nachbarschaft der Tanzschule Fromm errichten will, kommentierte die Entscheidung so: »Wir werden nicht zulassen, dass sich in Lünen der Schlund zur Hölle auftut und die Mädchen, die die Tanzschule Fromm besuchen, von den Freiern belästigt werden!«

Gerüchte, nach denen Helmut Rosski dem Tanzlehrer Horst Fromm ein Kaufangebot für dessen Tanzschule auf dem angrenzenden Gelände gemacht hat, um damit drohende Anliegerbeschwerden zu verhindern, konnten nicht bestätigt werden. Weder Helmut Rosski noch Horst Fromm waren gestern für eine Stellungnahme zu erreichen.

Der letzte Tanzkurs endete um halb zehn. Der Mercedes stand auf dem Seitenstreifen, der Motor knackte leise. Mädchenlachen hallte über den Parkplatz, in der Ferne blinkten die roten Signallampen des Trianel-Kühlturms in der Dunkelheit. Nachdem sich der Parkplatz geleert hatte, angelte der Mann am Steuer eine Aktentasche vom Rücksitz. Die Frau auf dem Beifahrersitz reichte ihm einen roten Kugelschreiber. Der Mann stieg aus und überquerte die Straße.

TAN SCHUL FR MM

Die Leuchtreklame befand sich in einem ähnlich desolaten Zustand wie das Gebäude, an dem sie hing. Der Mann öffnete die Tür. Drinnen roch es nach dem Schweiß pubertierender Jugendlicher, die sich wenige Minuten zuvor noch an Discofox und Walzer abgemüht hatten. Hinter der Bar hantierte ein spindeldürrer Mann in eng anliegender Kleidung an einem CD-Spieler. Der Besucher räusperte sich.

»Herrgottchen! Hast du mich erschreckt!« Horst Fromm legte mit übertriebener Geste die Hand auf die Brust. »Was führt dich in meine bescheidenen Gemächer?«

Der Mann holte ein Bündel Papiere und einen roten Kugelschreiber aus der Aktentasche und legte beides auf den Tresen. »Du musst nur hier unterschreiben.«

Horst Fromms blasierte Miene verflüchtigte sich wie Grubengas.

Hauptkommissar Droege schlug die Zähne in die Glasur aus Schokolade. Das Eis, das während der Fahrt von Dortmund nach Lünen auf der Mittelkonsole des Wagens gelegen hatte, löste sich vom Stiel, ein pastellfarbener Batzen klatschte auf den Boden, direkt neben die mit einem Täfelchen als *Spur 7* gekennzeichnete Blutlache.

»'tschuldigung!«, sagte Droege.

Beckmann von der Spurensicherung, der mit ihm und dem

Rest der Entourage aus Dortmund angereist war, fuhr ihn an: »Sach ma, hast du se noch alle? Dat issn Tatort hier.«

Droege hob entschuldigend die Hände.

»Genau. Ungefähr so muss er dagestanden haben«, sagte Kim Yong-Joon hinter seinem Rücken. Seine Kollegin, deren Eltern aus Korea eingewandert waren, reichte ihm einen Asservatenbeutel, in dem grob zerrissene Blätter steckten. »Haben wir hinten im Büro im Papierkorb gefunden. Scheint ein Kaufvertrag zu sein. Von einem Typen namens Rosski, der sein Bordell von der Innenstadt hierherverlegen wollte. Fromm hat aber nicht unterschrieben.«

Horst Fromm lag neben dem Tresen, in seiner Stirn klaffte ein Loch, die Austrittswunde im Hinterkopf war faustgroß. Der Tanzlehrer war nackt, der Schambereich rasiert, die Haut glatt und rosig wie bei einem Baby.

Droege trat beiseite, damit Beckmann weiter Spuren sichern konnte, und studierte die lange Reihe von Schwarz-Weiß-Fotografien an der Wand des Tanzsaales. *1976, neunte Klasse Scharoun-Schule.* Fromm war darauf zu sehen, dessen Eltern damals die Tanzschule betrieben hatten, und Heinrich Hehlmann mit seiner Schwester Helga. Droege schluckte. Schon als die Einsatzmeldung »Tatort Tanzschule Fromm« gekommen war, hatte er geahnt, dass dies kein normaler Fall werden würde. Er ging näher an die Bilder des Abschussballes heran, auf denen Helga Hehlmann zu sehen war. Zehn Jahre später hatte sie neben Droege in St. Norbert vorm Traualtar gestanden. Auf anderen Fotos des Abschlussballes erkannte Droege auch Helgas beste Freundin Carola. Sie hatte später Heinrich Hehlmann geheiratet. Der Gedanke an Carola versetzte Droege wie immer einen Stich.

»Alles in Ordnung?«, fragte Kim Yong-Joon.

Droege wandte sich um. Nein, nichts war in Ordnung.

Mit dem zerrissenen Vertragsentwurf und etwas Glück gewährte der Staatsanwalt einen hinreichenden Tatverdacht gegen Helmut Rosski. Eine Stunde später fuhren sie in der Augustastraße vor. Rosski, der mit seinem kompakten Körperbau und dem latent hinterhältigen Grinsen wie ein Ruhrpott-DeVito wirkte, qualmte ununterbrochen, während die Polizisten in Gummihandschuhen seinen Müll durchwühlten. Nach zwanzig Minuten wurden sie fündig. In einer Plastiktüte entdeckten sie Fromms fleckige Kleidung und einen roten Kugelschreiber. Als Kim Yong-Joon ihm Fromms Hose zeigte, knickte seine Selbstgefälligkeit ein wie der Förderturm von Haus Aden bei seiner Sprengung.

»Sie glauben doch nicht im Ernst, Frau Kommissarin, dass ich so blöd bin und Beweisstücke in meine eigene Mülltonne schmeißen tu?«

»Doch, glauben wir, Rosski«, mischte Droege sich ein. »Dumm und dreist gesellt sich gern, weißt du das nicht?«

Unter erheblichem Protest wurde der Gastronom auf den Rücksitz eines Streifenwagens verfrachtet.

Als Droege aus dem Haus trat, bemerkte er, dass drüben, auf der gegenüberliegenden Straßenseite, vor seinem grüngelb gestrichenen ehemaligen Bergbaudirektorenhaus, Heinrich Hehlmann Posten bezogen hatte. Der selbst ernannte Streiter für ein nuttenfreies Lünen beobachtete mit zufriedenem Lächeln Rosskis Verhaftung.

Droege grüßte mit zwei Fingern hinüber, sein Schwager antwortete mit einem Nicken. Vermutlich würde er zur Feier des Tages das Steigerlied anstimmen.

Vom Bürofenster aus, das sich direkt über einer der Stelzen befand, auf denen das Obergeschoss des Polizeigebäudes ruhte, verfolgte Droege missmutig das Treiben am Busbahnhof. Eine Meute Jugendlicher verließ das McDonald's, schälte Buletten aus dem Papier und warf den Müll auf den Boden.

Kim Yong-Joon stapfte in das Büro, das ihnen die Kollegen vom Bezirksdienst freundlicherweise überlassen hatten. »Aus diesem Rosski krieg ich kein Wort raus.«

Das wunderte Droege nicht. Der Lude hatte sicher reichlich Erfahrung darin, zu schweigen wie ein Grab, wenn es die Situation erforderte.

»Inzwischen frage ich mich, ob Rosski überhaupt ein Motiv hat«, sagte Droege. »Fromm umzunieten, nur weil der nicht verkaufen will, wäre der Gipfel der Dummheit. So kommt er doch nie an das Grundstück.«

»Vielleicht war es ein Unfall. Und noch was ist komisch«, warf seine Kollegin ein. »Der ballistische Bericht ist nicht an uns gegangen.«

»Sondern?«

»Direkt an die Kollegen von der Internen.«

Droeges Alarmglocken schrillten. Was stimmte mit dem Projektil oder der Waffe nicht, dass man die Bluthunde von der Inneren von der Kette gelassen hatte?

»Du hast Fromm gekannt, oder?«, fragte Kim Yong-Joon.

»Ein andermal«, sagte Droege und nahm den Mantel vom Garderobenhaken. Er brauchte dringend etwas Bewegung und frische Luft.

Um halb elf Uhr abends schloss Droege die Tür seines Häuschens in Brambauer auf – alles dunkel. Helga war vermutlich mit einer ihrer Freundinnen unterwegs. Er schlüpfte in seine Hausschuhe, nahm ein *Bergmann* aus dem Kühlschrank und machte es sich auf der Couch bequem. Sein Blick stockte über dem Fernseher, dort hing das gleiche Foto wie in der Tanzschule. Wo einmal der Pokal der Lüner Tanzmeisterschaften gestanden hatte, befand sich nun ein leerer Fleck. Helga hatte die Trophäe vor langer Zeit in den Keller geräumt. Droege beschloss, hinunterzugehen und das Ungetüm wieder an seinen Platz zu stellen – zur Erinnerung an Horst Fromm. Doch bevor er das Sofa verlassen konnte, hörte er, wie die Eingangstür aufgesperrt wurde. Helga kam herein. Ihre Augen glänzten, auf den Wangen lag ein rosiger Schimmer.

»Wir waren in diesem Brautladen in der Viktoriastraße, Kleider für Susannes Tochter anprobieren. Und nachher sind wir noch was trinken gegangen.« Sie setzte sich zu ihm auf die Couch.

»Horst ist ermordet worden«, sagte Droege.

»Ich hab's gehört.«

»Und du ziehst mit deinen Freundinnen um die Häuser. Macht dir das überhaupt nichts aus?«

»Macht es *dir* denn was aus?«

»Ich bin Polizist. Ich sehe so was jeden Tag.«

»Na, in Lünen bestimmt nicht.«

Für längere Zeit war das Ticken der Pendeluhr an der Wand das einzige Geräusch im Raum.

»Das Mädchen kann doch die Anprobe nicht verschieben, nur weil jemand den schwulen Horst erschossen hat.«

Manchmal fragte Droege sich wirklich, wie Helga zu dieser verdammten Kaltschnäuzigkeit kam.

Seine Frau stand auf und seufzte müde. »Ich gehe ins Bett.«

Die Treppe knarzte, als sie sie nach oben stieg. Oben, wo es ein Schlafzimmer, ein Bügelzimmer und ein Gästezimmer gab, aber kein Kinderzimmer. Es hatte nie eines gegeben.

Karl holte sich ein zweites *Bergmann* aus dem Kühlschrank.

Er musste nachdenken.

Kim Yong-Joon und Droege nahmen auf der zum Lippe-Ufer führenden Treppenkaskade Platz, wo sie, von der Sonne beschienen, ihren Mittagsimbiss verzehrten. Yong-Joon schob sich ein Stück Currywurst in den Mund, während Droege mit zwei Stäbchen Nudeln süßsauer aus einer Pappschachtel fischte.

Am anderen Flussufer stieg eine Entenfamilie aus dem Wasser und ließ sich unterhalb der silbernen Stelen im Gras nieder.

»Ihr wart also vor dreißig Jahren in diesem Tanzkurs, deine Helga, ihre Freundin Carola und Helgas Bruder, dieser Hehlmann, der jetzt in der Stadt den Saubermann macht. Du hast dann die Hehlmann-Schwester geheiratet und er diese Carola.«

Droege nickte. Mehr hatte er der Kollegin nicht erzählen wollen.

»Ich hab nachgesehen – Carola Hehlmann ist 2007 entführt worden. Wieso erzählst du mir das nicht?«

»Okay – da gab es die Entführung. Hehlmann ist ziemlich gut betucht. Dummerweise hat er es raushängen lassen.«

»Du warst auch in der Soko, damals.«

»Wir haben Hehlmann dringend nahegelegt, nicht zu zahlen. Er hat sich an den Rat gehalten.«

»Und Carola ist nie wieder aufgetaucht?«

»Vermutlich haben die Täter sie umgebracht und in den Datteln-Hamm-Kanal geworfen.«

»Denkst du, er hätte zahlen sollen?«

»Ich weiß nicht mehr, was ich denken soll.«

Yong-Joon stippte ein Stück Wurst in die Ketchuppfütze und musterte Droege verstohlen von der Seite.

»Kanntest du sie gut? Diese Carola?«

Droege sprang auf. »Die Pause ist rum.«

Die Ermittlungen im Fall Fromm stagnierten. Es gab keine brauchbaren Zeugenaussagen, die DNA-Untersuchungen führten in eine Sackgasse. Die Spurensicherung stellte zwar Fingerabdrücke von mindestens dreißig Personen sicher, doch es gab keine entsprechenden Einträge in der Datenbank. Rosski erklärte beharrlich, es sei unter seiner Würde, schwule Tanzlehrer umzubringen.

Als Droege am vierten Tag nach Hause kam, bemerkte er einen schwarzen Van mit abgedunkelten Scheiben auf dem Parkplatz schräg gegenüber. Im Haus machte er sich erst einmal ein Bier auf. Helga war wieder unterwegs, im Kühlschrank stand Kartoffelsalat, zu dem er sich ein Spiegelei briet.

Er wollte gerade zu essen beginnen, als es klingelte.

Droege kam noch dazu, die Haustür zu öffnen – dann wurde er an der Schulter gepackt, hörte das Klicken der Handschellen und die maskierten Kollegen vom SEK verteilten sich im Haus.

»Was …«

»Ganz ruhig!«

Sie dirigierten ihn ins Wohnzimmer. Er musste sich auf die Couch setzen und sein Chef kam herein. Der Leiter der Kriminalinspektion 1 wirkte deprimiert. Einer der SEKler übergab ihm eine P99, die Waffe steckte in einem Spurenbeutel, und erst jetzt würde Droege klar, dass es seine Dienstwaffe war, die er oben im Waffenschrank eingeschlossen hatte.

»Das Projektil, das Horst Fromm getötet hat, gehört laut ballistischer Analyse zur Einsatzmunition der nordrhein-westfälischen Polizei«, sagte sein Chef. »Genauer gesagt: Die Kugel ist aus einer Dienstwaffe der Dortmunder Kripo abgefeuert worden. Noch genauer gesagt: aus deiner Dienstwaffe, Karl.«

Droege spürte, wie sein Inneres zu Eis gefror. »Ich …«

»Du giltst ab sofort als Beschuldigter und bist ebenfalls ab sofort vom Dienst suspendiert.«

Droege konnte kaum noch klar denken. Nur ein Reflex sagte ihm, dass es besser war, den Mund zu halten. So viel hatte er von Kerlen wie Rosski gelernt.

»Du hältst dich zu unserer Verfügung«, sagte sein Chef. »Beim geringsten Hinweis, dass du türmen willst, wird Untersuchungshaft beantragt. Hast du das verstanden?«

Droege nickte. Verstanden hatte er es. Aber er hatte es nicht begriffen.

Droeges Vater verbrachte seinen Lebensabend in einer winzigen Zweizimmerwohnung in der Zechensiedlung Victoria. Hinter dem Haus an der Glückaufstraße gab es einen handtuchgroßen Garten, in dem er Tomaten zog. Auf dem Dachboden hielt er ein paar *Kröpper*, den Rest eines Taubenschlags, an dessen große Zeiten nur noch eine restaurierte Taubenuhr auf dem Wohnzimmertisch erinnerte. Droege schob den wackligen Sperrholztisch mit den aufgequollenen Rändern an die Mauer und stellte zwei Stühle bereit. Sein Vater füllte zwei Pinnchen mit Korn, nahm von einem Schneidbrett dicke Scheiben Mettwurst und legte sie auf die Gläser.

Mit düsterem Blick schob Droege die Wurst in den Mund; der salzig-rauchige Geschmack bildete einen einzigartigen Kontrast zur Schärfe des Alkohols.

»Und?«, fragte sein Vater, während er sich eine weitere Scheibe Wurst abschnitt. »Warst du's?«

»Bist du verrückt? Natürlich nicht!«

»Wer hätte denn sonst noch an deine Waffe rangekonnt?«

»Niemand. Der Schlüssel zum Waffenschrank hängt im Büro im Keller.«

»Meine Schwiegertochter?«

»Quatsch. Was hätte Helga mit Horst Fromm zu schaffen gehabt?«

»Hast du sie gefragt?«

»Sie ist … erst mal zu ihrer Freundin gezogen.«

Sein Vater schüttelte missbilligend den Kopf. Dann genehmigte er sich einen weiteren Korn und sagte: »Wer hat sonst noch einen Vorteil von Horstis Tod?«

»Höchstens die Finanzverwaltung, der das Grundstück mit der Tanzschule zufällt, falls sich keine Erben finden.«

»Vielleicht war's der Kämmerer?«

»Der ist verzweifelt, aber nicht so verzweifelt.«

»Es hat ganz sicher wat mit dem Grundstück zu tun«, erklärte sein Vater.

»Rosski wollte es Fromm abkaufen, damit der nicht mit einer Anliegerbeschwerde den Bau seines Freudenhauses blockieren konnte.«

»Das ist aber kein Grund, den schwulen Fromm umzubringen. Der hat noch keinem was getan und er war kein Typ, der jemanden mit 'ner Beschwerde in die Pfanne haut. Nicht mal einen wie Rosski.«

»Du kennst dich da ja aus«, sagte Droege bitter.

»Halt einfach die Augen offen«, sagte sein Alter und genehmigte sich ein weiteres Pinnchen. »Und denk dran – es hat alles mit dem Grundstück zu tun!«

Droege hatte den Opel Corsa unauffällig in einer Reihe Autos am Straßenrand geparkt. Die Tanzschule lag verlassen da. Soweit er gehört hatte, hatte Fromm keine Angehörigen und das Grundstück würde in der Tat an die Stadt übergehen.

Zeit zum Nachdenken hatte Droege in den letzten Tagen mehr als genug gehabt. Horst Fromms Tod beschwor Bilder aus der Vergangenheit herauf, von seiner Jugendzeit und vor allem von Carolas Entführung. Sie waren davon überzeugt gewesen, dass der Täter aus Lünen stammte, denn das Lösegeld hatte an Orten deponiert werden sollen, die nur ein Einheimischer kannte. Wie etwa hinter den Kommunistenbüsten im Horstmarer Loch. Außerdem waren die Umschläge der Erpresserbriefe bei Hertie am Marktplatz gekauft worden. Aber da hatte sich die Spur dann verlaufen.

Natürlich hatte man damals auch die Möglichkeit in Betracht gezogen, dass Carola gar nicht entführt worden war, sondern dass Hehlmann sie umgebracht und die Entführung fingiert hatte. Sie hatten sein Haus auf den Kopf gestellt, jedoch ohne Ergebnis. Außerdem schien ein stichhaltiges Motiv zu fehlen.

Droege hätte eins liefern können. Er dachte an die drei silbernen Armreifen, die Carola nie abgenommen hatte, nicht einmal beim Vögeln. Das Klimpern verfolgte ihn bis heute in seinen Träumen. Seine Affäre mit Hehlmanns Frau hatte mit einer Knutscherei auf dem Schützenfest angefangen, gefolgt von einer schnellen Nummer in seinem Wagen, später heimliche Treffs in Hotels in der Umgebung. Sollte Hehlmann davon etwas mitgekriegt haben?

Die Beifahrertür wurde aufgerissen. Droege blieb fast das Herz stehen. Kim Yong-Joon ließ sich in den Sitz fallen und reichte ihm eine Papiertüte.

»Dein Vater hat mir gesagt, wo ich dich finde. Dass du Hunger hast, habe ich mir selbst zusammengereimt.«

Droege atmete tief durch. »Wie sieht's im Büro aus?«

»Frag nicht.« Sie schaute hinüber zur Tanzschule. »Dein Vater sagt, die Lösung hat garantiert was mit dem Grundstück zu tun. Glaubst du das auch?«

»Keine Ahnung«, sagte Droege. »Ich halte es nur einfach nicht zu Hause aus.«

»Die Kollegen vom Revierdienst haben dich auf ihrer Streife hier gesehen und nachgefragt, was sie machen sollen. Ich hab ihnen gesagt, dass ich mich drum kümmere.«

»Danke«, sagte Droege. Er zog einen Glückskeks aus der Tüte. Brach ihn auseinander, rollte den Zettel auf und las laut: »Es genügt nicht, an den Fluss zu gehen, um Fische zu fangen. Man muss auch ein Netz mitbringen.«

Yong-Joon biss in eine fetttriefende Frikadelle mit Senf.

»Und was bedeutet das?«, wollte er wissen.

»Dass die Chinesen uns Koreanern für ihre Glückskekse die Sprüche klauen.« Sie wischte sich den Mund mit einer Serviette ab.

Eine kleine Ewigkeit saßen sie schweigend nebeneinander. Im Radio dudelte leise *It's a sin* von den Pet Shop Boys. Die Uhr am Armaturenbrett zeigte schließlich halb zwölf.

Yong-Joon gähnte. »Ich glaube, ich muss ins Bett. Ruf mich an, wenn was ist.«

Eine Viertelstunde später fuhr der Mercedes vor.

Heinrich Hehlmann saß am Steuer, bei seiner Beifahrerin musste Droege zweimal hinschauen. Es war Helga, seine Frau. Was suchte sie hier?

Die beiden stiegen aus und holten eine Schaufel, einen Plastiksack, Arbeitshandschuhe und Gummistiefel aus dem Kofferraum. Dann gingen sie über den Parkplatz und verschwanden hinter der Tanzschule.

Droege war immer noch wie gelähmt, ihm war speiübel. Hehlmann und Helga. Geschwister, natürlich. Blut ist dicker als Wasser. Wo war Helga denn gewesen, als Horst erschossen wurde? In seinem Kopf herrschte absolutes Chaos.

Irgendwie schaffte er es, auszusteigen; mit zitternden Knien folgte er den beiden. Er hatte nicht einmal mehr eine

Waffe, um sich zu verteidigen. Egal, er musste wissen, was seine Frau und sein Schwager vorhatten.

Hinter einem Müllcontainer ging er in Deckung. Es stank bestialisch, aber das war ihm egal.

Hinter dem riesigen Findling, der die Grenze von Fromms zum Nachbargrundstück bildete, begann Hehlmann, ein Loch auszuheben. Droege hatte das Gefühl, dass er eine Ewigkeit brauchte. Er hörte ihn keuchen. Droege fing an zu frieren. Schließlich breitete Helga den Plastiksack neben der Grube aus. Hehlmann holte etwas aus der Grube, das sich im Schein der Taschenlampe hell abzeichnete. Menschliche Gebeine: ein Oberschenkelknochen, Rippen, ein Schädel mit einem Loch so groß wie ein Hühnerei. Dann folgten weitere Gegenstände: ein Turnierpokal, das Metall angelaufen, dreckverschmiert und an einer Seite eingedellt. Drei silberne Armreifen.

Die Erkenntnis traf Droege wie ein Keulenschlag. Ein leiser Aufschrei entfuhr ihm. Das Geräusch verriet ihn – Heinrich und Helga fuhren erschrocken herum.

Obwohl er wusste, dass er unvorsichtig war, trat er aus der Deckung.

»Hast du Carola damit erschlagen?« Seine Stimme zitterte.

Hehlmann und Helga wechselten einen schnellen Blick.

»Ich war's«, sagte Helga. »Ich habe sie umgebracht. Nicht, weil du es mit ihr getrieben hast. Sondern weil du ihr ein Kind gemacht hast, während wir keins bekommen konnten. Ich habe Carola deswegen gehasst, noch mehr als dich. Heinrich hat mir geholfen, die Leiche verschwinden zu lassen. Obwohl er selber auch gute Lust gehabt hätte, das Flittchen zu erledigen.«

Hehlmann nickte Zustimmung.

»Und was war mit Horst?«, krächzte Droege. »Der hat doch gar nichts mit euch zu tun?«

»Ich wollte ihm die Tanzschule abkaufen, damit Rosski das Grundstück nicht in die Finger bekam«, sagte Hehlmann. »Und damit ich mit einer Anliegerbeschwerde sein Bordell verhindern konnte. Aber Horst wollte nicht an mich verkaufen. Da mussten wir zu Plan B greifen und es so arrangieren, dass es aussah, als hätte Rosski den schwulen Horst umgebracht.«

»Darum warst du so vehement gegen den Bau des Bordells. Du hattest Angst, sie finden Carolas Leiche, wenn sie hier ausschachten. Von wegen Moralapostel! Aber jetzt hab ich euch beide!«

Heinrich lächelte. »Bist du dir da so sicher?«, fragte er. »Wir haben nämlich noch einen Plan C.« Plötzlich holte er aus, etwas Grünes schoss auf Droege zu – das Blatt des Spatens. Ein dumpfer Schlag, dann fiel er in endlose Leere.

Als Droege wieder zu sich kam, trug er Handschellen. Seine Hände waren ebenso dreckverkrustet wie die Gummistiefel an seinen Füßen. Neben ihm lag der grüne Spaten. Ringsum ein Meer von Blaulichtern. Zwei Beamte blickten mit versteinerten Mienen auf ihn herab. Das Grab und der Plastiksack mit Carolas Gebeinen waren unter einem Zelt der Spurensicherung verschwunden. Scheinwerfer überall.

»Wir haben ihn dabei überrascht, wie er Carolas Leiche ausgraben wollte. Er hat zugegeben, dass er sie getötet hat, weil sie schwanger von ihm war und Helga nichts davon erfahren durfte«, hörte er Heinrich sagen. »Meine Schwester steht völlig unter Schock.«

Kim Yong-Joon tauchte neben ihm auf. Sie ging in die Knie, schüttelte den Kopf.

Droege war erleichtert. Sie würde alles aufklären – immerhin hatte sie vor wenigen Stunden noch mit ihm im Auto gesessen.

»Mensch, Droege!«, sagte sie. »Da hab ich mich aber ziemlich in dir getäuscht – ich hätte geschworen, Helga war es.«

Gabriella Wollenhaupt

Lüdenscheider Lustparade

»Aber Herr Gödde, das packen wir ganz schnell wieder ein«, sagt Schwester Renate mit Nachdruck.

Harry Gödde lächelt traurig. »Nur mal anfassen«, nuschelt er.

»Dann hol ich jetzt den Kurt«, kündigt die Altenpflegerin an und zieht das Handy aus der Kitteltasche. »Hier Renate. Kannst du mal kommen, Kurt? Der Herr Gödde wedelt mit den Kronjuwelen.«

Renate beendet das Gespräch. Gödde liegt wieder brav zugedeckt in seinem Bett.

»Na, geht doch, Herr Gödde.« Renate schiebt den Rolltisch mit den Mineralwasserflaschen ans Bett. »Sie wissen ja: trinken, trinken und nochmals trinken. Besonders bei dem Wetter.«

Renate verlässt das Zimmer, Harry Gödde weint.

In Lüdenscheid gibt es eine romantische Altstadt mit kleinen Lädchen, niedlichen Cafés und freundlichen Menschen. Unterhalb der gepflasterten Gässchen befindet sich das *Sauerland-Center* – leere Geschäfte, dem Verfall preisgegeben. Und noch ein Stück weiter unten liegen zwei große Gebäude wie gestrandete Wale. *Reseda Lutea*, für viele Menschen die letzte Station ihres Lebens.

Zu den gelb gestrichenen Gebäuden mit den Regenbogenstreifen gehört ein großer Hof mit Parkplatz. Zwischen den Autos flanieren alte Menschen, die sich auf Pfleger, Angehörige und Rollatoren stützen. Ihre Gesichter wirken nicht unglücklich, sondern hoffnungslos.

In einem der Zimmer im ersten Stock lebt Harry Gödde. Die Etage heißt *Rosen-Karree.* Doch von Rosen ist nichts zu sehen. Die anderen Etagen tragen Lilien, Tulpen und Fuchsien in ihren Namen. Wohlfühlnamen. Seit einem Schlaganfall kann sich Harry Gödde nicht mehr selbst versorgen. Er ist fünfundachtzig Jahre alt und lebt seit einem Jahr hier. Sein Sohn Thorsten hat ihm den Heimplatz beschafft.

Sabrina Spickenkötter und Chantal Zarkovic sind achtzehn Jahre alt und haben nach ein paar Ehrenrunden die Realschule erfolgreich abgeschlossen. Nun sind sie in der Berufsfindungsphase. Die Agentur für Arbeit hat den beiden ein vierwöchiges Praktikum in *Reseda Lutea* organisiert. Altenpflegerinnen werden gesucht. Ein Beruf mit Zukunft.

Schwester Renate wirft einen Blick auf die beiden Grazien und weiß Bescheid. Nasenpiercing, Kaugummi im Mund, naiver Augenaufschlag, künstliche Fingernägel mit Glimmer, die Brüste auf Krawall geschnürt – Prekariatsnachwuchs aus der untersten Schublade.

»Schön, dass ihr da seid«, lächelt Renate diabolisch. »Wir können hier jede Hilfe gebrauchen. Ihr zwei Hübschen zieht erst mal die Kittel über und dann stelle ich euch den Stationspfleger Herrn Bambulla vor, der zeigt euch, wie man die Patienten sauber macht. Kommt ihr?«

Chantal und Sabrina sehen sich panisch an. Mit flauem Gefühl im Magen folgen sie Renate zur Kleiderkammer.

Stationspfleger Kurt Bambulla betrachtet Sabrina und Chantal mit Wohlwollen. Die Brüste sprengen fast die Knöpfe vom Kittel. Da geht was, denkt er.

»Wann ist denn hier Mittagspause?«, fragt Chantal und zerknallt eine Kaugummiblase.

»Erst die Arbeit«, befiehlt Kurt.

»Ich will nicht alt werden und du?«, sagt Chantal am Ende des Tages.

»Ich auch nicht«, nickt Sabrina.

»Und ich will hier auch nicht arbeiten«, erklärt Chantal.

»Wir müssen das aber durchziehen. Wegen der Kohle.«

»Dann sollten wir uns was einfallen lassen«, sagt Chantal.

Am nächsten Morgen ist Harry Gödde der Erste, der gewaschen werden muss. Kurt entkleidet den alten Mann und taucht den Schwamm ins warme Seifenwasser.

»Immer schön kreisen lassen«, erklärt der Pfleger und lässt den Schwamm über Göddes Oberkörper gleiten. »Und jetzt kommt der Unterleib dran«, grinst Kurt. »Da hat es Opa Gödde besonders gern. Aber ihr seid ja schon erwachsen.«

Er zieht dem Patienten die Hose aus. Gödde stöhnt.

Sabrina und Chantal starren auf das Teil, das wie eine eingeschrumpfte Möhre zwischen den Beinen ruht. Kurt grinst noch breiter. Prompt klingelt sein Handy.

»Ich muss weg. Eine Patientin ist aus dem Bett gefallen. Macht ihr mal weiter hier! Und wenn ihr fertig seid, zieht ihm einen frischen Schlafanzug an.«

Chantal versenkt den Schwamm im Wasser, drückt ihn leicht aus und wäscht Göddes Unterbauch mit kreisenden Bewegungen.

»Heb das mal an«, fordert sie. »Das müssen wir auch waschen, oder?«

Mit spitzen Fingern greift Sabrina die graue Schrumpelmöhre und zieht sie nach oben.

Harry Gödde spürt die Berührungen und öffnet die Augen. Ihm gefällt, was er sieht: einen blonden und einen brünetten Mädchenkopf, rosige Haut und junges Fleisch. Er atmet schneller.

»Guck mal!«, japst Sabrina.

Die Möhre in ihrer Hand verändert die Farbe, wird prall, glänzt und beginnt zu pochen. Mit weit aufgerissenen Augen starren die Mädchen auf Harry Göddes Penis, der sich zu einem ansehnlichen Gerät entwickelt hat.

»Dass das noch geht in dem Alter«, wundert sich Sabrina.

»Mach weiter«, grinst Chantal. »Mal gucken, was passiert.«

Emsig und ernsthaft verrichten die Mädchen ihre Arbeit. Pfleger Kurt schaut kurz herein. Mit geübtem Griff zieht er die Vorhaut zurück und gibt Anweisungen: »Ihr müsst auch druntergehen, sonst gibt's Smegma.« Chantal nimmt den Waschlappen. Gödde blickt glücklich zur Decke.

In den folgenden Tagen hören Chantal und Sabrina aufmerksam zu, wenn die Rede auf Harry Gödde kommt. Zu seinen besten Zeiten trug er den Spitznamen *Dirty Harry*. Bis vor zehn Jahren ist er der Rotlichtkönig von Lüdenscheid gewesen, besitzt immer noch Bars, Saunaklubs und ein Bordell namens *Wunder-Bar*. Ein Geschäftsführer lenkt die Geschicke des Unternehmens, aber der Alte ist nach wie vor am Umsatz beteiligt. Das Geld fließt auf ein Konto, auf das Sohn Thorsten keinen Zugriff hat.

»Der hat Kohle ohne Ende. Der Sohn piesackt ihn immer, damit der ihm sagt, wo er sein Geld gebunkert hat. Aber Opa Gödde schweigt«, erzählt Kurt. »Und die Klubs kann der Junior nicht verticken, weil alles immer noch allein dem Alten gehört.«

Sabrina und Chantal spitzen die Ohren und sehen sich vielsagend an. In ihren Köpfen reift eine Idee.

Die Mädchen erklären, sich verstärkt um Harry Gödde kümmern zu wollen.

»Er war ein guter Freund meines Opas«, lügt Sabrina Renate vor. »Ich wusste gar nicht, dass er hier wohnt. Mein

Opa ist leider tot und ich vermisse ihn so. Jetzt kann ich dem Herrn Gödde das geben, was ich meinem Opi nicht mehr geben konnte.« In ihren Augen stehen Tränen.

Schwester Renate ist gerührt.

Zwei Wochen später. Die Mädchen haben gute Arbeit geleistet. Der Arzt, der die Patienten von *Reseda Lutea* einmal im Monat begutachtet, ist überrascht von Göddes Zustand. Der alte Mann ist wacher als sonst, hört Radio und sieht fern, isst besser, trinkt viel, hat eine rosige Haut und er spricht wieder.

»Das liegt an den beiden Mädchen«, erklärt Schwester Renate dem Arzt stolz. »Unseren Praktikantinnen. Sie kümmern sich so liebevoll um den Herrn Gödde.«

Sabrina und Chantal nicken ernst.

»Schön, dass es noch junge Menschen gibt, die Verantwortung übernehmen«, lobt der Medizinmann.

Auch dem Sohn Thorsten Gödde bleibt nicht verborgen, dass sein Vater aufblüht.

Er erkundigt sich nach dem Grund. Doch der Alte ist abweisend wie immer. Gödde junior versucht es mit einem anderen Thema und bringt die Rede auf das, was ihn eigentlich beschäftigt. Denn er hat auf Kontoauszügen gesehen, dass der Alte im letzten Jahr nach und nach achthundertfünfzigtausend Euro in bar vom Konto abgehoben und irgendwo versteckt hat. »Vater, du musst mir sagen, wo du das Geld gebunkert hast. Bald kann ich das Heim nicht mehr bezahlen.«

Der Alte starrt an die Decke und schweigt.

Von der Heimleitung erfährt Thorsten dann, dass es seinem Vater viel besser geht, seit sich zwei Praktikantinnen um ihn kümmern.

Auch in Thorsten Göddes Kopf entsteht eine Idee. Er wartet, bis die Mädchen aus der Pause zurückkommen, und spricht sie an.

»Ich möchte mich bei euch bedanken, dass ihr meinen Vater so gut betreut«, behauptet er. »Darf ich euch zu Kaffee und Kuchen einladen?«

Sie schauen ins *Rosencafé* von *Reseda Lutea.* Es ist Besuchstag: Viele Söhne und Töchter sind beim Pflichttermin mit ihren Eltern. Kein freier Tisch.

»Kommt, wir gehen in den *Kleinen Prinzen*«, schlägt Chantal vor. Bei Apfelschorle, Waffeln und Vanilleeis hören sie, was Thorsten Gödde zu sagen hat.

»Was habt ihr mit dem Alten gemacht?«, kommt der unverblümt zur Sache.

»Wieso?«, dehnt Chantal. Ihre Nase kräuselt sich.

»Warum ist mein Vater so gut drauf?«, setzt Thorsten nach.

»Wir mögen ihn eben«, antwortet Sabrina. »Er war ein alter Freund meines verstorbenen Opas.«

»Was du nicht sagst! Mein Alter hatte keine Freunde, höchstens Geschäftspartner und jede Menge Feinde.«

»Davon wissen wir nichts.« Sabrina steckt ein Stück der Waffel in den Mund.

»Unterhält er sich auch mal mit euch?«, fragt Thorsten.

»Nicht richtig«, entgegnet Chantal. »Er brabbelt vor sich hin, aber ganze Sätze sind das nicht.«

»Wollt ihr euch ein bisschen Geld nebenher verdienen?«

Sabrina wirft Chantal einen Millisekundenblick zu. Dann fragt sie: »Womit denn?«

»Der Alte hat Kohle beiseitegeschafft und irgendwo versteckt. Mein Erbe!«

»Erben kann man doch nur, wenn einer stirbt«, stellt Chantal fest.

»Ja, aber wenn er tot ist, kann er nicht mehr sagen, wo das Geld ist«, blafft Thorsten. »Geht das in eure Köpfe rein?«

Sabrina atmet tief ein und wieder aus. Das Piercing im Nasenflügel bebt. »Wir sollen also für dich rauskriegen, wo die Kohle ist, richtig?«

»Schlaues Mädchen!«, lobt Thorsten.

»Und dann sagen wir dir das und du holst dir das Geld. Auch richtig?«

Thorsten nickt. »Aber ihr werdet natürlich nicht leer ausgehen.«

»Um welche Summe geht es eigentlich?«, setzt Sabrina das Verhör fort.

»Zwanzigtausend Euro. Und ihr bekommt fünfhundert Euro.«

»Jede von uns?«

»Na klar.«

»Wow«, strahlt Chantal.

Die *Wunder-Bar* befindet sich in Lüdenscheid-Brügge. Der Puff hat schon bessere Tage gesehen. Das Gebäude ist oben herum mit Sauerländer Schiefer verkleidet, das Erdgeschoss ist feuerrot angemalt. Der Schriftzug *Secret Dream* ziert die Fassade in geschwungenen Buchstaben, in einer Schautafel macht eine junge Frau mit Peitsche für ein *House of Pain* Reklame.

»Das ist mein Laden«, erklärt Harry Gödde, der im Rollstuhl sitzt.

Sabrina und Chantal nicken. Sie kennen das Etablissement vom Hörensagen. »Nix los hier, oder?«, sagt Chantal.

»Ist noch zu früh. Mein Geschäftsführer kommt erst in einer Stunde. Bis dahin müssen wir fertig sein.«

Die Mädchen schieben Gödde zum Eingangsportal, heben den Rollstuhl über drei Stufen.

»Schließ auf«, fordert Gödde und reicht den Schlüssel weiter.

Sabrina zögert.

»Mach schon. Das gehört alles mir.«

Der Flur ist lang und dunkel.

»Immer geradeaus, bis zur Tür dahinten.«

Der Holzboden knarrt unter Göddes Rollstuhl. Einige der Zimmertüren stehen offen: Betten, Spiegel, leere Pullen.

»Da sind wir. Hier geht es rein.«

Als die drei die *Wunder-Bar* verlassen, steckt in der Tasche hinter der Rollstuhllehne eine flache Stahlkassette.

Auch Pfleger Kurt macht sich Gedanken. Was geht da ab im Rosenzimmer? Gödde lässt nur noch die Mädchen an sich heran, ist nach deren Pflege aufgekratzt, zufrieden und gesprächig.

Kurt beschließt, der Sache auf den Grund zu gehen, und versteckt sich in Göddes Bad hinter dem Duschvorhang.

Als die Mädchen das Zimmer betreten und ihre Arbeit erledigen, kann er sie zwar nicht sehen, aber hören.

Nach wenigen Minuten ahnt Kurt, was im Zimmer geschieht. Harry Gödde lacht und stöhnt. Kurt tritt leise aus der Duschkabine, schleicht zur Tür und linst durch den offenen Spalt.

Gödde sitzt aufrecht in seinen Kissen, Sabrinas Hände bewegen sich in seinem Schoß. Chantal wäscht ihm den Rücken.

»Das ist es also!«, ruft Kurt. »Ihr holt dem Alten einen runter.«

»Kümmer dich um deinen eigenen Scheiß, du Spanner!«, schreit Chantal und wirft den Schwamm nach ihm.

»So nicht, meine Damen!« Kurt greift in ihre Haare und reißt sie vom Bett.

Das Mädchen fällt zu Boden. Der Pfleger zieht ihren Kopf hoch, stellt sich vor sie hin, öffnet den Gürtel seiner Hose und fordert: »Jetzt machst du hier weiter!« Er drückt ihren Kopf in seinen Schritt.

Chantal bleckt die Zähne und beißt beherzt zu. Der Pfleger schreit auf, hält sich den Unterleib und geht in die Knie.

Fassungslos verfolgt Sabrina, was passiert, und sieht auch, wie sich Harry Gödde aus dem Bett bewegt, die Mineralwasserflasche vom Nachtisch nimmt und sie mit voller Wucht auf Kurts Schädel donnert. Der Pfleger fällt zur Seite und rührt sich nicht mehr.

»Scheiße«, sagt Chantal.

Die Zimmertür öffnet sich. Schwester Renate starrt mit großen Augen auf die Szene.

»Scheiße«, wiederholt Sabrina.

Am nächsten Tag erscheint Pfleger Kurt nicht zur Arbeit. Am Telefon meldet er sich nicht, auch zu Hause trifft ihn niemand an.

Schließlich findet man seine Leiche im Wäschekeller. Er liegt erschlagen in einem Container mit verschmutzten Bettlaken.

Die Kriminalpolizei befragt die anderen Pfleger, die Bewohner, Zulieferer, Besucher und Angehörige.

Niemand hat etwas gesehen, niemand hat Schreie gehört oder Merkwürdiges im Umfeld des Wäschekellers bemerkt.

Der Rechtsmediziner stellt einen Schädelbruch fest, die Kriminaltechniker ermitteln, dass der Tote außerhalb des Kellers getötet wurde. Seltsam sind die Spuren an seinem Geschlechtsteil.

Chantal und Sabrina wissen von nichts. Harry Gödde spielt den Grenzdebilen und Schwester Renate weint während des Verhörs unaufhörlich in ihr Taschentuch.

Thorsten Gödde erfährt aus der Zeitung von dem Todesfall und dann von der Heimleitung, dass Chantal und Sabrina unerwartet ihr Praktikum beendet haben. Er gerät in Panik. Was, wenn diese Tussen herausbekommen haben, wo der Alte das Geld gebunkert hat, und selbst abkassieren wollen?

Die nächsten Worte seines Gegenübers lassen ihn den Gedanken nicht zu Ende führen.

»Ihr Vater ist auch weg«, teilt ihm der Heimleiter mit.

»Wie weg?« Thorsten kapiert nicht.

»Er hat das Heim verlassen.«

»Das kann er nicht, wie soll das gehen?«, poltert Thorsten.

Der Heimleiter berichtet von einem privaten Pflegedienst, der plötzlich aufgetaucht sei. Zwei Männer hätten Harry Gödde in den Rollstuhl bugsiert, seine Sachen zusammengepackt und ihn nach draußen geschoben.

»Und Sie haben das zugelassen?«, brüllt Thorsten. »Das wird Konsequenzen haben!«

»Unsere Einrichtung ist kein Gefängnis. Ihr Herr Vater hat sich selbst entlassen und eine entsprechende Willenserklärung abgegeben. Er ist kein Häftling, sondern ein Gast.«

»Wo haben die Leute ihn hingebracht?«, schreit Thorsten und packt den Heimleiter am Kragen. »Red endlich!«

Der Mann schlägt Thorstens Hand weg. »Muss ich den Sicherheitsdienst holen?«

»Verstehen Sie denn nicht?«, fragt Thorsten. »Ich mache mir doch nur Sorgen um meinen Vater. Vielleicht ist er gekidnappt worden!«

»Den Eindruck hatte ich nicht. Herr Gödde war wirklich guter Laune. Die Pfleger haben ihn in einen Wagen gesetzt und sind weggefahren. Und Ihr Vater winkte mir noch zu.«

Thorsten Gödde geht zur Polizei. Er will die Entführung anzeigen.

Kommissar Gutmann, der für den Fall des toten Pflegers zuständig ist, nimmt ihn in Empfang. Nachdem er Thorsten angehört hat, begibt er sich in sein Büro und telefoniert mit dem Leiter von *Reseda Lutea*. Der versichert ihm, dass der alte Mann freiwillig und gut gelaunt das Heim verlassen habe, und er berichtet auch, dass Thorsten Gödde seinen Vater regelmäßig unter Druck gesetzt hat.

Endlich macht es bei Gutmann Klick. Der Name Harry Gödde ist ihm gleich so bekannt vorgekommen. Dirty Harry. Der hatte seine Finger überall drin, erinnert sich der Kommissar. Prostitution, Schutzgelderpressung, Drogen, Menschenhandel. Erfinder des Rundum-Sorglos-Pakets für die Gastronomen im Sauerland. Der Lüdenscheider Pate mit Angeboten, die niemand ablehnen konnte.

Dirty Harrys Glanz ist nach dem Schlaganfall verblasst, doch seine Läden laufen nach wie vor wie geschmiert. Gutmann versteht nun, warum Thorsten Gödde so an seinem Vater hängt.

Er nimmt die Anzeige auf und verspricht, die Sache zu verfolgen. Doch große Hoffnungen macht er dem Sohn nicht.

»Ihr Vater ist erwachsen, hat einen freien Willen und er steht nicht auf der Fahndungsliste.«

»Da stecken die beiden Mädchen dahinter«, wettert Gödde junior. »Die Schlampen wollen ihn ausnehmen wie eine Weihnachtsgans.«

Gutmann verkneift sich den Hinweis darauf, dass Dirty Harry die letzten fünfzig Jahre seines Lebens mehr Frauen ausgenutzt und ausgebeutet als Lüdenscheid Regentage hat.

Der Pflegedienst, der Dirty Harry abgeholt hat, ist schnell ermittelt.

»Herr Gödde selbst hat uns beauftragt, ihn abzuholen«, erklärt der Chef dem Kommissar.

»Wo haben Sie ihn hingebracht?«, fragt Gutmann.

»Zur *Wunder-Bar* nach Lüdenscheid-Brügge. Dort wartete ein nagelneuer Bully und zwei junge Frauen haben ihn freundlich begrüßt.«

»Hatten Sie den Eindruck, dass der Mann entführt wurde?«

»Entführt?«, fragt der Pflegedienstler verdattert. »Nein. Der Kunde freute sich, bat mich noch, den Rollstuhl hinten in den Gepäckraum zu packen. Er hat mir ein großzügiges Trinkgeld gegeben und rief, dass es jetzt in den Süden ans Mittelmeer geht, in den Urlaub.«

Die Mädchen und Harry Gödde sitzen auf der Terrasse eines Restaurants direkt am Meer. Auf dem Tisch Hummer, Aioli, Salat und Rotwein. Auf einem Stuhl mehrere Tüten mit schicken Kleidern und angesagten Accessoires.

»Guck mal, Herr Gödde, du bist in der Zeitung«, strahlt Chantal, die ihr Smartphone checkt. Sie hat eine Mail von Schwester Renate bekommen. »Sogar mit einem Foto von früher. Schnuggeliger Typ warst du mal.«

Gödde staunt und lässt sich den Artikel vorlesen. Er erfährt, dass sich sein Sohn mit einem Hilferuf an die *Lüdenscheider Nachrichten* gewandt hat: Sein Vater sei entführt worden und er, der Sohn, sei sehr in Sorge, zumal die Polizei die Geschichte nicht wirklich ernst nehme. Gödde senior lächelt, obwohl er sich nicht gut fühlt. Die Fahrt und das Dauergeplapper seiner Mädchen haben ihn angestrengt. Doch die Freude der beiden, das Meer zu sehen und sein Geld ausgeben zu dürfen, stimmt ihn zufrieden.

Sabrina bittet den Kellner, ein Foto zu machen: Harry Gödde mit Panamahut zwischen Chantal und Sabrina, alle drei winkend und lachend.

Chantal übermittelt das Foto an Schwester Renate.

»Kannst du an die Zeitung geben«, schreibt sie dazu. »Dann weiß jeder, dass mit dem Herrn Gödde alles paletti ist.«

Harry Gödde hat eine halbe Flasche *Cote du Ventoux blanc* intus und ist beseelt. Die Mädchen bringen ihn zu Bett, waschen ihn, wie er es gewohnt ist: Sanft kreisen sie mit einem warmen Schwamm über jeden Teil seines Körpers.

Bei der Behandlung in der Körpermitte bäumt sich der alte Mann auf, schaut die Mädchen an, sinkt ins Kissen zurück, stöhnt ein letztes Mal und haucht sein Leben aus.

Eine Stunde brauchen Chantal und Sabrina, bis sie wieder einen klaren Gedanken fassen können.

»Ich hatte den Herrn Gödde wirklich lieb«, weint Sabrina.

»Ich doch auch«, nickt Chantal.

Am nächsten Morgen sieht Kommissar Gutmann das Foto in der Zeitung und grinst. Hat der Alte seinem Sohn also ein geniales Schnippchen geschlagen!

Weniger Freude bereiten Gutmann die Ergebnisse der kriminaltechnischen Untersuchungen. In der Kopfhaut des toten Pflegers Kurt Bambulla sind Glassplitter gefunden worden. Sie könnten von einer der Wasserflaschen stammen, die im Altenheim auf die Zimmer verteilt werden.

Er bittet Schwester Renate noch mal um ein Gespräch. Die gibt zu, das Foto der drei Urlauber an die Zeitung weitergeleitet zu haben, sonst gesteht sie nichts. Sie habe sich nichts vorzuwerfen. Sie erzählt, was sie über die Reise der beiden Mädchen und des Alten weiß.

Gutmann überprüft Renates Konto. Keine überraschenden Einzahlungen. Aber etwas ist auffällig: Seit dem Tod des Pflegers hat die Schwester kein Geld mehr abgehoben. Sie hat wohl ein Sparschwein zu Hause, das sie plündert, denkt Gutmann. Aber für einen Durchsuchungsbeschluss reicht das nicht.

Dann bekommt der Kommissar einen Hinweis von einer alten Dame. Kurt Bambulla war dafür bekannt, dass er amouröse Abenteuer mit sehr jungen Kolleginnen gesucht hat.

Gutmann denkt an das Bild in der Zeitung, das die verschwundenen Praktikantinnen zeigt. Ja, das könnte passen, denkt er, während er sich das Foto erneut ansieht.

Drei Tage später sind der tote Gödde, Chantal und Sabrina wieder in Deutschland. Das Konsulat hat den beiden Mädchen geholfen, die Leiche in ihre Heimat zu überführen.

Gutmann bestellt die Mädchen zu sich. Sie bleiben bei der Wahrheit.

»Der Herr Gödde wollte noch mal in den Süden, bevor er …« Chantal schnieft.

»Den Wunsch haben wir ihm erfüllt«, vervollständigt Sabrina.

»Herr Gödde hat ein Testament gemacht«, weiß der Kommissar. »Er hat es beim Heimleiter von *Reseda Lutea* hinterlegt und von ihm gegenzeichnen lassen, bevor er mit Ihnen seine letzte Reise antrat. Gratuliere!«

»Warum denn?«, fragt Chantal.

»Ihr erbt seine Läden. Der Sohn bekommt nur den Pflichtteil.«

»Der Herr Gödde hatte uns eben auch gern«, strahlt Sabrina.

»Und da ist noch was«, macht Gutmann weiter. »Dirty Harry hat in einem zweiten Schreiben gestanden, Kurt Bambulla eins über den Schädel gegeben zu haben. Was wisst ihr darüber?«

Die Mädchen berichten nun von der sexuellen Nötigung durch den Pfleger und Göddes heldenhafte Aktion mit der Mineralwasserflasche. Dass die Spuren an Kurts Geschlechtsteil zu Chantals Zähnen passen, bestätigt die Geschichte von der Nötigung.

Vier Wochen später melden sich Chantal und Sabrina bei der Agentur für Arbeit ab.

»Wir machen uns selbstständig«, verkünden sie dem Arbeitsberater.

»Nagelstudio oder Pommesbude?«

»Weder noch. Wir gründen eine Firma. Sie wird *Spätzünder* heißen. Service für wohlhabende rüstige Rentner. Private Altenmassage.«

»Könnt ihr das denn?«

Chantal und Sabrina schauen sich an und lachen. »Und wie!«

Dann marschieren sie noch einmal zum Pflegeheim. »Los, Renate, du kommst mit uns.«

»Wieso denn?«

»Wir brauchen eine Geschäftsführerin.«

Arno Strobel

Shades of Kamen

Als Bürgermeister Gerhard Kohlhausen am Montagvormittag gegen halb neun das Vorzimmer seines Büros betrat, wurde er von seiner Assistentin Christina mit einem Augenrollen empfangen.

»Schon wieder zwei Anrufe«, erklärte sie, während sie ihm die Tageszeitung reichte.

Kohlhausens Blick ruhte eine Weile nachdenklich auf ihrem hübschen Gesicht. »Stellen Sie seinen nächsten Anruf durch. Ich werde diesem Kerl ein für alle Mal klarmachen, dass er mit seinen Drohungen bei mir nichts erreicht.«

»Und dieser Russe …«, setzte Christina an.

»Nichts da«, entschied Kohlhausen. »Sagen Sie ihm … keine Zeit … kein Interesse … denken Sie sich was aus, okay?«

In seinem Büro ließ er sich in den Ledersessel hinter dem geschwungenen Schreibtisch fallen. Sein Blick wanderte zu dem großen Fenster, ohne dass er etwas von dem, was er dort sah, wirklich wahrnahm. Seine Gedanken beschäftigten sich mit dem Wirbel, für den das alte Hertie-Gebäude in den letzten Wochen gesorgt hatte. Seit August 2009 stand das ehemalige Kaufhaus nun schon leer und bröckelte vor sich hin. Sanierungspläne und Entwicklungskonzepte für den mit Graffiti beschmierten und nach Urin stinkenden Schandfleck hatte es schon genug gegeben, aber am Ende war keiner der potenziellen Investoren bereit gewesen, neben dem Kaufpreis auch die gewaltige Summe für eine Kernsanierung aufzubringen.

Bis vor zwei Wochen der erste Anruf gekommen war, der

erfolgversprechender klang als die Anfragen eines dubiosen russischen Oligarchen, die regelmäßig auf Kohlhausens Schreibtisch landeten. Ein Kerl mit italienischem Akzent erzählte, er handele im Auftrag eines äußerst solventen und potenten Privatinvestors, der Interesse an dem alten Hertie-Gebäude habe. Kohlhausen zeigte sich hocherfreut und erklärte, dass die Stadt gern den Kontakt mit dem Besitzer der Immobilie herstellen und die angestrebte Umnutzung im Rahmen der ihr zur Verfügung stehenden Möglichkeiten unterstützen könne.

»Genau, es gehte uns um die Verwendung von die Gebäude, Signore Borgomastro«, sagte der Anrufer. »Dabei wir brauche definitive Unterstutzung von Ihne, Signore Kohlhausen. Denn meine Auftraggeber möchte viel Geld investiere in die Gebäude.«

»Das klingt gut«, sagte Kohlhausen. »Und wie genau kann ich als Bürgermeister …«

»Es iste nur eine Kleinigkeit«, unterbrach der Mann ihn. »Ein kleiner Gefallen. Eine kleine Genehmigung für die Geschäftsidee von meine Auftraggeber.«

»Ein kleiner Gefallen?« Kohlhausen begann zu ahnen, dass dieser Anruf doch nicht so erfreulich war, wie es den Anschein gehabt hatte. »Um welche Geschäftsidee geht es überhaupt?«

Der Anrufer ließ er einige spannungsvolle Sekunden verstreichen, ehe er sagte: »Es handelt sich umme eine … wie sagt man … eine Art Event-Entertainment mit spezielle Thema und Ambiente. Heißt in unsere Planung erst mal *Club Cavaliere*, verstehe Ssie …«

Kohlhausen ahnte, dass er verstand, aber er weigerte sich, zu begreifen. »Sie meinen, sie planen ein … Bordell? Sie wollen in Kamen einen Puff eröffnen? Mitten in der Stadt?«

»Oooh … so eine hässliche Wort für … eine Oase für erotische Unterhaltung, wie ssie unser verehrte Cavaliere Signore Berlusconi schätzt. Denke wir zum Beispiel an *Bunga-Bunga-Bar* im Obergeschoss und *Club Ruby* in Garage. *Sauna Silvio* im Keller, mit spezielle Entspannungsservice. Schafft viele ... wie sagt man ... Arbeitsplätze für junge Frauen.«

»Das kommt überhaupt nicht infrage. Richten Sie Ihrem Auftraggeber aus, dass ich so etwas nicht nur nicht unterstützen, sondern massiv verhindern werde. Arrividätschi.«

Das war nun vierzehn Tage her. Seitdem hatte der Kerl aus Sizilien noch ein paar Mal angerufen und versucht, ihn mit Andeutungen weichzukochen, sein Auftraggeber würde sich erkenntlich zeigen und es solle Kohlhausens Schaden nicht sein, wenn er den *Club Cavaliere* unterstütze. Als der Bürgermeister jedoch bei seinem Nein blieb, begann der Mann damit, nicht so wohlformulierte, aber doch klar verständliche Drohungen in sein schmierig-freundliches Geschäftsgeschwafel einzuflechten.

Nach einer Woche rief Kohlhausen schließlich Daniel Bresser an, der Leiter des KK 1 der Polizei in Unna und zudem ein guter Bekannter von ihm war. Er erzählte ihm von den Anrufen. Bresser erklärte, dass die Polizei ohne eine klar ausgesprochene Drohung nichts tun könne. Personenschutz war wegen so ein paar seltsamen Anrufen natürlich auch nicht drin.

Das Läuten des Telefons riss Kohlhausen aus seinen Gedanken. »Er ist wieder dran«, meldete Christina und stellte den Anruf durch.

»Buongiorno, Signore. Komme wir gleich zur Sache. Ich frage Ssie nun zum letzte Mal: Haben Ssie es sich uberlegt?«

Kohlhausen atmete schnaubend aus. »Und ich sage Ihnen zum letzten Mal: Ein Bordell kommt nicht infrage. Gehen Sie zum Teufel mit Ihrem Cavaliere-Club!«

»Wie Ssie wolle. Ich befürchte, das wird Ihne bald sehr leid tun. Arrivederci.« Es klickte in der Leitung, sogar gleich zwei Mal. Das Gespräch war definitiv beendet.

Langsam legte Gerhard Kohlhausen den Hörer aufs Telefon und starrte ihn noch eine Weile an.

Das wird Ihne bald sehr leid tun …

Als Jimmi Scallieri das große Esszimmer des Herrenhauses südlich von Palermo betrat, wurde er von *E lucevan le stelle* aus Puccinis *Tosca* begrüßt. Pavarotti sang von süßen Küssen und sanften Liebkosungen, während Don Rudolpho sich, am Kopfende des wuchtigen Esstischs sitzend, eine Gabel Spaghetti in den Mund schob. Schmatzend winkte er Jimmi zu sich.

Pavarotti verkündete schmachtend, die Zeit renne ihm davon und er würde in Verzweiflung sterben, als Jimmi am Tischende angekommen war und stumm wartete, bis der Don die Nudeln mit einem kräftigen Schluck Vino Rosso heruntergespült hatte.

Francesco und Luca, die wie Statuen zu beiden Seiten ihres Bosses standen, glotzten Jimmi währenddessen mit versteinerten Mienen an.

»Jimmi«, hauchte Don Rudolpho mit heiserer Stimme und zog dabei das erste I übermäßig in die Länge. Jimmi hatte schon öfter darüber nachgedacht, ob der Don sich diesen Tonfall von Marlon Brando in *Der Pate* abgeschaut hatte. Fragen würde er ihn das allerdings nicht.

Er war schon froh genug darüber, dass Don Rudolpho ihn nicht mehr Andrea nannte, wie seine Eltern ihn getauft hatten. Jimmi hatte viele Jahre in Deutschland gelebt und wusste, dass Andrea dort ein Mädchenname war. Wer aber sollte einen Profikiller ernst nehmen, der wie ein Mädchen hieß? Also hatte er sich irgendwann in Jimmi umgetauft, ein Name aus den amerikanischen Filmen, die ihm als kleiner Junge gefallen hatten.

»Jimmi«, wiederholte der Don heiser. »Ich freue mich, dich zu sehen.«

Und weil Jimmi wusste, dass der Don keine Schwätzer mochte, fragte er knapp: »Was kann ich für dich tun, Don Rudolpho?«

Die nächste dick mit Spaghetti umwickelte Gabel verschwand in Don Rudolphos Mund. Jimmi wartete geduldig, bis der alte Mann fertig gekaut und sich mit einer blütenweißen Serviette die Reste der Tomatensoße aus den Mundwinkeln getupft hatte.

»Du wirst nach Deutschland reisen, in eine Stadt namens Kamen. Ich habe einen Auftrag für dich.«

Als Jimmi eine Stunde später Don Rudolphos Anwesen verließ, begleitete ihn Puccinis *Recondita armonia* und er freute sich darauf, endlich mal wieder jemanden in Deutschland umzulegen.

Schon am nächsten Tag flog Jimmi von Palermo nach Köln und reiste von dort aus mit der Bahn weiter. Um kurz nach drei stieg er in Kamen aus dem Zug. Während der Fahrt hatte er den Stadtplan studiert und festgestellt, dass das Rathaus nur drei bis vier Gehminuten vom Bahnhof entfernt lag.

Einen Koffer hatte er nicht dabei. Die wenigen Dinge, die er brauchte, trug er in der Ledertasche bei sich, die lässig über seiner Schulter hing. Sie durften von jedem Zollbeamten gesehen werden. Jimmi war ein Feingeist, der ohne Schusswaffe auskam. Er führte seine Aufträge stets mit Fantasie und künstlerischer Eleganz aus.

Der Don hatte ihm aufgetragen, noch einen Versuch zu unternehmen, den Bürgermeister umzustimmen, aber insgeheim hoffte Jimmi, dass der Mann stur blieb. Seine letzten Jobs hatte er bei Abtrünnigen von *la famiglia* erledigt und er freute sich darauf, endlich wieder ein solides Opfer wie diesen deutschen Bürgermeister um die Ecke bringen zu dürfen.

Jimmi passierte einen kleinen Kreisverkehr, bog in die Westicker Straße ein und hatte zwei Minuten später das Kamener Rathaus erreicht. Einen Moment verharrte er vor den Stufen und betrachtete den modernen Glasvorbau, dann betrat er das Gebäude.

Drinnen brauchte er nicht lange, um die Toilette zu finden. Der kleine, saubere Vorraum war leer. Jimmi stellte sich vor das runde Waschbecken und betrachtete zufrieden sein gebräuntes Gesicht, das zusammen mit dem kurz geschnittenen, pechschwarzen Haar in einem reizvollen Kontrast zu seinen, für einen Süditaliener seltenen, wasserblauen Augen stand.

Kurz bleckte er die Zähne, befeuchtete dann den Mittelfinger mit der Zunge und strich sich die Augenbrauen glatt. Anschließend machte er einen Schritt zurück und begutachtete seine Gesamterscheinung. Ja, er sah blendend aus. Der V-Ausschnitt des dünnen Shirts unter dem Jackett des grauen Maßanzugs betonte die leichte Wölbung seiner Brustmuskulatur. Alles war perfetto. Er wusste, wenn er es darauf anlegte, gab es kaum eine Frau, die ihm widerstehen konnte.

Als Jimmi kurze Zeit später das Vorzimmer des Bürgermeisterbüros betrat, blieb er erstaunt stehen, die Türklinke noch immer in der Hand. Hinter einem modernen Schreibtisch saß eine Frau von solch umwerfender Schönheit, dass Jimmi bei ihrem Anblick fast vor Wonne geseufzt hätte.

Sie sah von den Dokumenten auf, die sie vor sich liegen hatte und lächelte ihn verführerisch an. Jimmi erschauerte. Diese Frau hatte die sündige Ausstrahlung einer lüsternen Venus.

Während Jimmis Blick jeden Zentimeter ihres Oberkörpers abtastete, rasten seine Gedanken und er tat das, wofür er in seinen Kreisen bekannt war: Er passte seinen Plan in Sekundenschnelle den Gegebenheiten, sprich: seinen Bedürfnissen, an.

Er würde nicht mehr mit dem Bürgermeister reden. Der hatte seine Chance gehabt. Nein, er musste nur noch wissen, wann der Kerl sich wo aufhielt, um ihn bei passender Gelegenheit ins Jenseits zu befördern.

Diese Frau konnte ihm das alles sagen und sie würde es ihm sagen, wenn sie vor, unter oder über ihm lag, so, wie Gott sie erschaffen hatte, und ihr Körper würde dabei beben vor Verlangen und Lust …

»Guten Tag, was kann ich für Sie tun?«, sagte das wundervolle Wesen und Jimmi hatte das Gefühl, ihre leicht rauchige Stimme streichle wie eine vorsichtige Hand über seine Lenden.

»Buongiorno, Signora«, antwortete er und legte sein strahlendstes Lächeln auf. »Das überlege ich mir gerade. Ich wollte eigentlich den Bürgermeister sprechen, aber das ist unwichtig geworden, jetzt, wo ich Sie gesehen habe.« Die Schönheit zog eine Braue hoch.

»Sagen Sie mir Ihren Namen, bitte?«

»Christina«, antwortete sie mit einer Gelassenheit, die Jimmi noch weiter erregte. »Ich heiße Christina.«

Jimmi machte einen Schritt auf sie zu und legte sich mit theatralischer Geste seine Hand auf die Brust, dort, wo das Herz war. »Bitte, Christina, machen Sie mich zum glücklichsten Mann der Welt und gehen Sie heute Abend mit mir essen.«

Für einen kurzen Moment schien sie irritiert, doch dann lächelte sie. »Kommen Sie immer so schnell zur Sache?«

»Nur, wenn mein Herz brennt, bella Christina.«

»Aber vielleicht bin ich ja verheiratet?«

»Dann ist es Ihnen nicht wichtig. Sie tragen keinen Ring.«

»Oder ich habe einen Freund?«

»Den werden Sie vergessen, sobald Sie mich kennen.«

Als sie amüsiert lächelte, wusste Jimmi, dass er gewonnen hatte. Er würde mit dieser wundervollen Frau eine heiße Nacht verbringen. Und nachdem er von ihr alles Nötige über den Bürgermeister erfahren hatte, würde er seine Kunst an ihr demonstrieren. In höchster Ekstase würde sie ihm ihr Leben mit einem letzten, lustvollen Stöhnen entgegenhauchen und dann ihre wundervollen Augen für immer schließen.

Danach würde er sich um den Bürgermeister kümmern und wenn Don Rudolpho in den nächsten Tagen einige Mitglieder des Kamener Stadtrates anrief und mit dem Hinweis auf das schreckliche Schicksal ihres Stadtoberhauptes um ein paar Gefälligkeiten in Sachen Hertie-Haus bat, sollte dem *Club Cavaliere* nichts mehr im Weg stehen.

Sie verabredeten sich für den Abend in einem spanischen Restaurant und Jimmi beschloss, sich bis dahin ein wenig die Stadt anzusehen. Als er über die Bahnhofstraße in Richtung Markt lief, kam er an vier oder fünf Friseursalons vorbei und fand es angesichts des hier herrschenden Angebotes an Barbieren fast schon schade, dass er sich erst wenige Tage zuvor in Palermo die Haare hatte stutzen lassen. Er schlenderte durch die Sträßchen der ehemaligen Bergarbeiterstadt und registrierte immer wieder leer stehende Ladenlokale zwischen den verschiedenen Geschäften. Sobald Don Rudolpho sich hier erst einmal etabliert hatte, würde es mit den Leerständen bald vorbei sein und Spielsalons, Wettbüros und Schnellpizzerien würden das Straßenbild beleben. Vor einer Kirche, die auf einem Schild als *Pauluskirche* bezeichnet wurde, blieb er eine Weile mit weit in den Nacken gelegtem Kopf stehen und fragte sich, ob das seltsam asymmetrische

Dach gewollt war oder ob es sich um einen architektonischen Unfall handelte.

Pünktlich um neunzehn Uhr saß er dann zufrieden im Restaurant und betrachtete Christina, die lächelnd auf ihn zukam. Sie sah einfach hinreißend aus.

Während des Aperitifs redete Jimmi ein wenig über sich, wobei jedes einzelne Wort gelogen war. Danach diskutierten sie über Gott und die Welt und das seltsame Dach der Pauluskirche, und als sie fast mit dem Hauptgang fertig waren, erzählte Christina von ihren Eltern und erwähnte ganz nebenbei, dass sie sehr freizügig erzogen worden war. Was, wie sie kichernd erklärte, wahrscheinlich der Grund dafür sei, dass sie Sex in all seinen Spielarten liebte und sehr experimentierfreudig sei.

Jimmi war es zwar gewohnt, Erfolg bei Frauen zu haben, doch hier schien es sich um einen ganz besonderen Glücksfall zu handeln. Es sah so aus, als würde er nicht nur spielend leicht an die benötigten Informationen über den Bürgermeister kommen, sondern als stünde ihm auch noch eine außergewöhnliche Liebesnacht bevor. Er liebte seinen Beruf.

Gegen halb neun prosteten Christina und er sich zu, und während sie sich tief in die Augen sahen, sagte sie: »Sie sind ganz wunderbar, Jimmi, ich werde bestimmt noch lange an diesen wundervollen Abend mit Ihnen denken.«

Dabei klang ihre Stimme so verrucht, dass eine heiße Welle durch Jimmis Lenden schoss und er kaum noch ruhig sitzen konnte.

»Dann schlage ich vor, ich sorge dafür, dass diese Nacht unvergesslich wird, Cara mia.«

Kaum hatten sie die Tür von Christinas Wohnung in der Klosterstraße hinter sich geschlossen, fielen sie ohne ein weiteres Wort übereinander her. Heiß pressten sich ihre

Lippen aufeinander, die Münder öffneten sich weit und ihre Zungen spielten ein verschlungenes, feuchtes Spiel. Mit wachsender Vorfreude schälten sie sich gegenseitig aus den Kleidern, umarmten sich, küssten sich immer wilder und rieben ihre Becken in immer schneller werdendem Rhythmus aneinander.

Nachdem sie sich auch von den letzten Stoffteilen befreit hatten, begannen sie, ihre Körper mit allen Sinnen zu erforschen, Zähne knabberten an Ohrläppchen und Brustwarzen, bissen spielerisch zu. Zungenspitzen liebkosten Halsbeugen, wanderten über Brüste und Nabel und hinterließen auf ihrem Weg feucht glänzende Spuren. Sie umschlangen sich, küssten sich, streichelten und rieben sich, der Rhythmus ihres erregten Atems wurde schneller und schneller, die Berührungen immer fordernder.

Irgendwann waren sie im Schlafzimmer, Christina drückte Jimmi aufs Bett, betrachtete eine Weile sichtlich verzückt seine Erregung und kroch dann geschmeidig wie eine Katze auf allen Vieren zu ihm und über ihn. Sekunden später vergaßen beide, wo sie waren, es gab nur noch ihre Körper und ihre Lust, die wuchs und wuchs. Mit immer schneller werdenden Bewegungen trieben sie sich gegenseitig voran bis hin zu der alles umfassenden ekstatischen Explosion der Sinne. Christina bäumte sich mit einem unmenschlich klingenden Schrei auf und sackte dann über ihm zusammen, lag auf ihm, schwitzend, keuchend, stöhnend. Biss ihm in die Brust und ließ dabei noch immer ihr Becken mit ihm kreisen. Irgendwann rutschte sie neben ihn, streichelte ihn.

Als Jimmi wieder einen klaren Gedanken fassen konnte, bedauerte er es wirklich, sie gleich auslöschen zu müssen, und erwog – aber nur kurz –, sie ausnahmsweise am Leben zu lassen.

Christina gab ihm nur wenige Minuten zum Ausruhen.

»Ein nettes Vorspiel«, raunte sie ihm zu, während ihre Hand zwischen seine Beine tastete und prüfte, ob er sich schon erholt hatte. »Du bist ein sehr guter Liebhaber. Molto appassionato!«

Jimmi grinste breit. »Ich weiß, Cara mia.«

Eine Weile lagen sie nebeneinander auf dem Rücken, dann richtete Christina sich auf. »Du bist wegen des Alten gekommen. Weil er euch das Hertie-Haus nicht geben möchte, hab ich recht?«

Jimmi zuckte kurz zusammen. Diese Frau hatte jede Menge verborgene Talente. Offenbar gehörte Gedankenlesen auch dazu. Er war froh, dass er ihr gleich helfen würde, das Zeitliche zu segnen.

»Legst du ihn um?«, gurrte sie in sein Ohr. »Machst du das für mich? Und tu ihm vorher richtig weh, ja?«

Jimmi überlegte, dass er ihr zum Dank für diese Nacht diesen Gefallen eigentlich tun konnte. Post mortem, sozusagen.

»Was hältst du von einer etwas härteren Gangart?«, fragte sie und rollte sich über ihn.

»Eine härtere Gangart? Was meinst du?«

»Wart's ab.« Grinsend rutschte Christina weiter zum Bettrand, beugte sich hinunter und zog im nächsten Augenblick ein Paar Handschellen hervor. Es folgten eine Reitgerte, einige Lederriemen und Seidentücher.

Jimmi konnte sein Glück gar nicht fassen. Besser ging es wirklich nicht. Wenn sie fertig waren, würde sie ihm alles sagen, was er wissen musste. Er grinste. »Was immer du möchtest, Cara mia.«

Niemand achtete auf den Kleinwagen, der etwa eine Stunde vor dem Morgengrauen im Schritttempo hinter dem neuen Technopark rückwärts an eine frisch ausgehobene Baugrube heranfuhr. Eine Gestalt stieg aus, öffnete die Heckklappe, zerrte ein großes Paket heraus und stieß es über den Rand in die Grube. Mit einem dumpfen Geräusch schlug es unten auf.

Mit einer Schaufel bewaffnet, sprang die Gestalt hinterher und setzte sich erst nach etwa einer halben Stunde wieder ins Auto, das in Richtung der Kamener Altstadt davonrollte.

An einer Telefonzelle in der Nähe der Klosterstraße stoppte Christina den Wagen. Sie stieg aus, schob eine Telefonkarte in den Apparat und wählte dann eine lange Nummer.

»Das Problem ist erledigt«, sagte sie auf Russisch, als sich ihr Gesprächspartner in Moskau meldete. »Ich denke, die Italiener haben das Interesse an dem Projekt verloren. Jetzt können wir dem Bürgermeister wieder ein Angebot machen, das er nicht ablehnen kann.«

Kamener Anzeiger, zwei Wochen später:

RUSSISCHER INVESTOR PLANT *CLUB VLADIMIR* IM HERTIE-GEBÄUDE

Eventgastronomie und Bolschoi-Erlebniswelt sollen neue Attraktion werden. Entspannung in Schwarzmeer-Sauna rundet das Freizeitangebot für Männer ab. Als Projekt-Geschäftsführerin wechselt Christina Ebert aus dem Büro des Bürgermeisters in die Entwicklungsgesellschaft.

Beate Maxian

Liebe(s)kunst in Herdecke

Ein Cello erklang. Bach, *Cello Suite No. 1.*

»Es macht Ihnen hoffentlich nichts aus, dass über Ihnen ein Musiker wohnt, Frau König?«, fragte die betagte Hotelbesitzerin.

»Ganz im Gegenteil«, erwiderte Stella und dachte an die Anrufe, die sie dieses Arrangement gekostet hatte. »Herr Baumann wird bei der Eröffnung meiner Ausstellung in der Galerie der *Werner Richard – Dr. Carl Dörken Stiftung* spielen!«

Die Klänge der Suite tanzten vor ihrem inneren Auge als schwarze Noten und mit ihnen breitete sich der prächtige Farbteppich des Barock aus: Gold. Rot. Purpur und Schwarz. Zu jener Zeit nahezu unbezahlbare Farben und in Stellas *Klangfarben-Zyklus,* den sie hier in Herdecke ausstellte, das Bild mit der Nummer 13. Die Farbenpracht war Stellas Welt. Sie sah sie überall. In Gebäuden, in Gegenständen, in Menschen, in der Musik.

Stella hatte sich in dem Minihotel im historischen Bachviertel eingemietet, nachdem sie sich bei ihrem letzten Aufenthalt in Herdecke sofort in das unter Denkmalschutz stehende kleine Fachwerkhäuschen mit seinen schiefen Wänden, seiner unverwechselbaren Wendeltreppe und den gemütlichen Bauernbetten verliebt hatte. Die Musik erfüllte inzwischen das gesamte Haus und begleitete Stella, als sie in ihr Zimmer hinaufging. Endlich allein konnte sie sich ganz den Klängen hingeben, auf dem Bett, die Augen geschlossen und mit der Musik dahinschwebend, dass sie kaum bemerkte, wie die Zeit verging. Stella mochte Musiker, sowohl als Männer als auch als Inspiration für ihre Bilder.

Es dämmerte bereits, als sie aus dem Traumgespinst der Klänge zurückkehrte in die Wirklichkeit. Immer noch beseelt von der Musik, erhob sie sich und schaute aus dem Fenster. Es war gerade einmal sechs Uhr abends, aber bereits fast dunkel. Das Pflaster des Vorplatzes glänzte feucht im Schein einer Laterne. Auf der schmalen Brücke über den Herdecker Bach glaubte Stella schemenhaft eine Frauengestalt zu erkennen. Ein hellblonder Pagenkopf, wie sie einen trug, schimmerte im Licht, auch die Körpergröße schien mit ihrer identisch zu sein. Es schien, als stünde sie selbst auf der Brücke. Die Frau hob den Kopf und in dem Augenblick, in dem Stella ihr Gesicht erkannte, begriff sie. Arik Burmeister war also in Herdecke.

Die Musik erstarb.

Gleich darauf hörte sie den Cellisten über die Wendeltreppe herunterkommen. Stella öffnete die Tür ihres Zimmers einen Spalt weit. Es sollte zufällig erscheinen und doch sollte er genug von ihr zu sehen bekommen, um ihn auf sie aufmerksam zu machen. Sie ging zurück zum Fenster und schaute regungslos hinaus, den Kopf leicht ins Profil gewendet. Inzwischen war Aureus Baumann auf ihrem Stockwerk. Wie zufällig schob sie die dünnen Träger ihres Etuikleides von der Schulter.

Die Schritte verharrten. Sie spürte seinen Blick. Seit Monaten entzündeten sich ihre Fantasien an der Vorstellung, wie Aureus sie auszog und an ihrer intimsten Stelle berührte. Bedächtig hob sie die Hand und streifte ihre Haare zurück.

»Ist bei Ihnen alles in Ordnung?« Seine Stimme hatte für Stella die Farbe eines vollreifen Cognacs. Sie wandte sich um. Er stand in der Tür, ihre Blicke trafen sich.

»Ja, alles in Ordnung«, sagte sie. »Ich denke nur nach.«

Er hatte sich nicht verändert, seit sie ihn vor einem halben Jahr zum ersten Mal sah. Seine dunklen Haare waren kurz geschnitten und seine Figur sportlich. Er trug Jeans und ein blaues Hemd. Sie lächelte ihn an und wusste in diesem Augenblick, dass sie ihn bald dort haben würde, wo sie ihn haben wollte.

Am nächsten Morgen erwachte Stella gegen halb neun. Als sie die Vorhänge öffnete, empfing der Tag sie mit einer Mischung aus Nebel und Nieselregen. Sie zog sich ihren Bademantel über, ordnete mit den Fingern ihren blonden Pagenkopf und warf einen Blick in den schief hängenden Spiegel. Sie sah auch ohne Make-up gut aus. Leise schlich sie die Wendeltreppe nach oben, legte ihr Ohr an die Tür von Aureus Baumanns Zimmer. Kein Ton war zu hören. Vorsichtig drückte sie die Klinke. Was, wenn er doch im Zimmer war? Egal, sie würde improvisieren. Darin war sie gut. Doch die Tür bewegte sich nicht. Abgeschlossen. Stella schlich zurück.

Als sie nach einem schnellen Frühstück nach draußen trat, schrak sie zurück. Nein, es war keine Halluzination – die Frau vom Vorabend erwartete sie auf der Parkbank vor dem Haus.

Stella atmete tief durch. »Hallo Amelie.«

»Arik will dich sehen!« Keine Begrüßung. Natürlich nicht. Sie waren nie Freundinnen gewesen.

»Wo ist er?«

»Komm mit.«

Der *Zweibrücker Hof* lag nicht weit entfernt. Sie ahnte, was Arik von ihr wollte. Das Gemälde eines jungen Künstlers, ein minimalistisches Stück, nicht größer als ein Blatt Papier. Für die Bilder des jungen Talents wurde inzwischen eine Menge Geld bezahlt. Er war Ariks Entdeckung, sein Geschöpf, seine Geldquelle. Arik war Kunstsammler und als solcher bestimmte er den Marktwert eines Künstlers mit.

Als Amelie und Stella die Suite im ersten Stock des *Zweibrücker Hofes* betraten, stand er vor der Terrassentür und schaute auf die Ruhr. Musik spielte. Vivaldi, eins der Violinkonzerte. Ariks Liebe zur Musik hatte ihm nicht nur einen Platz in ihrem Bett, sondern auch ein Bild in Stellas Klangfarben-Zyklus beschert. Die *Nummer 15* war mit einem matten Blau grundiert, als Ausdruck seiner Ruhe und Gleichgültigkeit. Eine grüne Schattierung spiegelte Beharrlichkeit, mit der er – auf seine Weise – versucht hatte, sie im Bett zufriedenzustellen. Stella hatte ihm nie gesagt, wie sehr er bei ihr damit gescheitert war. Seine Berührungen waren derb gewesen, seine Küsse zu grob und besitzergreifend. Er drehte sich um.

»Stella, mein Stern!«

»Was willst du von mir?«, fragte sie scharf.

»Hast du gewusst, dass sie hier einen Schnaps brennen, der sich *Herdecker Sackträger* nennt?« Er betonte das Wort Sackträger dreckig grinsend.

»Es gibt auch einen Sackträgerbrunnen«, entgegnete sie ernst. »Der Kornmarkt war für Herdecke früher von großer Bedeutung.«

»Mein Sackträger ist jedenfalls ein dreifach gebrannter Wacholder. Grüner Strauch, lila Frucht. Die Farbkombination könnte dir gefallen. Wenn du willst …« Er zeigte auf einen Steinkrug auf dem Schreibtisch.

Was sollte diese Anspielung? Wusste er Bescheid, dass sie ihn porträtiert hatte? Unwahrscheinlich. Keiner, dessen farbige Aura sie jemals gemalt hatte, wusste, dass er die Inspiration gewesen war. Ihre Bilder trugen lediglich Nummern und wem welches Bild zugeordnet war, hielt Stella auf einer Liste fest, die in ihrem Atelier in einem Stahlschrank lag.

Stella setzte sich, schlug die Beine übereinander. Der Saum ihres Rocks rutschte ein Stück nach oben. Ariks Blick tastete ihren Körper ab, umschmeichelte ihre Brüste, ihre Schenkel. Er begehrte sie nach wie vor. Sie stellte die Beine nebeneinander, spreizte sie ein wenig.

»Du kannst gehen, Amelie«, sagte Arik, ohne seinen Blick von Stellas Unterleib abzuwenden. Zu ihrer eigenen Überraschung genoss sie sein Begehren, seine Gier.

»Nun, Stella, kommen wir zum Geschäft.« Sein Blick wanderte wieder nach oben. »Ich bin bereit, von einer Bestrafung abzusehen, wenn du das Bild herausrückst.«

»Eine Bestrafung? Wie würde die denn aussehen?« Sie lächelte anzüglich.

»Lass es darauf ankommen.«

»Ich habe das Bild nicht.«

»Schscht.« Er beugte sich mit einem bösartigen Grinsen vor. Sein Atem roch nach Kaffee. »Warum glaub ich dir das nicht?«

»Weil du ein misstrauischer Mensch bist?«

»Nein, das ist es nicht. Ich denke, weil du eine verlogene Schlampe bist.«

»Das verletzt mich, Arik.«

»Ach. Dann erklär mir einmal, warum du damals so schnell aus meinem Haus verschwunden bist, nach dem Cocktailempfang.«

»Ich wusste einfach, dass unsere gemeinsame Zeit vorbei war. Aber wenn du so überzeugt davon bist, dass ich das Bild habe, warum gehst du dann nicht zur Polizei?« Sie registrierte zufrieden, wie er ein wenig zurückwich. »Könnte es vielleicht daran liegen, dass du mit deinem Kunsthandel dein Schwarzgeld wäschst? Wie funktioniert das noch einmal? Man zahlt offiziell die Hälfte des Wertes eines Bildes und die andere Hälfte sprichwörtlich unter dem Tisch. Und ein Jahr später verkauft man das Gemälde zum wirklichen Wert? Ganz durchblicke ich das ja nicht, aber die Finanzbehörden werden sich damit sicher auskennen, Arik. Was denkst du?«

Er verzog kurz das Gesicht. »Willst du mir drohen?« Er strich ihr mit der Hand über die Wange. Sichtlich erwog er zuzuschlagen. »Lass uns die Angelegenheit wie Freunde regeln. Du gibst mir das Bild zurück und ich verspreche dir, dass das hier nicht an die Presse und die Kunstzeitschriften geht.« Er holte sein Smartphone heraus und rief ein paar Bilder auf.

Stella wurde eiskalt, als sie erkannte, was er fotografiert hatte, als er sie noch einmal in ihrem Atelier besucht hatte, kurz bevor sie ihn verlassen hatte. Stella hatte sofort begriffen, warum er gekommen war, als sie seine Hand zwischen ihren Schenkeln spürte, die andere an ihren Brüsten. Er hatte sie schnell und gierig genommen und seine Rücksichtslosigkeit war es gewesen, die ihren Entschluss zur Trennung endgültig machte. Erschöpft und müde war sie danach auf der Couch eingeschlafen. Als sie erwachte, war Arik fort. Doch nicht, ohne offenbar jene Bilder zu schießen, die sie jetzt sah: sie, nackt, in einer fast obszönen Pose, auf der Couch … Doch das war es nicht, was diese Bilder so gefährlich machte. Es war die Liste, die neben ihr lag, ihre Werkliste aus dem Stahlschrank mit allen Namen und den Nummern der Gemälde.

»Es scheint, dass du mit dem halben Symphonieorchester geschlafen hast, um diesen Bilderzyklus fertigzustellen«, sagte Arik. »Was denkst du, werden die Herren Musiker sagen, wenn alle Welt erfährt, dass man deine Interpretation ihrer Bettfähigkeiten in der *Dörken Galerie* bewundern kann? Und erst die Leute von der Stiftung?«

Er zog das Handy zurück, als sie danach griff, und steckte es ein. »Deine Vernissage ist morgen Abend. Solltest du mir mein Bild bis dahin nicht zurückgegeben haben, werde ich dich da besuchen.« Er grinste. »Ich will doch sehen, wie du mich gemalt hast. Das Bild mit der Nummer 15, das ist es, oder? Vielleicht kaufe ich es sogar.«

Mit einem verächtlichen Lächeln beugte er sich vor und schob seine Hand zwischen ihre Beine. Sie zuckte nicht zurück.

»Du verdammte kleine Hure. Dich mach ich fertig. Verlass dich drauf!«

Ihre Miene blieb ungerührt, obwohl ihr ganzer Körper vor Angst erstarrt war und zugleich ein brennendes, lustvolles Ziehen von der Stelle ausging, an der seine Fingerspitzen sie jetzt berührten. Ihr Atem ging schneller.

Dann zog er seine Hand zurück. »Verschwinde!«

Nachdem sie gegangen war, brauchte Stella lange, um einigermaßen zur Ruhe zu kommen. Sie lief ziellos durch die verwinkelten Gassen Herdeckes. In einem Restaurant an der Wilhelm-Graefe-Straße aß sie das beste Moussaka ihres Lebens. Gleich mit dem ersten Bissen explodierten die Farben in ihr. Ein tiefes Blau, wie ein griechischer Sommerhimmel, breitete sich in ihr aus und ließ sie zufrieden aufseufzen.

Danach nahm sie ein Taxi zur Stiftervilla in der Wetterstraße. Der Werner-Richard-Saal schloss unmittelbar an das Gebäude an, verbunden durch ein gläsernes Foyer. Die Außenmauer war blau. Die doppelflügelige Glastür war nicht versperrt. Auch im Saal dominierte ein sattes Blau. Eine gute Farbwahl. Blau beruhigte und entspannte. Stress und Hektik fielen ab. In diesem Raum wohnten Ruhe, Heiterkeit und die Musik. Erst jetzt nahm sie Aureus Baumann wahr, er saß in der Mitte der Bühne, das Cello zwischen den Beinen.

Sanft, so als berühre er eine Geliebte, setzte er den Bogen an. Die ersten Töne erklangen. Er setzte ab und stimmte nach. Dann begann er erneut zu spielen, Bach, *Cello Suite No. 1.* Stella hatte sich das Stück als Programm für ihre Vernissage gewünscht. Mitsamt des Cellisten. Von Ton zu Ton verlor er sich immer mehr in der Musik und mit ihm Stella. Jede einzelne Faser seines Körpers war Musik und für Stella Farbe. Von Dunkel- bis Hellrot. Von Lila bis Blau. Die Musik erschien ihr wie ein Regenbogen. Eine Hitzewelle breitete sich in ihrem Unterleib aus. Er beendete sein Spiel. Der Regenbogen verblasste. Die Erregung blieb. Dann hob er den Kopf und ihre Blicke trafen sich. »So sieht man sich wieder«, sagte Aureus lächelnd.

Sie erwähnte nicht, dass sie ihn bereits kannte und es darauf angelegt hatte, ihn zu treffen. Sie wollte ihn, seit er ihr auf diesem verfluchten Cocktailempfang bei Arik aufgefallen war. Arik hatte ein Streichquintett engagiert, zur Unterhaltung seiner Gäste. Aureus war einer der Musiker gewesen.

Im Lift zur Galerie im Dachgeschoss des Stiftungsgebäudes erlebte Stella Herdecke erneut als Stadt aller Farben dieser Welt. Hier glitten sie an einem vorbei. Und dann endete der Farbstreifen und gab augenblicklich den Blick auf ein imposantes Panorama preis. Das Herdecker Viadukt und die Ruhr mit dem Harkortsee. Stella wollte sich einspinnen lassen in das sanfte Blau über dem satten Grün, doch etwas stimmte nicht an dem Bild. Das blinkende Blaulicht unterhalb des Viadukts störte die Komposition. Sie starrte in die Tiefe, konnte aber keine Einzelheiten erkennen.

Schließlich betrat sie die Galerie. Drei Frauen warteten auf sie: die Galerieleiterin, eine elegante Dame aus dem Stiftungsvorstand und eine junge Frau, die für die Pressearbeit zuständig war.

»Der größte Teil Ihrer Bilder ist schon nach dem Plan gehängt, den Sie uns gegeben haben«, sagte sie. Sie durchschritten eine Glastür und stiegen in den eigentlichen Ausstellungsraum hinab. Der Anblick ihrer farbintensiven Bilder in dem gewaltigen Raum überwältigte sie nahezu.

»Warum haben Ihre Bilder eigentlich nur Nummern und keine Titel?«, fragte die Galerieleiterin.

»Es ist einfach so«, antwortete Stella leichthin, um weiteren Diskussionen darüber aus dem Weg zu gehen. Arik, *Nummer 15*, hatte seinen Platz an der Stellwand direkt neben dem vordersten Fenster gefunden.

Das Handy der Pressereferentin summte und die junge Frau entfernte sich, um zu telefonieren. Als sie wieder zurückkam, war sie nervös. »Man hat unterhalb des Viadukts eine tote Frau gefunden«, sagte sie. »Und es scheint so, als habe sie in irgendeiner Beziehung zu unserem Haus gestanden. Und auch zu …«, sie schaute unsicher zu Stella, »zu Ihnen, Frau König. Jedenfalls würden die ermittelnden Beamten gern mit Ihnen sprechen.«

Stella kam erst gegen sieben Uhr abends ins Hotel zurück. Sie stellte sich unter die Dusche und ließ minutenlang heißes Wasser über ihren Körper laufen.

Die Nachricht über die Tote am Viadukt hatte sich in Windeseile verbreitet – jedenfalls wusste es scheinbar schon jeder in der Stiftung, als die ermittelnden Beamten eintrafen. Man sprach zunächst mit der Stiftungsdirektorin und der Galerieleiterin und dann mit Stella.

»Die Tote trug eine blonde Pagenkopfperücke und ihr Gesicht war mit blauer Farbe … angemalt«, sagte der Kommissar, dem Stella schließlich gegenübersaß. Er zeigte ihr ein Foto auf seinem Handy.

Amelie. Hatte sie etwas getan, was Arik missfiel? Oder sollte ihr Tod eine Warnung für Stella sein?

Bestrafen, hallte es in Stellas Kopf.

»Es gibt einige Fragen, die wir gern mit Ihnen klären würden.« Man hatte in Amelies Handtasche Stellas Visitenkarte gefunden, sowie in ihrem Terminkalender einen Eintrag für die Vernissage. Für die Amelie sich telefonisch angemeldet hatte, wie die Pressesprecherin der Galerie bestätigte.

Welche Erklärung Stella dafür geben könne, fragte der Polizist. Und inwieweit sie mit der Toten Amelie Klein bekannt gewesen sei.

Also erzählte Stella von Arik, von der Zeit, die sie miteinander verbracht hatten.

»Arik Burmeister ist ... impulsiv. Unbeherrscht«, sagte sie. »Und er ist in Herdecke. Amelie war seine Assistentin, sein Laufmädchen, sein Fußabtreter. Fragen Sie Arik, was mit Amelie geschehen ist! Er hat ein Zimmer im *Zweibrücker Hof.*«

Der Kommissar hatte alles notiert und war hinausgegangen. Durch die Glastür sah Stella, wie er mit seinem Kollegen sprach. Dann telefonierten beide. Schließlich kam der Kommissar zurück.

»Ich habe Herrn Burmeister eben gesprochen – er befindet sich seit drei Tagen zu Verhandlungen mit seinen Finanziers in Köln und er war bisher noch nie in Herdecke.«

»Aber ...«

»Er sagte, dass seine Assistentin Amelie Klein sich Ihre Bilder in seinem Auftrag ansehen sollte, Frau König, weil er als Sammler sehr an Ihnen interessiert sei. Er selbst will gegebenenfalls, wenn es sein Terminplan zulässt, noch anreisen, um zu Ihrer Vernissage zu kommen.«

Stella ballte die Fäuste. Natürlich hatte dieser Scheißkerl ein Alibi. Und die Suite im *Zweibrücker Hof*, erfuhr Stella, hatte Amelie Klein gebucht und vor zwei Tagen bezogen.

Stella blieb so lange unter der Dusche, bis sie das Gefühl hatte, den Schmutz halbwegs abgewaschen zu haben, in den sie heute gestiegen war. Zum Schluss hatten die Polizisten sich für ihre Unterstützung bedankt und ihr für ihre Vernissage alles Gute gewünscht. Sie konnte nicht sagen, ob sie es ehrlich meinten oder nur höflich sein wollten.

Als Aureus eine halbe Stunde später das Hotel betrat, stand sie, wie zufällig, verführerisch duftend in einem weißen eng anliegenden Sommerkleid im Wohnbereich, mit einem Glas Rotwein in der Hand. Er sah sie aus müden Augen an. Stella reichte ihm ein Glas. Er nahm es bereitwillig an, ließ sich auf das breite Sofa neben dem Eingang fallen. Stella setzte sich zu ihm. Sie redeten. Nach der ersten Flasche Wein küsste er sie – ob leidenschaftlich oder verzweifelt konnte Stella nicht genau sagen. Kurz darauf nahm er sie mit nach oben in sein Zimmer. Stella blieb vor dem Doppelbett stehen. Wieder dieses Spiel ihrer Blicke. Stella beherrschte es meisterhaft. Sie war auf der einen Seite eine Frau mit großer erotischer Ausstrahlung und auf der anderen Seite das scheue, verletzliche Reh. Aureus sprang darauf an, wie fast alle Männer. Er kam näher, legte seine Hände auf ihre Hüften, küsste ihre nackte Schulter. Sanft schob er das Kleid nach oben. Sie trug nichts darunter. Seine Finger erforschten, mal sanft, mal nachdrücklich, die Innenseite ihrer Schenkel, eroberten ihren Venushügel. Der Mann wusste, was er tat. Die Berührungen ließen Stella fast davonschweben. Oder vielleicht war es doch der Wein? Sie schloss die Augen, verlor jegliches Gefühl für ihre Umwelt. Farben tanzten um sie herum. Erregung war eben auch nur ein Regenbogen. Mit einem Handgriff zog sie das Kleid über ihren Kopf. Er küsste ihren Hals. Sie genoss seinen erregten Atem an ihrem Ohr, glitt sanft mit ihm aufs Bett. Sein Blick verweilte kurz auf ihren Brüsten, bevor er sie liebkoste, ihre Aureolen verwöhnte, die Nippel leckte. Sie zeigte ihm ihre Lust und er ließ sich bereitwillig entführen. Sie ließ ihn gewähren und als er in sie eindrang, entfaltete sich eine bunte Sinfonie vor ihren Augen, die Farben ihrer grenzenlosen Erregung und zugleich ihres nächsten Bildes. Rot stand für das Glück und die Liebe. Gelb für die Lebenskraft und die Eifersucht. Grün als Symbol für das Leben und die Mitte. Ihre ganz persönliche Mitte hatte Aureus fantastisch im Griff.

Danach, als er eingeschlafen war, machte sie sich daran, sein Zimmer zu durchsuchen.

»Suchst du das hier?«

Stella wirbelte herum. Aureus hatte seinen Cellokasten aufgeklappt. Im Deckel klebte eine Plastikhülle mit dem Bild. »Seit wann weißt du davon?«, fragte er.

»Seit ich beim Empfang von Arik Burmeister gesehen habe, wie du es aus dem Rahmen geschnitten hast.«

»Und warum hast du ihm nichts gesagt?«

Sie zuckte mit den Schultern. »Warum hast du's gestohlen?«

»Ich hab's nicht für mich gestohlen.«

»Sondern?«

»Amelie wollte weg von Arik, das Gemälde war sozusagen ihr Ticket in ein neues Leben.«

Sie war einen Moment sprachlos. »Du und Amelie? Du weißt, dass sie tot ist?«

Er nickte. »Sie haben jeden verhört, der heute Nachmittag in der Stiftung war.«

»Hast du sie umgebracht? Wegen des Bildes?«

Er ging nicht darauf ein. »Ich sollte es nur aufbewahren und ihr hier in Herdecke übergeben.«

»Und sie hat Arik eingeredet, dass ich das Bild gestohlen hätte.«

Nun zuckte er mit den Schultern. Seine Farben flammten noch einmal auf, ehe sie verblassten. »Was machen wir jetzt?«, fragte sie schließlich.

»Ich gebe dir das Bild und du gibt es ihm zurück«, schlug Aureus vor.

»So einfach wird das nicht werden.«

»Doch. Amelie hat noch Kopien von all seinen Schwarzgeldkonten gemacht.« Er zog eine CD aus einer Tasche im Deckel des Cellokastens. »Zur Sicherheit.«

»Wieso hat Amelie eigentlich dich ausgewählt?«, fragte Stella.

Keine Antwort. Aber seine Augen verrieten das Geheimnis. »Warum hast du mich ausgewählt, Stella?«, fragte er schließlich.

Sie traf Arik zwei Stunden vor Ausstellungsbeginn auf einer Parkbank an der Ruhr. »Eines Tages wirst du für Amelies Tod büßen«, sagte Stella.

»Du drohst mir schon wieder? Pass auf, was du sagst, mein Stern. Sonst bist du die Nächste, der ich den Schädel blau anmale. Du hast wohl gedacht, ich komme dir und dieser verlogenen Schlampe nicht auf die Schliche?«

Er glaubte tatsächlich, dass Amelie und sie gemeinsame Sache gemacht hatten. Er hatte Aureus gar nicht auf dem Schirm.

»Also gut«, sagte sie. »Du bekommst dein Bild und dafür löschst du die Fotos, die du von mir gemacht hast!«

»Du scheinst zur Vernunft gekommen zu sein.« Er zog sein Smartphone heraus, rief das erste Bild von ihr auf und reichte ihr das Gerät. Sie warf es mit Schwung in die Ruhr.

»He …«

Sie übergab ihm das zusammengerollte Gemälde. »Nur für den Fall, dass du es mir heimzahlen willst, Arik: Amelie hat alles über deine Schwarzgeldgeschäfte kopiert.« Sie reichte ihm eine Seite, auf der sie am Morgen an der Hotelrezeption ein paar Daten der CD aus dem Cellokasten ausgedruckt hatte. »Solche Aufzeichnungen könnten die Polizei interessieren, nicht wahr?«

Seine Kiefer mahlten, aber er sagte nichts. Zerriss das Blatt und ließ die Schnipsel in die Ruhr flattern.

»Willst du mich nicht zu meiner Vernissage begleiten?«, fragte sie, während sie aufstand.

»Wieso sollte ich?«, zischte er.

»Ich denke, ab heute Abend wird meine Karriere steil bergauf gehen, weil der bekannte Kunstsammler Arik Burmeister von meinen Bildern begeistert sein wird!« Sie zog eine zweite Seite mit Daten von Amelies CD heraus und hielt sie ihm hin.

»Du billige kleine Hure.«

»Billig? Nein, mein Guter. Der Preis für das Bild *Nummer 15* ist soeben auf hunderttausend Euro gestiegen.«

Lucie Flebbe

Holzwickeder Obsessionen

Wolf Pötter hatte drei Leidenschaften, denen er einfach nicht widerstehen konnte: Er hätte für den Erbseneintopf vom Schlachter am Holzwickeder Marktplatz sterben können, er war süchtig nach dem Inhalt des Blechdöschens in der Innentasche seines Polyesterjacketts, aber vor allem war er verrückt nach den perfekten Proportionen einer Geige.

Diese Geige hatte wirklich phänomenale Kurven: mahagonibraun und babyarschglatt, außerdem schlanker als die des Kontrabasses, für den Pötter früher mal eine Schwäche gehabt hatte. Und üppiger als bei der Flöte – na ja, das war kein echtes Kunststück. Von der Pauke mal ganz zu schweigen, bei der war die Kiste ja komplett aus dem Leim gegangen.

Bei den Proben des *Kammerorchesters Haus Vierbecke* stand gewöhnlich die Pauke wie eine Bastion auf ihrem Podest in der zweiten Reihe und beanspruchte Wolfs Aufmerksamkeit. Umso verwirrter war er jetzt, als ihm die erste Geige plötzlich hier im Küchenstudio im Gewerbegebiet an der Nordstraße gegenübersaß.

»Wolf, nicht wahr?«, hauchte sie. »Du spielst doch die Bratsche, oder?«

Sie war ein wahr gewordener Traum in einem rückenfreien, weinroten Fummel, der aufreizend die Beine übereinanderschlug. Sie war noch keine dreißig, hatte hüftlanges, lackschwarzes Haar und rote Lippen. Und sie erinnerte sich an seinen Namen.

»Die zweite Bratsche«, nickte Wolf bescheiden und dirigierte die Geige in die Beratungsecke des Küchenstudios. »Was kann ich für dich tun?«

»Ich bin gerade umgezogen und brauche eine Küche.« Ihr Lächeln war zuckersüß. Eine eindeutige Einladung. »Was für ein netter Zufall, dich hier zu treffen.«

Pah, Zufall! Möglicherweise brauchte sie tatsächlich gerade eine Küche. Aber Wolf sah ihr an, dass sie nicht nur auf ein sensorgesteuertes Induktionskochfeld heiß war.

»Wir sind hier nicht in der Großstadt«, winkte Wolf lässig ab. »Und wir Musiker sind doch sowieso eine große Familie.«

Die Geige blätterte im Prospekt einer Nobelküche. »Die Arbeitsplatte aus Granit gefällt mir sehr. Kannst du denn am Preis noch was machen?«, erkundigte sie sich verschmitzt. »Wo ich doch praktisch zur Familie gehöre?«

Na bitte. Wolf schnalzte mit der Zunge. Die erste Geige war scharf auf ihn. Er hatte es gewusst.

»Wie wäre es, wenn wir das bei einem Glas Wein besprechen?«

Wolf war schon immer scharf auf die erste Geige gewesen.

Also nicht nur auf die neue, sondern auch auf ihre Vorgängerin, erinnerte er sich, während er seine weinrote Krawatte knotete. Schon die letzte Besetzung war eine richtige Zuckerschnecke gewesen: klein und zierlich, mit langem, echt blondem Haar – der Hingucker ihres zusammengewürfelten Amateurensembles.

Wolf seufzte. Es hätte wirklich was aus ihnen werden können, denn die Vorgängerin seines heutigen Dates war gerade im neu gegründeten Kammerorchester aufgetaucht, als es in Wolfs Ehe mit der Pauke zu kriseln begonnen hatte.

An der Paukenkrise war allerdings nicht Wolf schuld gewesen. Die Pauke hatte sich einfach nicht im Griff gehabt, Disziplin im Minusbereich. Während der Schwangerschaft hatte sie unglaubliche fünfzehn Zentimeter Umfang und dreißig Kilo Gewicht zugelegt. Dreißig Kilo! Kein Wunder, dass sein kleiner Kumpel spontan in den Generalstreik getreten war.

Und als sein Sohn Amadeus, dieser winzige Wurm, endlich da gewesen war, waren die restlichen achtundzwanzig Kilo bei der Pauke trotzdem nicht verschwunden. Die folgenden zwei Jahre hatte die Pauke, die eigentlich Susanne hieß, Wolf erzählt, ihre Figur würde durch das Stillen wieder in Form kommen. Das klappte aber nicht, weil sie zwar ein Kind gestillt, aber für fünf gefressen hatte.

Da war einfach nichts mehr gelaufen. Nicht mal die blauen Wunderpillen hatten seinen kleinen Kumpel dazu bewegen können, die Arbeit wieder aufzunehmen.

Es hatte am Ende noch einmal ein Jahr gedauert, bis Wolf schnallte, dass Susanne nie wieder weniger Umfang haben würde als ihre Pauke. Dann hatte er endlich den Absprung geschafft.

Leider nicht mit der echt blonden, ersten Geige – denn die hatte dummerweise auf das Fagott gestanden: Robert Lack, ein echter Lackaffe, der sich mit seiner schwarzen Wallemähne für Mozart persönlich hielt.

Dabei war Lack in Wirklichkeit ein simpler Verkäufer, genau wie Wolf selbst.

Na ja, zumindest fast.

Lackaffe verkaufte im Porsche-Zentrum an der B 1. Bei den Hühnern kam das irgendwie besser an als der Küchendiscounter zwischen dem Supermarkt und McDonald's. Und die Provisionen waren vermutlich auch saftiger.

Weil Lackaffe Wolf die erste Geige weggeschnappt hatte, war er damals beim Bass zwischengelandet.

Schwamm drüber.

Wolf betrachtete prüfend sein Spiegelbild und war zufrieden. Er war immerhin ein ganzes Stück größer als Lackaffe, hatte für seine zweiundfünfzig Jahre eine passable Figur und vor allem noch eine ausreichende Menge seines dunklen Haares. Wenn Wolf geschickt kämmte, sah man die Geheimratsecken kaum und einen Bauchansatz durfte ›Mann‹ doch wohl haben, wenn er nicht mehr zwanzig war.

Wenn die neue erste Geige wieder Rot tragen würde, dann passte seine Krawatte hervorragend zu ihrem Kleid. Und für den unwahrscheinlichen Fall der Fälle, dass er tatsächlich gleich bei der ersten Verabredung zum Zuge käme, hatte Wolf vorgesorgt.

Prüfend ertastete er das Blechdöschen in der Innentasche seines Jacketts, gleich neben dem Schlüssel für ein Doppelzimmer im örtlichen Gästehaus.

»Und – bist du verheiratet oder hast du eine Freundin, Wolf?«

Mann, ging die ran!

Ihre dunkle Stimme mit leicht rollendem R brachte Wolf ins Schwitzen. Vor Aufregung stieß er gegen sein langstieliges Weinglas. Es kippte! Hilflos sah Wolf zu, wie der Rotwein herausschwappte und unaufhaltsam auf ihr Dekolleté zuschoss.

Das war dann wohl das Ende dieses Abends, der wie ein Traum begonnen hatte. Denn bis zu diesem Moment hatte Wolf wirklich alles richtig gemacht.

Er hatte sie ins *Kultur-Café* eingeladen, im Untergeschoss von Haus Opherdicke. Das alte Wasserschloss, das mit den restaurierten Stallungen das passende Ambiente für kulturelle Veranstaltungen und Ausstellungen bot, war Wolf als ein angemessener Rahmen für das Treffen mit solch einem Klasseweib erschienen.

Außerdem verband ihn und die erste Geige mit Haus Opherdicke schon so etwas wie eine gemeinsame Geschichte: Eine Etage höher, im Spiegelsaal des Erdgeschosses, hatte sie nämlich letzten Monat ihren grandiosen Debütauftritt als erste Geige in ihrem Feierabendorchester gegeben. Über hundert Zuhörer. Und sie war der Star gewesen. Nach nur drei Proben hatte sie fehlerfrei gespielt.

»In Russland habe ich Musik studiert und als Lehrerin gearbeitet«, erzählte sie jetzt über das Kerzenlicht hinweg.

Damit spielte sie in einer anderen Liga als die Hobbymusiker des Kammerorchesters *Haus Vierbecke.* Das hatten auch die Pauke, der Kontrabass und die Flöte sofort gemerkt. Die hatten vor Eifersucht gekocht. Hatten ausgesehen, als könnten sie jeden Moment ein Fenster des Spiegelsaals aufreißen, um die neue erste Geige im Burggraben zu ersäufen.

Jetzt saß Wolf mit ihr eine Etage tiefer mit einer fantastischen Aussicht über das grüne Ruhrtal bis ins Sauerland hinein.

Oben fand wieder ein Konzert statt, die Musik untermalte ihr Gespräch und sogar mit der Krawatte hatte Wolf ins Schwarze, oder besser gesagt: ins Rote, getroffen. Perfekt. Bis zu diesem verhängnisvollen Moment, in dem jetzt der Rotwein ihr Dekolleté flutete. Wolf machte sich auf ein unrühmliches Ende des Abends gefasst, der womöglich zur heißesten Nacht seines Lebens hätte werden können.

»Ups«, sagte die erste Geige. Mit ihrer Serviette betupfte sie ihren Ausschnitt.

Als Wolf realisierte, dass der erwartete hysterische Anfall ausblieb, schnappte er sich geistesgegenwärtig seine Serviette und kam ihr zu Hilfe. Dabei entging ihm der schwarze Spitzen-BH unter ihrem Kleid nicht.

»Zum Glück ist es Rotwein«, lächelte sie. »Den sieht man auf dem Kleid ja kaum.«

Unter dem Tisch kniff Wolf sich ungläubig in seinen eigenen Oberschenkel.

»Also was ist, Wolf Pötter? Gibt es eine Frau Pötter, oder nicht?«, kam sie aufs Thema zurück, ohne ein weiteres Wort über das Missgeschick mit dem Wein zu verlieren.

Das musste einfach ein Traum sein!

»Mit meiner Nochehefrau läuft schon lange nichts mehr«, antwortete Wolf perplex.

Der Kontrabass hatte sich damals als Mogelpackung entpuppt. Das war aber wirklich nicht vorherzusehen gewesen. Am Anfang ihrer Beziehung hatte sie Superkurven gehabt: einen ganzen Wintervorrat Holz vor der Hütte, weibliche Hüften und dazwischen eine Wespentaille, 90–60–90. Und sie hatte Talent, neben dem Kontrabass im Kammerorchester spielte sie noch den Elektrobass in einer Rockband. Eine Vanessa Mae des Basses, sozusagen.

Als dann ein Jahr nach der Heirat ihre Tochter – Vanessa-Mae – auf der Welt war, änderte sich das leider: Aus 90–60–90 wurde 90–90–90. Irgendwie war der Bauch durch die Schwangerschaft ausgeleiert und hing schlapp herunter. Die Wespe mutierte zum – na ja, zum Bass eben. Und sie hatte sich geweigert, etwas dagegen zu tun, obwohl Wolf ihr anbot, die Operationskosten für eine Bauchstraffung zu übernehmen. So klein waren seine Provisionen ja nicht, auch wenn er nicht an den Porscheverkäufer herankam.

Aber Kerstin, wie der Kontrabass eigentlich hieß, war überzeugt gewesen, bei dem lächerlichen Routineeingriff zu sterben oder zumindest lebenslang unter Schmerzen leiden zu müssen. Deshalb trank sie zur Gewichtsreduktion lieber Tee aus selbst gepflückten Kräutern und machte Gesundheitssport beim HSV. Mit der Methode würde es noch mindestens zehn Jahre dauern, bis sie wieder einigermaßen in Form war, und so lange hatte Wolf dann doch nicht warten wollen. Mann hatte schließlich auch Bedürfnisse.

Aber nach Pauke und Kontrabass hatte Wolf dazugelernt: keine Frau mehr, bei der auch nur die geringste Gefahr bestand, dass sie zum Nilpferd mutierte.

Also hatte er es mit Sybille, der Flöte, versucht: schlank, anmutig, grazil.

»Wenn ihr nicht mehr zusammen seid, dann wartet deine Frau heute Nacht auch nicht auf dich, oder?«

Wolf rutschte das Herz in die Hose und pumpte unter Hochleistung – und ganz ohne chemische Hilfe – den kleinen Kollegen auf, der möglicherweise gleich noch etwas zu tun bekommen würde.

»N–n–nein«, stotterte er. »N-natürlich n-nicht!«

Das war nicht mal gelogen. Immerhin war Wolf schon häufiger erst in den Morgenstunden zu seiner Flöte nach Hause gekommen. Natürlich hatte Sybille anfangs ein Riesengezeter veranstaltet, immerhin war ihr kleiner Johann Sebastian erst ein knappes Jahr alt. Aber während des gesamten Jahres hatte im Bett die große Flaute geherrscht, Windstille wie im Auge eines Orkans.

Fett war die Flöte zwar nicht geworden, dafür entwickelte sie einen extremen Putzfimmel, wienerte wie wahnsinnig die Wohnung, redete nur noch über Windeln und ging nicht mehr zum Friseur.

Ein ganzes Jahr lang konnte doch keiner auf Handbetrieb umstellen. Deshalb hatte Wolf sich eben hin und wieder ein Tagesticket im *Pascha-Club* am Flughafen Dortmund gegönnt. Vierundzwanzig Stunden all inclusive zum Pauschalpreis von hundertneunundvierzig Euro fünfzig. Exklusives Ambiente und Superservice der Mädels. Auf ihrer Homepage boten die sogar Alibivorschläge für die Ehefrauen an.

Doch Wolf hatte auf ein Alibi gepfiffen. Schließlich war die Flöte ja selber schuld daran, dass er in den Puff gehen musste. Er hatte geglaubt, sie würde den Wink mit dem Zaunpfahl verstehen und endlich mal wieder ihre Stilettos und die Halterlosen auspacken, wenn sie herausbekam, wo er sich von Freitag auf Samstag herumtrieb.

Pustekuchen. Stinksauer war sie geworden und redete von Scheidung. Wolf kannte das und weil er nicht schon wieder den ganzen Stress mit Anwälten und Familienrichtern haben wollte, spielte er erst mal auf Zeit. Deshalb waren sie immer noch verheiratet.

»Hast du denn eine Idee, wohin wir beide gehen könnten, Süßer?«, erkundigte sich die erste Geige und fuhr sich erwartungsvoll mit der Zunge über die roten Lippen. Sie ahnte nicht, dass sie sich gerade zur meistgehassten Frau Holzwickedes machte.

Die Weiber wurden ja so was von stutenbissig, wenn eine der anderen den Mann wegschnappte. Die Pauke hatte dem Kontrabass damals die Reifen zerstochen. Und der Bass hatte der Flöte Brechmittel in ihre Wasserflasche getan.

Aber das alles musste Wolf der ersten Geige nicht gleich beim ersten Mal auf die Nase binden, er wollte sie ja nicht abschrecken. Die Nacht seines Lebens war zum Greifen nah.

Mit feuchten Händen durchwühlte er die Taschen seines Sakkos: Die Auswahl an Kondomen hatte er dabei, das Pillendöschen ebenfalls. Und der Schlüssel zum Doppelzimmer im Gästehaus war auch da.

Das Gästehaus war kein Nobelhotel, dementsprechend war das Zimmer keine Luxussuite. Der Spiegel neben dem Schrank hatte einen Holzrahmen und im Bad gab es keine Shampoo-, Seife- und Hautcreme-Pröbchen zum Mitnehmen. Aber die Betten mit den dicken, geblümten Daunendecken waren stabil und machten auch bei heftiger Beanspruchung keine eindeutigen Geräusche. Das Gästehaus lag zentral, war bezahlbar und schnell erreichbar. Typisch Holzwickede eben: alles da, alles nah.

Auch mit dem Kontrabass hatte Wolf die ersten Nächte im Gästehaus verbracht, als die Pauke noch gezetert hatte. Und mit der Flöte ebenfalls. Das Prinzip hatte sich bewährt.

Kurzerhand schnappte Wolf die kichernde erste Geige, hob sie hoch und trug sie die Stufen zum Eingang hinauf.

Wolf hatte Zimmer 3 gebucht, sein Lieblingszimmer: im Erdgeschoss geradeaus.

Dummerweise schien aus dem Aufenthaltsraum direkt nebenan noch Licht durch die Milchglasscheibe der Tür. Drei oder vier Gäste fanden dort in den Sesseln neben einem mit Getränken gefüllten Kühlschrank Platz. Gedämpfte Stimmen waren zu hören.

Mist. Auf zufällige Zeugen legte Wolf keinen Wert.

Doch die erste Geige küsste ihn kurzerhand auf den Mund. Ihre vollen Lippen schmeckten nach Wein.

»Ist doch egal, Wolfi«, kicherte sie. »Uns kennt hier doch keiner. Los, komm!«

Nun – wenn sie es so wollte, dann sollte es an ihm nicht scheitern. Drinnen warf er sie aufs Bett. Sie versank in der dicken geblümten Decke und der Lattenrost knarrte doch ein wenig.

Er lauschte kurz, stellte aber beruhigt fest, dass nichts von den Gästen im Aufenthaltsraum zu hören war.

Die erste Geige zog sich ihr rotes Kleid über den Kopf und drapierte sich in Dessous vor Wolf auf dem Bett. Ein makelloser Körper, kein Kontrabass und keine Flöte.

Wolf schlüpfte aus seinem Jackett. Dann erinnerte er sich an das Blechdöschen in der Innentasche und wühlte es heraus. Obwohl sich seine Hose sichtbar ausbeulte, wollte Wolf auf Nummer sicher gehen. Dass ihn sein kleiner Kumpel bisher oft im entscheidenden Moment im Stich gelassen hatte, lag zwar nur an Pauke, Bass und Flöte, doch er wollte sich vor der ersten Geige auf gar keinen Fall blamieren.

»Ich bin gleich wieder da«, flüsterte er und verschwand im Bad.

Er füllte das Zahnputzglas mit Wasser und öffnete das Döschen. Drei blaue Pillen lagen noch darin. Wolf zog in Erwägung, sicherheitshalber gleich zwei auf einmal zu nehmen.

Da stand plötzlich die erste Geige, wie Gott sie schuf, neben ihm. Wolf atmete scharf ein.

»Das brauchst du doch nicht, mein Wolf!« Sie nahm ihm die Dose aus der Hand, warf einen spöttischen Blick hinein und – versenkte sie im Klo!

»Nicht!«, schrie Wolf auf.

Zu spät.

»Das Zeug bringt's nicht, Wolfi!«, säuselte die erste Geige.

Wolf schluckte trocken. Sie hatte gut reden, sie war Mitte zwanzig, er über fünfzig. Er konnte sich nicht einmal mehr erinnern, wann er es zuletzt ohne blaue Unterstützung versucht hatte.

»Ich hab was Besseres. Ein traditionelles Rezept aus Asien.« Sie ließ ein Plastikbeutelchen mit dunkelgrau-blauem Pulver vor seinen Augen baumeln, das ein bisschen an den Inhalt einer Urne erinnerte. »Geriebener Hirschpenis und zerstampfte Tigerhoden«, lächelte die erste Geige verschwörerisch. »Die Chinesen schwören darauf.«

Wolf wurde warm. Er lockerte seine Krawatte.

Hirschpimmel und Tigerklöten?

Nun ja, im Fernsehen sah man öfter, dass die Asiaten alles Mögliche futterten, um die Potenz zu optimieren.

»Das macht einen Sexgott aus dir«, lockte die erste Geige mit dem Beutelchen.

»Warum nicht?«, murmelte Wolf, nicht ganz überzeugt. Aber ohne Unterstützung wollte er es lieber nicht riskieren.

Die erste Geige rührte den Urneninhalt in sein Wasser, bis es aussah wie verdünnter Schlamm.

Egal. Wolf würgte das dickflüssige Gebräu mit drei, vier großen Schlucken hinunter. Der Nachgeschmack war bitter, aber als die erste Geige Wolf an seiner weinroten Krawatte packte und ins Zimmer zum Bett zurückzog, bildete er sich bereits ein, die Wirkungen der Tigerklöten im Schritt zu spüren. Und nicht nur dort. Ihm wurde heiß, sein Herz raste! Hastig streifte er die Hose ab. Die Nacht seines Lebens konnte beginnen.

Sie drückte ihn auf die geblümte Bettdecke. Zufrieden betrachtete sie die Beule in seiner Unterhose.

Dann – hob sie ihr Kleid auf, zog es wieder über und wandte sich zur Tür.

»Mo-moment …« So hatte Wolf das eigentlich nicht geplant!

Doch die erste Geige öffnete die Zimmertür und die Flöte kam hereinmarschiert. Wolf bedeckte sich hastig mit der Decke. Die Flöte baute sich am Fußende des Bettes auf und stützte die Hände auf die knochigen Hüften. Wolf brach der Schweiß aus.

»Du hättest wenigstens ein anderes Zimmer nehmen können«, fand Sybille.

Durch die Tür schob sich jetzt auch der Kontrabass herein. »Und Viagra rettet bei dir eh nichts.«

Zu guter Letzt kam jetzt auch noch die Pauke aus dem Aufenthaltsraum herüber. »Er sieht aber noch ziemlich lebendig aus«, sagte sie skeptisch zur ersten Geige.

»Das täuscht«, beruhigte diese. »Er hat schon Herzrasen und Schweißausbrüche. Das Gift wirkt. In ein paar Minuten bricht sein Kreislauf zusammen und sein Herz versagt.«

»Was?« Wolf wollte schreien, doch der Raum drehte sich plötzlich so schnell um ihn herum, dass er keinen weiteren Ton herausbekam und sich in Todesangst ans Bett klammerte.

»Was habt ihr gemacht?«, stöhnte er.

Die erste Geige lächelte zuckersüß: »Gar nichts, Süßer. Dass du alles poppst, was nicht schnell genug wegrennen kann, ist ja in Holzwickede bekannt.« Sie drückte ihm das leere Plastikbeutelchen zwischen die Finger und legte es dann auf den Nachttisch.

Die Flöte streifte sich Gummihandschuhe über und holte das Glas mit dem Rest der schlammigen Flüssigkeit. Sie deponierte es neben dem Beutelchen auf dem Nachttisch. »Aber musstest du bei deinen amourösen Abenteuern unbedingt mit diesen fragwürdigen Potenzmitteln aus China experimentieren?«, fragte sie trocken.

»Was war das für ein Zeug?«

»Wie ich gesagt habe – Hirschpenis und Tigerhoden!«, sagte die Geige. »Ach ja, und eine ganze Menge Belladonna.«

»Bella-was?«

»Atropa belladonna«, klärte ihn der Kontrabass auf. »Das ist der lateinische Name der Tollkirsche. Wenn du dich ein bisschen mit den heimischen Pflanzen und Kräutern beschäftigt hättest, wüsstest du, dass die hier überall wachsen.« Sie wusste natürlich Bescheid, sie sammelte ja ständig Unkraut für ihre Schlankheitstees.

Wolf stöhnte.

»Belladonna bedeutet übrigens ›schöne Frau‹«, erklärte die Pauke. »Das fanden wir ganz passend. Drei bis fünf Beeren führen zum Tod.«

»Du hast gerade die zehnfache Menge runtergekippt«, ergänzte die Geige.

»Gute Arbeit, Jekaterina. Sie verstehen Ihr Handwerk.«

Die Flöte, der Kontrabass und die Pauke reichten der ersten Geige jeweils einen Briefumschlag.

Dann hakten sie einander zufrieden unter und gingen gemeinsam hinaus.

Nina George

Dirty Heaven Hamm

»Schätzchen, mach unserem Freund noch ein Isenbeck«, befiehlt mir Danny; er ist Lude aus Überzeugung, ein Knochenbrecher im Maßanzug, ein Herz aus Stein, ein Schwanz aus Stahl, ein Lächeln wie Sahne und Whisky. »Unser Freund« ist der Mann mit den Kandiszuckeraugen, der vor mir am Metalltresen des *Dirty Heaven* sitzt und den jeder erkennt, wenn er mal durch die Hammenser Fußgängerzone läuft. Schauspieler, spielt Rollen ehrenhafter Männer, lächelt viel. Ein Typ, der in jedem Jahresrückblick in den Top Ten der »beliebtesten Deutschen« auftaucht. Frauen wollen mit ihm schlafen, Männer mal ein Bier mit ihm trinken.

Ich habe ihn vor dreißig Jahre zuletzt so nah vor mir gesehen. Eine Armlänge entfernt. Vertikal. Im Dachpool des *Mercure Hotels,* als es noch *Maritim* hieß, sieben Stockwerke über null. Wir waren acht Mädchen für siebzehn Männer. Bänker, Investoren, Immobilienspekulanten, Schwarzgeldwäscher, Fernsehlieblinge. Und Polizisten.

Der Schauspieler sagte: »Zieh dich aus und sei lieb«, dann drückte er mich immer wieder unter Wasser und hielt meinen Kopf unten, damit ich schluckte, was er mir zu bieten hatte. Am Poolrand saßen zehn andere und sahen uns zu, der Rest war im Schatten beschäftigt.

Als er fertig war, ließ er mich noch längst nicht aus dem Becken. »Tiefgang!«, verlangte einer, ein Autohändler aus Werl, und »Ich wette, die schafft's keine zwei Minuten!« der Immobilienspekulant aus Unna. Die Banker grölten. Der Schauspieler drückte mich wieder unter Wasser, hielt mich unten. Jemand pisste auf meinen Rücken. Ich schaffte zwei

Minuten fünfundvierzig Sekunden, bis ich anfing, Chlorwasser zu atmen und Schluck für Schluck zu ertrinken. In letzter Sekunde erst ließ er mich hoch, bekam ich endlich Luft.

Alle hatten gelacht, während ich mich auf den Rand des Beckens kniete und Sperma, Wasser und Perlmant-Cidre in die Palmendeko kotzte. Die frisch bedienten Banker auf den Poolliegen, die Firmenbosse beinebaumelnd am Beckenrand, die beiden Polizisten, Rum-Cola trinkend an der Bar. Dann kam Schreiners Handlanger, ein Hammer Anwalt, und trat mir die Hände weg. Ich knallte mit dem Gesicht auf den Steinboden. Ein Schneidezahn splitterte.

»Na, na, na«, hörte ich einen der Polizisten, »lass das, Klocke.« Aber es kam niemand zu mir. Niemand half mir. Der Anwalt setzte seinen Fuß in meinen Rücken und sagte: »Mann, steh ich gemütlich.«

Ich lag in meinem Blut und wusste, wenn ich jetzt mit dem Gesicht voran in der Kotze liegen bleibe, stehe ich mein ganzes Leben nie wieder auf.

Dann bin ich für jeden für immer zu haben. Für alles. Dann bin ich für immer eine Nutte.

Ich rollte mich auf den Rücken und von Klocke weg. Die Sterne überm Dachpool, ganz nah. Sie knisterten, sie atmeten. Sommerlicht. Ich passte meinen Atem den Sternen an. So lange, bis ich nicht mehr hier, sondern dort oben war. Und wieder zurückkam.

Dann setzte ich mich auf, wischte mir den Mund und ging nackt, als ob es mir nichts ausmachte, dass mein verkrampfter Bauch, mein Mund, meine Lunge schmerzten wie frisch aufgeschlitzt, zur Bar. Dort sagte ich zu einem der Bullen: »Hast du mal 'ne Zigarette?«

Ich erntete johlenden Applaus. Der Bulle gab mir mit seinem Sturmfeuerzeug Feuer. Auf dem Metall war *Law and Order* eingestanzt. Ich sah ihn mir genau an, ihn, und dann die Männer, die lachten, während ich mit meiner aufgeplatzten Lippe die Zigarette des Bullen rauchte. Ganz genau.

»Das Mädchen kommt aus der Ukraine. Gute Schule«, sagte der Polizist zu dem Schauspieler. Vom Plattenspieler sang Howard Carpendale *Hello Again.*

Die Hammer Depositenkasse war da längst insgeheim pleite, aber ihr Boss Mäxchen Schreiner fuhr im *Maritim* noch zwei weitere Jahre lang Dutzende Junghuren und kiloweise Koks für Investoren und Freunde auf, um den Schein zu wahren. 1984 entdeckte die Staatsanwaltschaft Dortmund Schreiners Steuerschuld sowie Totalverluste von 1,1 Milliarden Mark. Über die Nächte auf dem Hoteldach sprach niemand.

Ich zapfe ein Isenbeck, stelle es dem Kandisauge auf den Tresen, er sieht durch mich hindurch, packt sich das Bier und prostet Danny mit seinem berühmten Zwinkern zu.

»Danny, mein Lieber, es gibt nichts Ehrlicheres in dieser verlogenen Latte-macchiato-Callcenter-Welt als einen anständigen Blowjob. Wären Blowjobs eine Aktie, wär sie erfolgreicher als die Deutsche Bank, Mercedes und die Bundesliga zusammen. Das ist echter, anständiger Kapitalismus, den du hier in deinem Laden bietest, Danny.«

Sie stoßen an.

»Was ist nun mit der Investitionserweiterung deines Portfolios, von dem du am Telefon sprachst?«, fragt der Schauspieler.

»Wartet schon auf dich. Anlagewerte in dieser Qualität sind selten. Ich schau mal, wie weit sie ist.«

Danny schließt den Knopf seines teuren Anzugs. Er pfeift, als er vor mir und dem Schauspieler die Treppen des *Dirty Heaven* hinuntersteigt, in den Keller, dort ist die »süße Hölle«. Er pfeift ABBA. *Money, money, money.*

Zwischen dem Öffnen und Schließen der Tür ist das fremde Mädchen zu hören, das Danny vor einer Woche geliefert wurde. Es schreit sich die Seele aus dem dünnen, frierenden Leib, der nur mit ein paar rauen Seilen gewärmt wird, direkt am Andreaskreuz.

Ich kann ein paar Brocken Polnisch, Rumänisch, Bulgarisch. Was man im Revier so braucht, um mit den ständig wechselnden Dienstleisterinnen klarzukommen, die sich so schnell die Klinke in die Hand geben, wie ihre Zuhälter sie beim Poker an den nächsten Vollkaufmann verzocken.

Das Mädchen schreit in meiner Sprache.

»Допомога! Не треба!Будь ласка!«

»Ukraine. Gute Schule«, sagt das Kandisauge.

Dann zwinkert er mir zu.

Meinen ersten Freier hatte ich mit dreizehn Jahren. Er bezahlte mich mit Karamellbonbons, solche, mit denen Kinder sich für etwas ganz Besonderes halten sollen. Ich war nichts Besonderes. Nur eine Bücherdiebin. Ein dünnes, rothaariges, ukrainisches Mädchen, das in der Bibliothek in der Ostenallee Bücher von Böll, Kleist und Kafka stahl, um Deutsch zu lernen; um zu verstehen, was die Männer auf dem Amt von der Mutter wollten, die Lehrer von mir und den beiden kleinen Schwestern und was die Nachbarinnen über uns tuschelten, wenn sie in der Bäckerei zusammenstanden und ihre Stimmen beißend wie tollwütige Füchsinnen wurden, während sie auf die roten, schönen Tanzschuhe meiner Mutter starrten.

Im Pott bist du entweder Kumpel, dann gehörst du zur Revierfamilie – oder du kommst von auswärts. Wir kamen aus dem Osten und waren vom Vater, einem Russlanddeutschen, sitzen gelassen worden. Was noch schlimmer war, als nur einfacher Ausländer zu sein.

Der Freier war auch nichts Besonderes. Irgendein Mann im Anzug, mit Aktenkoffer und Seitenscheitel, der sagte, dass Bücherstehlen mit Gefängnis bestraft werde. Er führte meine Hand.

Über seinen Schoß hielt er dabei *Die verlorene Ehre der Katharina Blum,* die er mir abgenommen hatte. Darunter umfasste ich ein Stück Fleisch, es lag in der Hand wie eine lauwarme, rohe Roulade. Es ging sehr schnell.

Danach gab es die Bonbons und der Freier sagte, er habe das noch nie gemacht, ich sei es gewesen, die ihn verführt hätte, »du bist eine Lolita, ein richtiges kleines Luder, meine Frau wäre sehr traurig, so ein böses Mädchen zu haben«, und ich weiß, dass ich erschrocken, stolz, beschämt, neugierig und verwirrt zugleich gewesen war.

Dreizehn. Ich war dreizehn.

Ich habe einige Jahre später *Lolita* gelesen und ich wusste, der Freier hatte Nabokov nicht verstanden.

Doch das war unwichtig. Wichtig war, dass er mit unfehlbarem Instinkt gespürt hatte, dass ich zu haben gewesen war. Es gibt diese Sorte Männer, die ein Radar dafür besitzen, für den Hunger, für die Ziellosigkeit der Frauen. Sie sind Freier, Luden – oder Bullen.

Und ich bin jetzt seit einundvierzig Jahren zu haben.

Das Mädchen schreit wieder. Ihre Stimme bricht.

Допомога! Не треба! Будь ласка.

Hilfe. Bitte nicht. Bitte.

Ich drehe die Lautstärke des iPods an der Anlage höher.

I'm horny, horny horny horny schallt es aus den Boxen und nach oben, in den *Dirty-Heaven*-Clubraum mit den roten, seidig bespannten Separees. In manchen bewegt sich ein Hinterkopf auf und ab, wie in der Schüttelbox vom Uentroper Sexkino.

Danny wischt sich die Hände an einem Taschentuch mit Monogramm ab.

»Dein Aktienpaket ist jetzt bereit für die erste Einlage.«

Das Kandisauge gibt ihm grinsend die Ghettofaust.

Ich schließe die Augen und sehe das Atmen der Sterne in der Dunkelheit hinter meinen Lidern.

Heute also würde es zu Ende gehen.

Es ist so einfach, anzuschaffen, wenn du jung bist, schlank, rothaarig und unzerstörbar schön. Es ist wie ein Spiel, du fühlst dich allen, die es nicht beherrschen, unendlich überlegen. Den Frauen, die zu verklemmt sind, um ihn in den Mund zu nehmen. Den Männern, die Angst vor dir haben. Der Gesellschaft, die an der Realität vorbei ihre lachhaften Moralpredigten hält. Das Geld rutscht dir nur so in die Tasche, du wirst feucht von dem Knistern der Scheine, von der Macht, die du mit einem einzigen, langen Blick ausübst, mit einer einzigen Frage wie: »Soll ich Daddy zu dir sagen?«

Ich fand meine Freier überall. In der alten Bibliothek, im Südbad, im damals frisch eröffneten Maximilian-Park, an der Bushaltestelle oder wenn sie im Waschpark ihre Autos wuschen, mit denen sie dann ihre Frauen auf die Liebesinsel zum Schloss Heesen kutschierten. Ich fand sie in Hamm, in Kamen, in Werl, an den Raststätten in Rhynern und Am Haarstrang, in den Zügen nach Dortmund, Osnabrück oder Bielefeld. Am Ende bestand die ganze Welt nur noch aus Freiern und aus mir.

Ich wollte damit Schluss machen, an meinem zwanzigsten Geburtstag. Älter sollten Nutten eh nicht werden, sonst sind sie mit fünfzig leer und bei lebendigem Leib gestorben, das hatte mir eine Altgediente von der Südstraße verraten. Sie stand oft stundenlang da und schaffte für eine Schachtel Marlboro an. Auch nicht besser als die Pauschalhuren, wie sie im *McSex* bedienen. Durchschnittlich drei neunzig pro Nummer bekommen die Mädchen. Dafür kriegt man inzwischen nicht mal mehr Zigaretten.

Dann kam Danny. Wir tranken zusammen, im *Hammer Eck.* Er war ein paar Jahre älter als ich und er war der erste Mann, den ich nicht verachtete. Er besaß dieses Gesicht eines engelszüngigen Teufels und Hände, die mich meinen Körper erstmals wirklich fühlen ließen. Die miesesten Männer sind oft die besten Liebhaber.

Er brachte mir bei, das Spiel noch besser zu spielen. Vor einem Hausbesuch mir drei Mal leise zu sagen: »Hinter dieser Tür wartet mein Liebster, den ich seit vier Wochen furchtbar vermisse.« Das tat den Männern gut, so eine herzliche, freudige Hure, die sie sogar auf den Mund küsste, mit Atem und Flüstern und warmen Händen auf ihrer Brust.

Ich fühlte mich wie Bonnie und Danny war Clyde, nur brachten wir keine Leute um, sondern legten sie flach.

Ich war neunzehn Jahre und elf Monate alt.

Dann kam der Sommerabend im *Maritim.*

Ich gehe aus dem Keller wieder hoch und bitte Rena, mich abzulösen hinter der Bar, »... muss Buchhaltung machen, keine Störungen bitte bis Feierabend, Schatz.« Die blonde Polin nickt. Dann gehe ich ungesehen durch die zweite Tür hinter dem Büro in Richtung Keller. Die Mädchen wissen nichts von der Welt hinter dieser Welt.

Ich kenne dieses Haus in der Antonistraße genau, seine doppelten Wände, seine versteckten Kammern, die Beobachtungsspiegel, die Lauschposten, die Kameras, die Tonbandgeräte. Ich habe es schließlich so gestalten lassen, damals, mit einem der letzten Kredite der HaDeKa. Als es an die erste Rückzahlungsrate ging, mit den Wucherzinsen, die bei Mäxchen Schreiner so üblich waren, reichte ein Anruf bei der Berliner Bankenaufsicht und später ein zweiter in Dortmund, um Schreiners Schweizer Fluchtasyl zu verraten, in das er sich zuvor gelegentlich ein paar meiner Kolleginnen aus Zürich bestellt hatte.

Und ganz am Schluss, als das Haus fertig war und nur ich und ein paar ukrainische Hilfsarbeiter über die doppelten Böden und Elektrik für Kameras Bescheid wussten, habe ich den engelszüngigen Teufel Danny mit in das Geschäft genommen. Er mimt bis heute in meinem Auftrag den Chef und ich die Barmaus. Der schöne Lude weiß nichts von meinem Archiv, das ich über die Jahre angelegt habe. Es ist besser so. Besser für das, was ich seit über dreißig Jahren hier tue, anstatt zu leben, endlich zu leben.

Das Kandiszuckerauge hat das Mädchen vom Andreaskreuz losgebunden. Die Seile haben dunkelrote Druckflecken auf ihrer Haut hinterlassen. Er streicht ihr die Haare aus dem Gesicht, wischt ihre Tränen sanft von den Wangen. Sie ist jung, sechzehn. Ich wollte sie hier nicht haben, ich will keine halben Kinder, aber dann sagte Danny, dass der Schauspieler sie bestellt hatte. Und viel Geld für sie bezahlen würde. Unfassbar viel Geld. Er wollte zahlen, für ihre Angst, das mag er, nur so kann er. Wenn die Frauen Angst haben, echte, ehrliche Angst.

Aber dafür braucht man ganz bestimmte Mädchen. Amateurinnen. Gutgläubige, auf die Liebe und das Glück hoffende Amateurinnen. Und da draußen gibt es viele von denen. Danny weiß genau, welche zu haben ist, noch bevor sie selbst es weiß.

Ich schmecke Chlor, als ich schlucke.

Wird er sie mit dem Kopf in den bestellten Bottich tauchen, in das Eiswasser? Sie mit dem Elektromesser für den gefüllten Erntedanktruthahn peinigen, um das er Danny gebeten hat; so tun, als wollte er ihr den Arm abschneiden, das Bein, die Brust?

Der kandisäugige, beliebte, ehrenhaft ergraute Schauspieler zieht sich Lederhandschuhe über. Dann nimmt er den Knebelball und zwingt ihm den Mädchen zwischen die Lippen. Sie schreit. Sie schüttelt den Kopf. Er lächelt und zwinkert ihr zu, »sei lieb«, sagt er, dann hebt er das Elektromesser und schaltet es an. Das dreckige Geräusch raspelnden Stahls erklingt. Panik spaltet ihren Blick. Er schlägt das Mädchen mit der Faust auf den Mund, dreht sie um und legt sie mit dem Gesicht auf den Bottichrand. Dann zieht er ihren Po zu sich und schlingt seine Hände um ihren Hals.

Ich wusste, ich würde die Männer von damals niemals wiederfinden. Deshalb mussten sie mich finden. Ich lockte sie mit dem an, was ihre einzige Schwäche war: käuflicher Sex. Je wichtiger einem Mann seine Hoden sind, desto leichter kann man ihn daran packen.

Als Erstes lief mir der Autohändler aus Werl zu. Der, der »Tiefgang« gebrüllt hatte, während das Kandisauge mich unter Wasser drückte. Er war der Typ Puffgänger, für den die Bordelle im Pott zu seinen zweiten Wohnzimmern geworden waren. Wenige Wochen nach der Eröffnung betrat er im Herbst 1988 das *Dirty Heaven* wie ein Großgrundbesitzer, der seine neuen Lehnsbauern inspiziert.

Nachdem er mein Etablissement drei Mal besucht hatte, waren mir seine Gewohnheiten bekannt. Er brauchte lange und sehr viel Abwechslung, um die Hydraulik anzuwerfen, kam schnell und erholte sich eine Stunde, in der er Kaderkas Champagner-Surrogat aus Apfelcidre soff.

Während er bei seinem vierten Besuch drinnen eine wunderschöne, unglaublich gelenkige Russin auf dem Schoß hatte, präparierte ich draußen seinen auberginefarbenen 6er-

BMW. Er flog auf dem Weg nach Dortmund auf der A 2 in die Luft. Man vermutete einen Racheakt aus dem Autohändlermilieu, aber da versandeten die Ermittlungen dann.

1990 fand sich der Immobilienspekulant bei mir ein, der im *Maritim* auf meinen Tod gewettet hatte. Er feierte im *Dirty Heaven* einen seiner Abschlüsse. Er hatte in den neuen Bundesländern spottbillige Grundstücke insolventer Anleger erstanden, denen er Jahre zuvor noch goldene Berge und sprudelnde Renditen versprochen hatte.

Er gönnte sich eine Sitzung mit Domina. Ich trug eine Maske und lächelte, als ich sagte: »Ich wette, du schaffst keine zwei Minuten.« Dann legte ich ihm die schwarze Plastiktüte über den Kopf und verschloss sie am Hals mit einem roten, edlen Seidenband. Mit Schleife.

Er schaffte vier Minuten und sieben Sekunden. Und beinahe hätte er die Handschellen auseinandergerissen, mit denen ich ihn an den Eisenring im Kachelboden des schwarzen Salons fixiert hatte, direkt neben dem Abfluss.

In den frühen Zweitausenderjahren fanden sich die drei jungen Banker in meinem Geschäft ein. Einer der Finanzwirte hatte Furore gemacht als Anlageberater, der naiven Hammenser Bürgern Abschreibungsgeschäfte mit einem bis heute nicht gebauten Luxushotel in Dubai aufgeschwatzt hatte. Mister Dubai erstickte an Sand, den ich ihm in unserem charmanten Beachclub auf dem rundum begrünten Dach einverleibte. Die anderen gingen im Whirlpool baden, als ich die beim Einbau präparierte Wanne unter Strom setzte. Gekochtes Menschenfleisch riecht nicht anders als frisches Hühnchen in der Suppe.

Der Autohändler, der Spekulant, die drei Banker sind tot; und von dem Anwalt Klocke hörte ich, dass der Krebs ihn verfaulen ließ. Aber immer noch höre ich sie lachen, wenn ich Tag für Tag beim Aufwachen ertrinke.

Das Kandisauge bumst wie ein Duracellhase. Das Mädchen versucht verzweifelt, durch die Nase zu atmen, nach ihm zu treten, aber ihre Bewegungen sind nutzlos.

»Sei lieb oder ich schneid dir die Titten ab«, zischt er und lässt das Sägemesser sirren. Ihr Körper krampft vor Angst.

»Мамо! Мамо!«, wimmert sie in der Sprache unserer Väter.

Mama.

Ich wische mir die Träne ab, die mich überrascht hat.

Dann sage ich sanft: »Na, na«, nachdem ich die unsichtbar in die Wand eingelassene Tür hinter dem Andreaskreuz geöffnet habe. »Du wirst noch deine Dividende umbringen.«

Das Kandisauge sieht sich stöhnend vor Lust, ungehalten über die unerwartete Unterbrechung, nach mir um.

»Was willst du hier«, knurrt er. »Ich bin beschäftigt.«

»Ach komm. Sei lieb«, sage ich und sprühe ihm das Betäubungsmittel, mit dem sonst Kälber für eine Operation sediert werden, ins Gesicht. Er bricht über der Kleinen zusammen, deren Schreie jetzt hysterisch werden. So lange, bis ich ihr eine Ohrfeige gebe und sie von dem Sack Mann auf ihr befreie. Wenig später sehen wir auf den Schauspieler herab, der bewusstlos auf den Kacheln liegt, unweit des Abflusses.

»Ich werde es dir nur ein einziges Mal vorschlagen«, sage ich zu dem Mädchen, das heftig atmet und hasserfüllt auf den Körper zu ihren nackten Füßen starrt. Ich halte ihr das Sägemesser hin.

»Du kannst dich jetzt revanchieren bei ihm und ich verspreche dir, dass du damit durchkommen wirst. Oder du kannst aus dieser Tür gehen und für immer eine Nutte bleiben, die immer zu haben ist. Von jedem. Für alles.«

Keuchend starrt sie mich an, aus Augen, aus denen jeder zärtliche Lebenstraum geflohen ist, für immer ertrunken in der Angst der letzten Minuten. Ihre Nasenlöcher weiten sich bei jedem Atemzug. Ihr wunder Körper zittert. Dann strafft er sich und sie richtet sich auf.

»Дайте мені ножа«, sagt sie.

Gib mir das Messer.

Ich gehe nach oben und drehe die Musik noch lauter. Als ich wenig später in den Keller komme, ist das Mädchen verschwunden. In einer Ecke liegt etwas, das wie eine lauwarme Roulade aussieht.

Sie brauchen etwas mehr als dreißig Minuten.

Der eine spielt mit seinem alten Sturmfeuerzeug, auf dem *Law and Order* eingestanzt ist. Ich stehe ihm gegenüber, am Andreaskreuz, die Arme verschränkt. Neben ihm lehnt sein Freund aus alten, vergangenen Tagen. Sie starren auf mich. Auf die Fleischrolle. Und dann auf das Foto, das ich ihnen gegeben habe. Die anderen Beamten wurden rausgeschickt.

»Das ist nicht dein Ernst«, sagt der Polizist mit dem Sturmfeuerzeug schließlich rau.

»O doch«, sage ich. »Ist es.«

»Nur wegen damals?«

»Auch«, sage ich. Und zeige ihnen die Dokumente, die ich die letzten dreißig Jahre von ihren horizontalen Aktivitäten hier gesammelt habe. Polizisten vögeln genauso einfallslos wie alle anderen. Sie bumsen wie Politiker, wie Prediger, wie Zahnärzte. Oder wie Verbrecher. Ihre Archivakten in meinem Tresor, den ich bei einem zauberhaften, singenden Antiquitätenhändler in der Oststraße erstanden habe, sind nicht sehr pikant. Aber von guter fotografischer Qualität. Damit kann man schon was anfangen. Wenn man denn wollte.

Sie verständigen sich mit Blicken. Die Kiefermuskeln zucken bei dem Raucher, der andere bekommt Flecken im Gesicht.

Der Bulle, der mir damals Zigarette und Feuer gegeben

hat, ist inzwischen aufgestiegen ins Landeskriminalamt, zu dem die Kreispolizeibehörde Hamm gehört. Der andere, der nur »na, na, na« sagte und sonst nichts, hat sich als Ausbilder für Sondereinsatzkommandos einen Namen gemacht.

Die Bullen habe ich mir aufgehoben. Für einen Tag wie diesen.

Weil ich wusste, dass ich sie brauchen würde. Brauchen, um davonzukommen.

»Exzessive Notwehr einer Minderjährigen«, schlägt das Feuerzeug knapp vor. »Wir geben das Foto hier zur Fahndung raus.« Er schaut sich das Bild eines rothaarigen Mädchens an, das ich ihm gegeben habe. »Und wer ist das?«

Ich zucke mit den Schultern und sage: »Hauptsache, sie sieht ihr nicht ähnlich.«

Der andere sitzt stumm daneben und kann es nicht fassen, dass ihn gerade seine Vergangenheit überwältigt. Dann nickt er. Sie lassen den Polizeifotografen herein.

Ich kann mir genau vorstellen, was die *BILD*-Zeitung schreiben wird, wenn sie von dem Tod des Schauspielers erfährt: *Hammer Sex-Skandal: Die Sadospiele des Herrn Saubermann.* Oder auch: *Sexsklavin trennte Deutschlands Liebling das Beste ab – BILD sprach zuerst mit den Resten.*

Zehn Minuten später sitzen das Mädchen und ich im Wagen und fahren langsam, die Scheiben heruntergedreht, um die letzte weiche, warme Sommerluft hineinzulassen, von der Grünstraße in Richtung *Denkma(h)l!*, dem Restaurant der Malteser. Dort arbeiten Jugendliche, die eine dunkle, seltsame Vergangenheit hinter sich lassen wollen. Das Mädchen will sehen, ob es auch etwas für sie ist; sie kocht gern, sagt sie.

Dann fragt sie, wer auf dem Foto ist. Nach wem jetzt alle suchen würden.

»Das war ich«, sage ich. »Vor vierzig Jahren.«

Sie werden mich nie finden.

»Du musst jede Woche in die Bibliothek gehen«, trage ich dem Mädchen noch auf, als es aussteigt, »und lesen. Hörst du? Du musst lesen. Um Deutsch zu lernen. Um die Welt zu verstehen. Und um zu träumen. Nur wer träumt, überlebt.«

Und du musst lesen, um zu atmen, aber das wissen nur die, die die Sterne knistern hören.

Andreas Gruber

Hagens älteste Lustgrotte

Mein Name ist Quentin. Ich weiß, das klingt ungewöhnlich für einen Kerl, der in Hagen lebt, aber so heiße ich nun mal. Meine Eltern dachten sicher nicht an Quentin Tarantino, als sie mir diesen Namen gaben. Viel eher dachten sie an das *San Quentin State Prison* in Kalifornien, in dem Johnny Cash eines seiner legendären Konzerte gegeben hatte. Meine Mutter war *der* deutsche Johnny-Cash-Fan – und ich konnte von Glück sprechen, dass sie mich nicht Johnny genannt hatte. Mein Vater meinte Jahre später, dass Quentin deshalb der passende Name für mich sei, weil ich eines Tages garantiert im Hagener Knast in der Gerichtsstraße landen würde. Denn ihm war nicht entgangen, dass ich schon als Kind darüber nachgrübelte, wie ich schnell reich werden könnte, ohne mich besonders anstrengen zu müssen.

Siebenundzwanzig Jahre lang hatte ich keine Idee, wie das gehen konnte. Ich wurde Rotkreuzhelfer und begann, Medizin zu studieren. Um mir etwas Kohle dazuzuverdienen, fuhr ich während der Sommerferien für die vielen Pflege- und Seniorenwohnheime in Hagen das Essen auf Rädern aus. Zu meiner Klientel gehörten Frauen ab siebzig, die allein und meist einsam in ihren Wohnungen lebten. Dank ihnen kam ich auf meinen perfekten Plan, nach dem ich ein Leben lang gesucht hatte.

Madame Susu war neunundsiebzig. Sie kam aus Ostdeutschland, wo ihre Familie 1949 wie viele andere auch enteignet worden war. Sie war daraufhin zuerst zu Verwandten nach Iserlohn gezogen und hatte sich später in Hagen niedergelassen. Sie mochte das ›Tor zum Sauerland‹, wie sie immer wieder betonte, wo die Menschen so zupackend wie im Ruhrgebiet waren, aber zugleich auch bodenständig und heimatverbunden wie der Sauerländer.

Eigentlich hieß sie Susanne und manche nannten sie sogar *Frau Susanne*. Aber da sie in den späten Fünfzigerjahren in schmuddeligen Nachtklubs in der Nähe des Bahnhofs und danach in der *Chérie-Bar* am Graf-von-Galen-Ring getanzt hatte, haftete ihr der Künstlername *Madame Susu* immer noch an. Sie besaß keine Verwandten mehr, aber vor zehn Jahren hatte sie in der Bar einen Leipziger Ganoven namens Otto kennengelernt, der bei ihr untergetaucht war. Angeblich war er im Osten eine große Nummer in Sachen Drogen und Prostitution gewesen – so erzählte man sich das jedenfalls.

Allerdings habe ich ihn nie getroffen. Vor fünf Jahren wanderte er in den Hagener Knast, wo er schließlich bei einem Fluchtversuch starb. Man erzählt sich, dass er das Bettlaken mit seinen dritten Zähnen in Streifen geschnitten und daraus ein Seil geknotet hatte, mit dem er sich aus dem ungesicherten Fenster einer der Werkstätten abseilte. Bei seinem Fluchtversuch sei das Seil dann gerissen und Otto sieben Meter in die Tiefe gestürzt, direkt auf den Fahnenmast unter dem Fenster. Und das noch dazu am Tag der Deutschen Einheit.

Die Fahnenstange ging ihm durch und durch – »Beim Arsch rein, bei der Kehle raus!«, pflegte Madame Susu zu sagen – und die Feuerwehr musste den Mast absägen, weil sie Otto nicht anders runtergebracht hätten. Andere behaupteten, es sei gar kein Fluchtversuch gewesen, sondern eine Hinrichtung, denn angeblich hatte Otto die Leipziger Mafia übers Ohr gehauen und einen riesigen Batzen Geld beiseitegeschafft. Niemand wusste, wohin.

»Nicht einmal mir hat er gesagt, wo er das Geld versteckt hat!«, erklärte Madame Susu stets mit einem Zwinkern und Blinzeln, das zu allen möglichen Spekulationen Anlass gab.

Wenn die Kohle schon nicht in ihrer Wohnung war, so vermutete ich, dass dort wenigstens ein Hinweis auf das Versteck zu finden war. Und ich machte es mir zur Aufgabe, danach zu suchen.

Madame Susu lebte in einem Apartment des Seniorenheims *Abendfrieden* in der Berchumer Straße, am nordöstlichen Stadtrand von Hagen. Der große weiße, mehrstöckige Gebäudekomplex war eine ehemalige Frauenklinik, der jetzt die Seniorenwohnungen und eine Praxis für Physiotherapie beherbergte. Da ich Madame Susu nicht bloß ihre Mahlzeiten in den Aluschalen auf den Tisch knallen, sondern auch jeden Tag ein wenig mit ihr plaudern wollte, teilte ich meine Route so ein, dass sie meine letzte Kundin war. So brachte ich ihr knapp drei Monate lang jeden Tag das Essen pünktlich um 13 Uhr und saß anschließend noch bei ihr auf der Küchenbank, guckte aus dem Fenster in den kleinen Park und den angrenzenden Wald und plauderte mit ihr über ihr bewegtes Leben. Manchmal wählte ich dabei mit dem Handy in meiner Hosentasche ihre Nummer, worauf sie zum Telefon ins Wohnzimmer hinüberschlurfte. Natürlich legte ich auf, sobald sie den Hörer abnahm, doch in dieser Zeit durchsuchte ich Stück für Stück die Küche, das Bad, die Toilette und den Vorraum nach Hinweisen auf ein mögliches Geldversteck. Ich durchstöberte sogar die Keks- und Zuckerdosen nach Anhaltspunkten und begutachtete die Rückseiten von Madame Susus alten Tänzerinnenfotos aus dem Schaukasten der *Chérie-Bar*, mit denen sie ihre Kühlschranktür dekoriert hatte. Nichts.

Aber irgendwann *bekam* die Alte mit, dass etwas nicht stimmte.

»Jedes Mal, wenn Sie hier sind, ruft irgend so ein frecher Kerl an«, flüsterte sie und warf mir unter ihren falschen Wimpern einen Blick zu, den sie wohl für unwiderstehlich hielt. »Wahrscheinlich ein Verehrer oder ein eifersüchtiger Nebenbuhler, der mich beobachtet und es nicht ausstehen kann, wenn so ein junger, starker und gut aussehender Mann mit mir allein ist.«

Sie zwinkerte mir zu. »Wahrscheinlich möchte er uns den Spaß verderben. Sie könnten mich immerhin verführen oder mir die Kleider vom Leib reißen.«

Anscheinend deutete sie mein Interesse an ihr und ihrer Wohnung vollkommen falsch.

Sie spitzte die Lippen. »Sie könnten mich wirklich noch einmal die ungebändigte Lust in den Lenden eines jungen Mannes spüren lassen, Quentin!«

»Ja, das könnte ich …«, krächzte ich und tippte verzweifelt in meiner Hosentasche ihre Kurzwahl ins Handy. »Aber …«

Endlich läutete es im Wohnzimmer.

»Moment, diesmal gehe ich ran«, sagte ich und sprang auf. Beim Vorbeigehen kniff sie mir so fest in den Po, dass ich hochsprang.

Nebenan nahm ich den Hörer ab und tat so, als führte ich ein langes Gespräch mit dem Pförtner, während ich den Wohnzimmerschrank durchstöberte. Ich fand nichts und wiederholte den Trick bei meinen nächsten Besuchen, aber es war zum Verrücktwerden: Ich fand keinen noch so kleinen Hinweis auf Ottos Vermögen.

Schließlich blieb nur ein Raum übrig, den ich noch nicht durchsucht hatte: Madame Susus Schlafzimmer! Und es gab nur eine Möglichkeit, dorthin zu gelangen. Und damit begannen meine Probleme.

An einem schwülen Freitag Anfang August, pünktlich um 13 Uhr, läutete ich an Madame Susus Wohnungstür. Vorsorglich hatte ich zwei Viagra geschluckt – meine bis dahin größte Investition in dieser Sache. Allerdings hoffte ich, dass es nicht bis zum Äußersten kommen musste. Jedoch war ich vorbereitet. Notfalls würde ich sie bewusstlosvögeln.

Und als hätte Madame Susu etwas von meinem Vorhaben geahnt, hatte sie ausgerechnet heute dunkelroten Lippenstift und blauen Lidschatten aufgelegt, ihre längsten Wimpern angeklebt und die Augenbrauen so gezupft, dass nur noch ein schmaler schwarzer Strich zu sehen war, der erschreckend künstlich wirkte.

Das Schrecklichste war jedoch ihr schwarzes durchsichtiges Negligé. Es stellte ihren gewaltigen Busen zur Schau, der ohne BH dem Gesetz der Schwerkraft gehorchte. An einem akkurat getrimmten grau melierten Dreieck erkannte ich, dass sie kein Höschen anhatte. Sie trug bloß schwarze Strapse und Riemenstöckelschuhe, Ohrringe und eine schwere Perlenkette.

Ich musste zugeben, dass sie von der Taille abwärts tatsächlich eine gute Figur hatte. Man durfte nur den Blick keinen Zentimeter über die Gürtellinie heben. Bei der Vorstellung, mit ihr das Schlafzimmer zu erkunden, regte sich trotz der blauen Pillen rein gar nichts in meiner Hose. Dabei stand auf der Packung, dass die Wirkung nach dreißig Minuten einsetzen würde. Augen zu und durch, dachte ich. Es würde schon klappen.

»Ich bringe Ihnen Ihr Mittagessen«, krächzte ich.

Doch Madame Susu hatte nur Augen für mich. Sie packte mich am Kragen und zog mich in ihre Wohnung.

»Du willst es doch auch«, hauchte sie mit rauchiger Stimme und stieß die Wohnungstür mit dem Fuß zu. Ihr Negligé klaffte an der Seite auf und gab ihre Hüfte preis. Sie legte den Kopf zur Seite und lächelte mich an. Die schwere Perlenkette ringelte sich durch die Falten an ihrem Hals.

»Quentin, ich möchte, dass du es mir besorgst«, gurrte sie. »Romantisch von vorn, hart von hinten, akrobatisch von der Seite, brutal von oben und wild von unten. Ich möchte, dass du keine Stelle auslässt. Und wenn ich sage keine, dann meine ich auch *keine!* Hast du verstanden?«

Sie nahm mir die Aluschale mit dem Essen aus der Hand, stellte sie auf die Flurkommode und ergriff meine Hand. Und ab ging es ins Schlafzimmer.

Jetzt musste ich mein Bestes geben. Möglicherweise war dies meine einzige Chance, jemals einen Blick in diesen Raum zu werfen.

Sie stakste in ihren hochhackigen Schuhen wie ein Model vor mir her und wackelte mit dem Hintern. »Du kannst mit mir alles machen«, säuselte sie. »Jederzeit, überall und was immer du willst!«

Die Lamellen der Jalousie am Schlafzimmerfenster waren gekippt, Kerzen brannten auf dem Nachttisch und ein Räucherstäbchen verbreitete Rosenduft. Sie drehte sich um und ich sah, dass ihre Brustwarzen so steif wie die Korken einer Weinflasche waren und so aufrecht standen wie die Titanic, bevor sie sank. Neben dem Plattenspieler sah ich die größten Hits von René Kollo, auf dem Plattenteller drehte sich Gilbert Bécaud. *»Oh, mon chérie, du mascht misch so 'errückt!«*

O mein Gott, so würde ich nie einen Ständer bekommen.

»Na, gefällt es dir?«, hauchte sie.

»Prima«, sagte ich.

Sie lächelte und zeigte dabei eine Reihe weißer falscher Zähne. Reste von Lippenstift schimmerten auf ihren Beißerchen, die ein Vermögen gekostet haben mussten.

»Wusste ich es doch, dass ich dich scharfmache.«

Und dann ging es zur Sache. Sie öffnete meinen Gürtel, zog mir die Hose runter und kniete sich aufs Bett. Einladend reckte sie mir ihr Hinterteil entgegen. »Na, dann komm, mein Süßer!«

Ich bekam einen Schweißausbruch.

Denk an das Geld, Alter!, hämmerte ich mir ein und machte mich an die Arbeit. Während ich ihre Lustgrotte massierte, sah ich mich im Schlafzimmer um. Hinter dem gewaltigen Ölgemälde mit Blumenmotiv über dem Bett konnte gut ein Safe versteckt sein. Dann gab es noch den Kleiderschrank, die Kommode und zwei Nachttische. Auf einem davon stand ein großes gerahmtes Schwarz-Weiß-Foto von Otto, das ihn im Anzug zeigte, mit Melone und strengem Blick.

»Was ist los?«, drängte Madame Susu. »Mach weiter, du Tier!«

»Sehr wohl.« Etwas Besseres fiel mir nicht ein.

Ich rieb mich an ihrem Hintern.

»Weiter!«

Doch bei mir regte sich nicht das Geringste.

Verdammte Scheiße! Die blauen Pillen entpuppten sich als der totale Reinfall. Oder die Internetapotheke hatte mir Fälschungen angedreht.

Während mir der Schweiß von den Schläfen lief und der Räucherstäbchenqualm in den Augen brannte, zog ich mit einer Hand die Schublade des Nachttischchens auf. Ich wühlte mich durch Taschentücher, Gleitcreme, Streichhölzer, noch mehr Kerzen und ... ein Gummipenis! Und zwar ein Riesending, das den Namen auch verdiente.

Meine Rettung!

Ich holte das Gerät, das sicher nicht schlappmachen würde, heraus und machte es einsatzbereit.

»Jaaa!«, stöhnte ich laut. »Spürst du mich!«

Und dann spürte sie ihn. Madame Susu jauchzte laut. Ich hoffte, sie würde den Unterschied zwischen Fälschung und Original nicht bemerken. Ihren Geräuschen nach zu urteilen, war sie jedenfalls hellauf begeistert.

Während ich sie mit ein paar kräftigen Klapsen auf ihr Hinterteil weiter dem Höhepunkt ihrer Lust entgegentrieb, starrte mich Otto von seinem Foto auf dem Nachttisch mit einem Blick an, als wollte er jeden Moment seine Knarre aus dem Sakko ziehen, um mir das Hirn aus dem Kopf zu blasen.

Verrate mir lieber, wo du die Kohle versteckt hast!, dachte ich.

Doch Otto rückte nicht damit heraus, sondern fixierte mich weiterhin mit seinem Killerblick.

Plötzlich glitt mir der Gummigenosse aus den feuchten Fingern und ehe ich mich versah, hatte er sich selbstständig gemacht und in seine Einzelteile zerlegt. Der Plastikverschluss war zerbrochen. Batterie und Elektromotor rutschten aus der Hülle. »O mein Gott!«

»Was ist denn, Quentin?«, quengelte Madame. »Du bist doch nicht etwa schon gekommen?«

»Nein, ich … äh …«, stammelte ich, »… ich ziehe mir bloß meine Unterhose aus.«

Während ich mit einer Hand an meinen Shorts fummelte, öffnete ich die Schublade des zweiten Nachttisches, in der verzweifelten Hoffnung, dass Madame Susu dort einen Ersatzdildo versteckt hatte. Doch ich fand nichts außer Cremedosen, Wattestäbchen, einem Pornomagazin mit nackten Feuerwehrmännern und … *leck mich doch am Arsch* … einem Damenrevolver.

Der lag doch bestimmt nicht da, um Madame Susus Unschuld zu verteidigen. Ich schaute kurz rüber zu Otto und war mir sicher: Sie bewahrte die Knarre in ihrem Nachtschrank auf, um damit die Kohle ihres Verblichenen zu verteidigen, die sich hier in der Wohnung befand.

Bingo!

»Quentin, Süßer!«, stöhnte sie. »Mach endlich weiter!«

Aber wie? Die natürliche Variante kam nicht infrage, weil sich bei mir so etwas von nichts regte, dass ich nachschauen musste, ob überhaupt noch alles da war. Ich betrachtete die Knarre. Ein kleiner Revolver mit einem prächtigen Lauf.

»Was ist los, mein Hengst?«, murmelte sie mitleidsvoll und drehte den Kopf zu mir. »Bist auch nicht mehr der Jüngste, was?«

Also nahm ich stattdessen die Knarre und machte dort weiter, wo ich aufgehört hatte … würde das überhaupt gehen?

»Jaaa!«, stöhnte sie auf.

Ja, es ging.

Sie wiegte ihre Hüften, packte meine freie Hand und begann an meinem Daumen zu knabbern, als würde sie das Fleisch von einem Hühnerschenkel nagen.

Inzwischen war sie so in Rage, dass ihre graue Perücke verrutschte. Mein Gott, ich konnte gar nicht hinsehen. Immer fester stieß sie mir ihren Hintern entgegen und ich erwiderte ihre Stöße, immer fester und schneller, so dass ich den Revolver kaum noch halten konnte, bis meine Hand für einen Augenblick vollends in Madame Susu verschwand.

Entsetzt schrie ich auf. Madame Susu schrie zur gleichen Zeit, bäumte sich auf und riss den Kopf nach hinten. Vermutlich dachte sie, dass ich kam. Und dann hatte sie plötzlich einen Scheidenkrampf. Mein Handgelenk wurde zusammengequetscht. Sie kreischte auf, aber auch ich brüllte verzweifelt.

Dann löste sich ein Schuss.

Madame Susus Schrei erstarb, sie bäumte sich auf und …

sackte zusammen. Mein Herz blieb stehen, als ich begriff, dass ich im Eifer des Gefechts den Abzug durchgezogen hatte.

»Madame Susu?«, fragte ich leise.

Natürlich antwortete sie nicht. Das Projektil war aus ihrem Hals wieder ausgefahren, hatte das Foto Ottos auf dem Nachttisch durchschlagen und war in der Wand stecken geblieben. Der Rahmen mit Ottos Bild lag zersplittert auf dem Boden. Die Kugel hatte das Foto genau in der Stirn des Mannes durchschlagen. Beschämt starrte ich Otto an.

Tut mir leid, Alter, das wollte ich nicht. Du hast es selbst gesehen, es war ein Unfall.

Die Ironie an der Sache war, dass Madame Susu einen ähnlichen Tod gestorben war wie ihr Otto mit der Fahnenstange im Hagener Knast.

Ich sank auf das Kissen und lauschte Gilbert Bécauds rauchgeschwängerter und rotweingetränkter Stimme. *»Oh, mon chérie, isch bin der Größte!«*

Madame Susu war tot und zu allem Überfluss hatte ich ausgerechnet jetzt einen mächtigen Ständer. Ich wartete, bis ihr Krampf sich lösen würde.

Im nächsten Moment begann mein Herz zu rasen. Hatte jemand den Schuss gehört? Ich hielt den Atem an und lauschte, ob ich das Geräusch einer Polizeisirene ausmachen konnte. Doch nichts! Madame Susus Körper hatte wie ein natürlicher Schalldämpfer gewirkt. Außerdem waren die restlichen Bewohner des Hauses bestimmt halb taub.

Auch wenn Madame Susu ihren letzten Atemzug ausgehaucht hatte und mittlerweile garantiert hirntot war, erschlafften ihre Muskeln nicht. Zumindest nicht dort, wo sie sich am meisten verkrampften. Anscheinend war ihr Nervensystem noch höchst aktiv. Oder sie litt an Magnesiummangel oder einer Stoffwechselerkrankung. Wie auch immer – es änderte nichts an meiner Situation. Wann würde sich der verdammte Krampf lösen? Was, schoss es mir durch den Kopf, wenn es nicht passierte und in zwei Stunden die Leichenstarre einsetzen würde? Dann konnte ich mir höchstens die Hand abhacken.

Blöde Idee, fiel mir sogleich ein. Dann hätte ich meine Fingerabdrücke in der Leiche hinterlassen.

Die Situation kam mir so bizarr vor wie in einer Albtraumsequenz aus einem Tarantino-Film – und ich war der arme Schlucker, den sie am Schluss erwischten.

Als es mir zu blöd wurde, zog ich verzweifelt an der Hand. Mit einem feuchten *Plopp* ließ Madame Susu mich frei. Ich fiel rücklings vom Bett, krachte mit dem Ellenbogen auf den Parkettboden und knallte mit dem Kopf gegen den Schrank, sodass die Tür aufflog und sich ein Wäschekorb mit Unterhosen, Korsetts und Strumpfbandhaltern über mich ergoss.

Als ich mich aufrappelte, sah ich, dass sich ein paar der Parketthölzer gelöst hatten. Aus dem Spalt glotzten mir Wilhelm und Jacob Grimm entgegen.

Ich werd verrückt! Das ist ein Tausendmarkschein.

Rasch puhlte ich die anderen Hölzer aus dem Boden. Darunter befanden sich bündelweise D-Mark-Scheine. Ich stieß auf Clara Schumann, Paul Ehrlich und Maria Sibylla Merian.

Leute, ich liebe euch!

Insgesamt waren es hundertfünfundsiebzigtausend Mark, also umgerechnet neunzigtausend Euro. Im Geiste sah ich mich schon die Scheine in kleinen Häppchen bei der Bundesbank umtauschen oder teuer an eBay-Sammler verhökern.

Ich stopfte die Geldbündel in Madame Susus Wäschebeutel, reparierte notdürftig das Parkett, setzte Madame Susu die Perücke wieder auf und platzierte anschließend ihre

Leiche und den Revolver so, dass man den Todesfall für das Ergebnis einer lebensgefährlichen Selbstbefriedigung halten konnte. Bevor ich mich davonschlich, wischte ich noch meine Fingerabdrücke im Schlafzimmer ab.

Hatte ich an alles gedacht?

Bestimmt!

Wirklich?

Am nächsten Tag war ich es, der die Leiche offiziell fand, als ich meine Aluschalen mit dem Essen abgeben wollte. Da Madame Susu die Tür nicht öffnete, verständigte ich den Hausmeister, der die Wohnung aufschloss.

»Ich schaue im Wohnzimmer nach«, sagte ich, als wir im Flur standen.

Er sah ins Schlafzimmer. Danach nahm alles seinen Gang.

Die Kripobeamten vom Dauerdienst vernahmen mich etwa eine Stunde lang, dann ließen sie mich laufen.

Ich war aus dem Schneider!

Ich hatte umgerechnet neunzigtausend Euro, die ich jetzt bloß noch unauffällig unter das Volk bringen musste. Ich arbeitete nicht unüberlegt, sondern ging clever und behutsam an die Sache heran – denn so würden sie mich nie erwischen.

Dass sie mich dennoch drankriegten, lag daran, dass die Scheine markiert gewesen waren und aus einem Bankraub in Leipzig stammten – zu einem Zeitpunkt, als ich siebzehn gewesen war.

Letztendlich hatte mein Vater recht behalten, dass sein kleiner Quentin eines Tages in der Hagener Justizvollzugsanstalt landen würde. Zwar konnten sie mir nie einen Mord anhängen, aber für den Bankraub verknackten sie mich für mehrere Jahre.

Und fast jeden Tag blicke ich auf den Fahnenmast unter

meinem Zellenfenster und sehe Ottos hämisch grinsendes Gesicht vor mir.

Das hast du nun davon, Klugscheißer, dass du meine Alte gevögelt hast.

Volker Kutscher

Gelsenkirchener Romanze

Sonntag, 1. Juli 1934
Da liegt er auf dem Bett und starrt dich an. Irgendwie verliebt. Irgendwie ungläubig. Irgendwie tot.

Das Laken saugt sich voll mit seinem Blut, du kannst deinen Blick nicht abwenden, hast für den ersten Moment keine Augen für den nackten blonden Jungen, der neben dem Toten liegt, die Bettdecke vor die Brust gezogen wie eine keusche Jungfrau.

Ekelhaft.

Hättest dir denken können, dass er nicht allein ist. Nicht an einem Abend, an dem die SA-Gruppe Westfalen unten im großen Konzertsaal den Beginn des von oben angeordneten Urlaubs feiert. Zwei braune Uniformen liegen über dem Stuhl, säuberlich gefaltet, so penibel war er immer: Borcherts Sturmbannführer-Uniform und die eines einfachen SA-Manns. Wahrscheinlich gerade erst von der Hitlerjugend gekommen, die blonde Jungfrau. Was Borchert bloß an so einem findet?

Borchert, du hast immer Borchert zu ihm gesagt, niemals Hermann, nur den Dienstrang hast du irgendwann weggelassen. Der hat sich ohnehin dauernd geändert. Vom Truppführer zum Sturmbannführer in gut einem Jahr. Seinen Beruf als Lehrer hat Borchert schon im April dreiunddreißig an den Nagel gehängt und ist nach Dortmund zum Stab der Gruppe Westfalen gegangen. Die SA, hat er gesagt, das ist die Schule der Nation!

Und jetzt liegt er da und sagt gar nichts mehr, der Herr Lehrer.

Ein Hotelzimmer. Auf dem Tisch eine Flasche Champagner im Kühler, eine weitere, bereits geleert, auf dem Boden neben dem Bett. Borchert hat immer dieses Zimmer genommen, wenn er in Gelsenkirchen zu tun hatte, eine Suite im Hans-Sachs-Haus, dem modernsten Hotel der Stadt. Wie oft hast du hier am Fenster gestanden und nach Norden geblickt, über die Grünanlagen hinweg auf das Häusermeer und auf die Schlote, die hinter den Dächern von Schalke in den grauen Himmel ragen.

Die blonde Jungfrau glotzt dich immer noch an, glotzt auf deine schwarze Uniform. »Nei…, nei…«, stottert die Memme, als du die Luger ein zweites Mal hebst.

Bevor aus dem Stottern ein *Nein* werden kann, drückst du ab.

Die Kraft des Projektils wirft den Jungen an die Wand, mit einem ›Pfff‹ entweicht die letzte Luft aus seinen Lungen. Du bist ein guter Schütze, das haben sie immer gesagt, schon bei der SA; und seit du die Führerschule in Rotthausen besuchst, bist du noch besser geworden. Weil die SS besser *ist*. In allem.

So ein Saufgelage, wie es die SA heute Abend im Hans-Sachs-Haus veranstaltet hat, würde es bei der SS niemals geben. Und so etwas wie die beiden da auch nicht.

Du starrst auf die Leichen, du musst daran denken, dass du vor wenigen Monaten noch selbst in diesem Bett gelegen hast und ekelst dich. Vor dem, der du mal gewesen bist.

Du schaust auf die rauchende Pistole in deiner Hand und fragst dich, wie es jemals so weit hat kommen können. Hätte Mutter sich in den kargen Kriegs- und Nachkriegsjahren und beim ewigen Warten auf deinen Vater, den die Franzosen viel zu lang in Gefangenschaft hielten, nicht die Gesundheit ruiniert, wäre all das nie passiert. Aber sie starb wenige Tage nach deinem Geburtstag, sie fiel einfach um und stand nicht mehr auf.

Es war der Tag, an dem alles anders wurde. Vater malochte als Hauer auf *Consol*, seine Zeit reichte nicht, sich auch noch um dich zu kümmern.

Schließlich hat Tante Trude sich deiner erbarmt. Mutters Schwester hatte Fleischermeister Henrichs geheiratet, der ein Geschäft an der Hochstraße hat, mitten in Gelsenkirchen, wo sie auch wohnen, direkt über dem Laden. Gegen einen gewissen Obolus, den Vater von seinem Lohn abzweigte, nahmen sie dich auf. Sie hatten keine eigenen Kinder und mehr als genug Platz, hatten sogar an einen möblierten Herrn untervermietet. Tante Trude stellte dir Oberlehrer Borchert gleich am ersten Abend vor, voller Stolz, einen Akademiker unter ihrem Dach zu beherbergen. Dabei war er beileibe kein Studienrat, unterrichtete nur Leibesübungen und Biologie.

Das Telefon auf dem Nachttisch reißt dich zurück in die Gegenwart. Du starrst den schwarzen Apparat an, als könntest du ihn so zum Schweigen bringen, doch er hört nicht auf zu klingeln. Schließlich hebst du ab.

»Rezeption hier. Alles in Ordnung bei Ihnen, Sturmbannführer?«

»Wie?«

»Uns wurde Lärm aus Ihrem Zimmer gemeldet.«

»Müssen die Champagnerkorken gewesen sein.«

»Natürlich. Entschuldigen Sie die Störung.«

Du hängst ein.

Du solltest verschwinden, doch es ist, als ob irgendetwas dich lähmt. Als habe der Tote da auf dem Bett, dessen leere Augen dich anstarren, immer noch Macht über dich.

Die braune Uniform, die Studienrat Borchert so gut wie jeden Nachmittag anzog, hat dich anfangs irritiert. So etwas kanntest du nicht aus Schalke. Du kanntest nur Rote. Vater war Kommunist, Vaters Freunde waren Kommunisten, da hast du dich selber natürlich auch für einen gehalten. Schalker zu sein, hieß, Malocher zu sein: mit vierzehn runter von der Volksschule und dann auf den Pütt.

Das hast du jedenfalls geglaubt. Bis Borchert dich eines Tages beiseitegenommen hat.

»Horst«, sagte er – er war der Einzige, der dich so genannt hat, alle anderen sagen Hotte oder Kujau –, »was willst du eigentlich mal machen? Nach der Volksschule, meine ich. Die ist doch bald vorbei.«

»Vatter sacht, auffen Pütt.«

»Willst du wirklich unter Tage schuften?«

»Tante Trude meint, ich soll auffe Glashütte oder zu *Küppersbusch*, da wär besser.«

»'n kräftiger Kerl bisse, keine Frage.« Er hat dich gemustert, von oben bis unten. »Und gut in der Schule, erzählt deine Tante. Klassenbester!«

Du hast genickt. Vor deinen Kumpels hast du mit solchen Sachen nicht angegeben. Da zählten andere Dinge. Wie lang einer den Ball halten konnte, zum Beispiel.

»Ich habe mit deinem Lehrer gesprochen, Horst. Er hält große Stücke auf dich.«

Du konntest es nicht glauben: Borchert war in der Josephschule gewesen! Am Schalker Markt!

»Könntest du dir vorstellen«, fuhr er fort, »aufs Gymnasium zu gehen? Für begabte Hitlerjungen gibt es Stipendien.«

»Ich bin doch kein Hitlerjunge!«

»Das lässt sich ändern.«

Und dabei hat er dir zugezwinkert und dich so angelächelt, dass du gar nicht Nein sagen konntest.

Und er hat dir tatsächlich ein Stipendium besorgt, du musstest nur an deinem vierzehnten Geburtstag in die HJ eintreten. Du konntest weiter bei Onkel und Tante wohnen, und selbst Vater stimmte zu, als er hörte, dass es ihn keinen Pfennig kostete. Tante Trude hatte ihn überredet, natürlich hat sie nicht gesagt, wer die Chose bezahlte, mit den Braunen konnte man Vater nicht kommen.

Gleich nach Ostern bist du aufs Realgymnasium gewechselt und Borchert wurde nicht nur dein Turnlehrer. Damals war die HJ noch ein Teil der SA und SA-Truppführer Hermann Borchert führte euer kleines Fähnlein an. Als du zum ersten Mal mit den anderen in der braunen Uniform durch die Bahnhofstraße marschiert bist, hast du dich in deiner eigenen Stadt gefühlt wie ein Fremder. Nach Schalke habt ihr euch gar nicht erst hineingetraut. Mit der Zeit hast du dich an die feindseligen Blicke gewöhnt, hast sie sogar genossen, euren Trupp haben sie umso mehr zusammengeschweißt.

Sonst war alles wie immer. Deine alten Freunde von der Josephschule wussten nichts von der HJ und nichts von Borchert. Sie wussten nur, dass du aufs Gymnasium gingst, aber weil du deshalb die Nase nicht höher getragen hast, haben sie dich höchstens mal ein bisschen gefoppt, wie an jenem Tag, als du aus Versehen mit deiner Obertertianermütze zum Pöhlen gekommen bist. Wie früher habt ihr euch meistens in der Funkenburg getroffen, bei den Zechenhäusern. Einer hatte einen Ball und dann ging es los.

Doch dann, von einem Tag auf den anderen, war das vorbei. An jenem Tag, als dich keiner in seine Mannschaft wählte. Du hast dich gewundert und als du gefragt hast, was denn los sei, sind sie ohne Warnung über dich hergefallen, haben dich förmlich aus Schalke hinausgeprügelt, dich bis zur Florastraße verfolgt.

Und wenige Tage später, als du mit Borchert vom Gruppenabend nach Hause kamst, uniformiert natürlich, hat dein Vater in der Wohnung über der Fleischerei auf dich gewartet. Bevor er überhaupt etwas sagte, verpasste er dir eine heftige Ohrfeige.

»Wie läufsse rum, Kerl?«, herrschte er dich an und zeigte auf die Uniform. »Hasse vergessen, wo de herkommz?«

Die Sache hatte sich also rumgesprochen in Schalke. Du wusstest nichts zu antworten. Hast zu Borchert hinübergeschielt und gesehen, wie der sich zusammenreißen musste.

»Es ist für ein Arbeiterkind keine Schande, die Uniform der Hitlerjugend zu tragen, Herr Kujau«, sagte er. »Der Führer freut sich über jeden Arbeiter, der erkennt, dass der wahre Sozialismus ein nationaler ist.«

»Verschonen Se mich mit Ihren braunen Gesülze«, fuhr Vater deinen Lehrer an und legte dir die Hand auf die Schulter. »Hör zu, Junge, du muss dich nich an die Braunen verkaufen.«

»Vatter, ich ...«

»Ich hab mit dem Steiger auf *Consol* gesprochen ...«

»Vatter ...«

»Einen Kujau nimmt er immer, sacht er. Kannz schon zum nächsten Ersten anfangen.«

»Vatter, ich will nich auffen Pütt! Ich will Abitur machen.«

Vater sah aus, als stehe er kurz davor, noch einmal zuzuschlagen. »Meinze, du bis wat Besseres? Du bis auch nur 'n Malocher!«

»Meinen Sie, die Hochschulreife gibt es ohne Arbeit?«, mischte sich Borchert ein. »Sie sollten dankbar sein, dass unsere Bewegung Ihrem Jungen ...«

Vater fuhr herum. »Sie können mich mal kreuzweise mit Ihre Bewegung!«

Dann tippte er dir mit seinem Zeigefinger auf die Brust. »Und du, Kerl, muss dich entscheiden, wohinne gehörs. Entweder verbrennze die Uniform und meldes dich auf *Consol*, oder …«

»Oder was?«

Er atmete immer noch heftig. »Oder du bis die längste Zeit mein Sohn gewesen!«

Ein Jahr später haben sie ihn entlassen. Zwei Jahre später war er tot. Staublunge. Du warst auf dem Friedhof in Schalke, misstrauisch beäugt von Vaters Genossen. Man konnte den Pastor kaum verstehen, dauernd ratterten Züge vorbei, der Friedhof liegt direkt am Bahndamm.

Hermann Borchert war zu dieser Zeit schon längst eine Art Ersatzvater für dich. Obwohl er dich immer besonders hart rannahm, ganz egal ob bei den HJ-Treffen oder im Turnunterricht. Mochte er auch schimpfen, seine Blicke haben dir doch immer gezeigt, wie viel er von dir hält.

Du weißt noch, wie er dich das erste Mal angefasst hat. Es war nach der Turnstunde, du warst der Letzte im Umkleideraum. Plötzlich stand er hinter dir, legte dir eine Hand auf die Schulter, befühlte mit der anderen deinen Oberarm. Du hast dich steif gemacht wie ein Brett vor lauter Schreck.

»Wie stark du bist«, sagte er, »jung und stark.«

Er befühlte deine Muskeln an Armen und Beinen und du merktest, dass es dir gefiel. Bis er seine Hand plötzlich zwischen deinen Beinen hatte.

Du warst irritiert, denn du hast gemerkt, wie sehr er dich erregte. Und er hat es auch gemerkt, und das bestärkte ihn nur in seinem Tun.

»Du bist ja schon ein richtiger Mann«, hat er dir ins Ohr geflüstert, nein: gekeucht. »Könntest ja jetzt schon in die SA eintreten.«

Er machte weiter und du hast dich nicht gewehrt. Auch

nicht, als er dich geküsst hat. Du willst nicht weiter daran denken. Schon der Gedanke erregt dich. Und stößt dich gleichzeitig ab.

Es klopft an der Tür. Laut und energisch.

»Sturmbannführer Borchert? Alles in Ordnung?«

Du schweigst.

»Polizei hier. Ich muss Sie bitten, die Tür zu öffnen. Man hat Schüsse gehört.«

Du stehst starr und regst dich nicht.

»Sturmbannführer?«

Ein Schlüssel dreht sich im Schloss. Natürlich haben sie den Portier mitgenommen.

Vier Schupos drängen herein und reißen ihre Waffen hoch, als sie die Situation erfassen.

»Pistole fallen lassen!«, brüllt ein Hauptwachtmeister, »Hände hoch!«

Du gehorchst. Sagst keinen Ton. Sie legen dir Handschellen an. Der Hauptwachtmeister greift zum Telefon auf dem Nachttisch. Während er telefoniert, führen die anderen dich ab, nicht über das Hoteltreppenhaus, sondern durch dunkle Gänge hinüber zum Ostflügel, in den Bürotrakt und dann mit dem Paternoster abwärts. Die Schupos bringen dich hinaus auf die Straße, wo eine schwarze Limousine wartet, fahren dich zum Polizeiamt, packen dich in eine Arrestzelle.

Durch die Gitterstäbe kannst du die Rotthauser Straße im Mondlicht sehen. Es ist noch keine Stunde her, da bist du sie entlanggekommen, den Hotelturm des Hans-Sachs-Hauses mit den großen Leuchtbuchstaben im Blick, fest entschlossen, allem ein Ende zu bereiten. Dich zu befreien von einer Vergangenheit, die du nur noch als abstoßend empfindest.

In Rotthausen haben sie dir die Augen geöffnet, was für ein verluderter Haufen die SA ist. Die Ironie an der ganzen

Sache: Borchert selbst war es, der dich zur SS gebracht hat, der dir eine Empfehlung geschrieben hat, dir geholfen hat beim Großen Ariernachweis und dem sonstigen Papierkram. Er war stolz darauf, der SS einen aus seiner Truppe geben zu können.

Als du das erste Mal die Freitreppe zur Führerschule emporgestiegen bist, vorbei an den schwarz uniformierten Wachen, hat dich die düstere Backsteinfassade ans Hans-Sachs-Haus erinnert. Erst im Kreis deiner neuen Kameraden ist dir klar geworden, was Borchert aus dir gemacht hat.

Am Anfang war es vor allem Bewunderung. Du hast zu ihm aufgeschaut. Hast nicht gewagt, ihm zu widersprechen. Wie konnte das, was dein Lehrer, was dein SA-Führer, was der Untermieter deiner Tante mit dir anstellte, denn falsch sein? Wo es dir sogar Spaß machte.

Dein schlechtes Gewissen bist du dennoch niemals losgeworden, auch wenn Borchert es dir immer wieder auszureden versuchte mit seiner warmen, vibrierenden Stimme.

Du hast niemals vergessen, bei keinem eurer Treffen, dass ihr etwas Verbotenes tut.

»Die SA schert sich nicht um Verbote«, hat er gesagt.

Du hast immer gewusst, dass es Sünde ist.

»Die SA schert sich nicht um den lieben Gott«, hat er gesagt. »Unser Führer heißt Adolf Hitler.«

Und hat dabei gezwinkert und du hast nicht gewusst, macht er sich nun über den Führer lustig oder über den lieben Gott?

Eigentlich waren das Sätze, die auch deine alten Kumpels aus Schalke unterschrieben hätten. Bis auf das mit Hitler. Ab und zu hast du sie noch mal gesehen, wenn du zum Fußball nach Schalke gegangen bist. Zum Gucken, nicht mehr zum Spielen. In der Glückauf-Kampfbahn war es egal, wo einer herkam und was er von Hitler hielt: Solange er nur

Blau-Weiß anfeuerte, waren für zwei Stunden alle Feindschaften vergessen. Aber diesen Frieden gab es nur im Stadion.

Im Oktober einunddreißig haben die Roten aus Schalke das Braune Haus belagert, haben euer Hauptquartier in der Hochstraße mit Pflastersteinen beworfen. Ihr habt euch verbarrikadiert, habt standgehalten, bis die Schupo aufgekreuzt ist und die Randalierer mitgenommen hat. Doch am nächsten Tag sind sie wiedergekommen. Über den Hof musstet ihr euch in eure Räume schleichen. Eine Demütigung, die ihr nie vergessen habt.

Zweieinhalb Jahre später kam die Zeit der Abrechnung, im März dreiunddreißig. Du warst mittlerweile SA-Mann. Und standest mitten im Abitur. In der Oberprima verachteten dich die Herren Arzt- und Apothekersöhne plötzlich nicht mehr als Proletenkind. Plötzlich hatten sie Respekt vor dir. Vor deiner Uniform. Und davor, wie ihr aufgeräumt habt unter den Roten.

Mit der Staatsmacht an ihrer Seite hat sich die SA zum ersten Mal nach Schalke hineinwagen können. Wie viele Rote habt ihr weggesperrt? Wie viele bekehrt? Es gab genügend Malocher, die merkten, dass sie in der SA besser aufgehoben waren. Nur die Unbelehrbaren, bei denen kanntet ihr kein Pardon.

Dann, Ende April, habt ihr das Volkshaus in Rotthausen besetzt und die Novemberverbrecher rausgeworfen. Das Volkshaus, das heute deine Schule ist, die Führerschule des SS-Abschnitts XVII. Damals ahntest du noch nicht, dass dies bald dein neues Zuhause werden würde.

Mit dem Ende des Schuljahres habt ihr beide das Realgymnasium verlassen, du mit der Reifeprüfung, Borchert mit dem Ruf zum Gruppenstab. Obwohl er nun in Dortmund war, habt ihr euch häufiger gesehen denn je. Er hatte oft in

Gelsenkirchen zu tun und immer ist er über Nacht geblieben. Es gab viel zu feiern in jenen Tagen, oft habt ihr gezecht mit den anderen Männern. Wie oft hast du dein schlechtes Gewissen einfach ersäuft, weil du wusstest, dass du wieder bei Borchert im Hotelbett enden würdest.

Du spürst eine Wut in dir, die so groß ist wie das Verlangen, das er in dir geweckt hat. Riesig groß, unbezähmbar. Obwohl du weißt, dass er tot ist, bist du immer noch wütend auf ihn.

Du hörst Schritte, das Rasseln des Schlüsselbundes. Du erhebst dich von deiner Pritsche.

Du hast SS erwartet, SS und SA, doch da stehen nur zwei von den Schupos, die du schon kennst.

»Mitkommen«, sagt einer.

Natürlich. Sie machen dich nicht hier fertig, sie bringen dich zur SA oder gleich nach Rotthausen, damit es den anderen zur Abschreckung dienen kann: Schaut mal, das machen wir mit einem, der einen SA-Sturmbannführer erschießt.

Alles ist gut, solange sie dich nicht für einen Hundertfünfundsiebziger halten.

Du bist überrascht, als die schwarze Limousine die andere Richtung einschlägt. Es geht zurück zum Hans-Sachs-Haus, zurück zum Hotelzimmer.

Zwei SS-Männer bewachen die Tür, Kameraden aus Rotthausen. Sie vermeiden jeden Blickkontakt.

Die Leichen liegen immer noch im Bett, das Laken hat sich mittlerweile vollgesogen mit ihrem Blut. Ein einziger Mann steht ihm Zimmer, Obersturmbannführer Schulz, dein Ausbilder.

Er mustert dich mit neugierigem Blick. Was du getan hast, ist offensichtlich, er wird wissen wollen, *warum* du es getan hast. Und du kannst ihm nicht antworten, ohne deine Ehre zu verlieren, ohne dich selbst zu beschmutzen.

Du schaust an ihm vorbei aus den Fenstern hinaus auf die Dächer von Schalke. Vor der Fassade draußen hängen Hakenkreuzfahnen, immer wieder flattert roter Fahnenstoff in dein Blickfeld.

Du musst daran denken, wie die Woche angefangen hat. Die Meisterfeier auf dem Schalker Markt. Zum ersten Mal hast du gespürt, wie die Volksgemeinschaft aussehen kann, von der der Führer immer spricht. Mit dem Zug waren sie aus Berlin zurückgekommen, die Männer vom FC Schalke, hatten sich in Dortmund ins Goldene Buch der Stadt eingetragen und waren dann in den Zug nach Gelsenkirchen gestiegen. Die ganze Stadt war auf den Beinen, die Kinder hatten schulfrei. Auf dem Schalker Markt, direkt vor Thiemeyers blau-weiß und schwarz-weiß-rot drapierter Kaiserhalle, war eine Bühne aufgebaut, der Platz voller Menschen, sie hatten ein Transparent gespannt: *Ernst und Fritz, schnell wie der Blitz.*

Eure Helden. Schalker wie ihr. Malocher wie ihr. Deutsche wie ihr. Und jetzt Deutsche Meister. Du warst stolz, du warst glücklich. Deine Stadt, die so lange geteilt war in rechts und links, in Proleten und Bürger, sie war dabei, sich miteinander zu versöhnen. SA und SS, Zivile und Uniformierte, alle zusammen feierten sie. Ein Vorbild für ganz Deutschland. Ihr habt auf die Meistermannschaft gewartet und gejubelt, als sie von Gelsenkirchen her die Kaiserstraße heraufkamen, in offenen Wagen, eskortiert von Polizei und SS.

Obersturmbannführer Schulz hat euch ziehen lassen, dich und all deine Kameraden, die sich für Fußball interessierten. Und das waren an diesem Tag alle. Bis in die Nacht habt ihr gefeiert. Zum ersten Mal seit Jahren hast du dich in Schalke wieder zu Hause gefühlt.

Erst ein Streitgespräch hat dich aus deiner Glückseligkeit gerissen. Ein rotgesichtiger Mann, dem zu viel Glückauf-Bier die Zunge gelöst hatte. Keine Ahnung, wie sie auf das Thema gekommen waren, aber der Satz war laut und deutlich in der ganzen Kneipe zu hören: »Hömma, in die SA gibbet doch auch Schwule. So perfekt is dat bei die doch auch noch nich. Mit Röhm und dem seine Puppenjungs.«

Dem Kerl wurde schnell das Maul gestopft, doch in dir hatten seine Worte etwas ausgelöst. Nicht nur, dass sie dich ernüchtert hatten, dich aus dem Traum von der Gemeinschaft gerissen hatten. Du wusstest, er hatte recht. Wie sollte Deutschland zu dem Land werden, das der Führer erträumte, wenn es solche Subjekte wie Ernst Röhm gab? Oder wie Hermann Borchert, der dich zu einem seiner *Puppenjungs* gemacht hatte.

Seit du seinem Einfluss entzogen warst, hatte es in dir rumort, doch nun wusstest du, dass du etwas tun musstest. Um nicht wieder hineingezogen zu werden in diesen Sumpf. Um dich reinzuwaschen.

Die erste Gelegenheit, ihn zu erledigen, hattest du am Freitag. Die Hochzeit des Essener Gauleiters Terboven, ein Riesenspektakel, der Führer als Trauzeuge. Natürlich war Borchert dort mit der Abordnung des Nachbargaus. Die SS-Führerschule stand vor der Münsterkirche Spalier. Du hast strammgestanden, die Augen geradeaus, als das Brautpaar an euch vorbeispazierte. Borchert stand nur wenige Meter entfernt in der Hochzeitsgesellschaft, er hat dir sogar zugezwinkert, die Sau. Du hättest nur zu deiner Dienstpistole greifen und abdrücken müssen.

Doch du konntest nicht. Nicht vor den Augen des Führers.

So musstest du noch einen Tag warten. Dass die SA ihren Urlaubsbeginn in Gelsenkirchen feiern würde, das wusstest du, Borchert selbst hatte dir am Rande der Hochzeitsfeier ein Treffen im Hotel vorgeschlagen. Du hast dich mit deinem Wachdienst rausgeredet. Und das stimmte sogar. Nur hast du dich nach der Wachablösung auf den Weg in die Stadt gemacht, anstatt schlafen zu gehen. Eine halbe Stunde Fußweg. Als du im Hans-Sachs-Haus ankamst, torkelten die letzten betrunkenen SA-Männer aus dem Saal. Borchert war nicht darunter, aber du wusstest, wo du ihn finden würdest. Du kanntest die Zimmernummer, du kanntest den Weg.

Du zuckst zusammen, als Obersturmbannführer Schulz die Schupos anfährt: »Nun nehmen Sie SS-Mann Kujau doch die Handfesseln ab! Sie behandeln ihn ja wie einen Verbrecher!«

Er gibt den Schutzpolizisten einen Wink und sie verlassen den Raum. Er bietet dir einen Stuhl an, zieht sich selbst den anderen heran, von dem er erst die braunen Uniformen herunterwerfen muss. Ihr setzt euch. Fehlt nur noch, dass er dir eine Zigarette anbietet. Und tatsächlich, auch das macht er, gibt dir sogar Feuer. Du bist misstrauisch. »Nun, Kujau, raus mit der Sprache: Wie haben Sie es erfahren?«

Du schaust ihn fragend an.

»Das mit Borchert. Dass er ein Hundertfünfundsiebziger war.«

Du weißt nicht, was du sagen sollst.

Schulz zeigt auf die Leichen. »Haben ihn ja in flagranti ertappt.« Dann schaut er dich wieder an. »War Borchert einer der Verschwörer?«

»Wie?«

Du hast ganz andere Fragen erwartet. Fragen, auf die du nicht antworten *willst*. Schulz aber stellt Fragen, auf die du nicht antworten *kannst*.

»Haben Sie denn nicht gehört? Die SA wollte putschen, die Schwulenbande rund um Röhm. In Berlin, in Bayern, in Schlesien. Aber unser SD hat es rechtzeitig gemerkt.« Schulz zieht an seiner Zigarette. »Und mit seiner treuen SS konnte der Führer den Putsch niederringen.«

Langsam beginnst du zu verstehen. Du erinnerst dich daran, wie du Hitler hast aufstehen sehen von der Hochzeitstafel in Essen, wie er den Saal verlassen hat und nicht mehr zurückgekehrt ist.

»Röhm soll er selbst verhaftet haben, in einem Hotel am Tegernsee«, fährt Schulz fort. »Man munkelt, Hitler habe ihn mit einem Jungen im Bett vorgefunden, wohl ganz ähnlich wie Sie diese schwule Sau da.«

Er schüttelt sich, dann weicht der Ekel aus seinem Gesicht und er klopft dir anerkennend auf die Schulter. »Gute Arbeit, Kujau, ich bin stolz auf Sie. Werde ganz nach oben Meldung machen, wie geistesgegenwärtig der SS-Abschnitt siebzehn reagiert hat.« Er zeigte mit dem Zeigefinger nach oben, als meine er mindestens den lieben Gott und nicht Heinrich Himmler. »Hatte ja keine Ahnung, dass auch die hiesige SA betroffen ist.«

Du nickst. Mechanisch. Weil du nicht weißt, was du sonst machen solltest außer nicken. Und schweigen.

Er klopft dir noch einmal auf die Schulter. »Weiter so, Kujau! Männer wie Sie braucht die SS!«

Du spürst, wie es in dir würgt, gerade noch rechtzeitig schaffst du es auf die Toilette.

Martin Krist

Dortmunds Domina 09

Prolog

Heute ist wieder einer dieser Tage! Kriminalhauptkommissar Cleve sinkt tiefer in den Beifahrersitz, als könnte dies seine Kopfschmerzen und das Brodeln im Magen lindern.

Was nicht gelingt, da sein Kollege Konietzka wie eine gesengte Sau über den Königswall rast. Das U fliegt vorbei, ein breites, gelbes Grinsen, das Cleve verhöhnt.

»Warst wohl wieder im *Subrosa*, Bundesliga gucken?«, stellt sein Kollege fest. »Wie haben sie denn gespielt?«

»Drei zu null«, brummt Cleve. »Ignorant.«

»Ich kapier dieses BVB-Zeug einfach nicht.« Ohne das Tempo zu verringern, biegt Konietzka in die Hohe Straße.

Cleves Magen schlägt Kapriolen. »Weil du aus Bielefeld kommst.«

»Hä?«

»*Deshalb* verstehst du das nicht.«

Statt einer Antwort tritt Konietzka abrupt die Bremse. Streifenbeamte haben die Zufahrt zum Stadion abgesperrt.

Dr. Tönnesmann, ihr Chef, wartet ungeduldig. »Da sind Sie ja endlich!« Seine Stimme ist heiser. »Kommen Sie!«

Konietzka folgt ihnen kopfschüttelnd.

»Bielefeld«, murmelt Cleve.

Schweigend eilen sie dem Chef hinterher, die Stufen hoch zur Tribüne, bis sie die Sprecherkabine erreichen, eine schmale Kammer mit hohen Fenstern, Mischpult und Mikrofon.

Die Leiche auf dem Stuhl ist nackt, die Arme sind hinterm

Rücken gefesselt, die Haut ist blutig gepeitscht. Cleve schmeckt Galle.

»Wissen wir schon, wer das ist?«, bricht Konietzka die Stille.

Cleve setzt zu einer Antwort an.

Dr. Tönnesmann kommt ihm zuvor.

»Sagen Sie bloß, Sie wissen nicht, wer das ist?«

1

Lassen Sie mich von Daniel erzählen ... Oder Danny, wie ihn seine Freunde nannten.

Dannys Geschichte begann wie so viele andere: schlimme Kindheit, die falschen Freunde, schiefe Bahn, Drogen, der Nordmarkt.

Dort interessierte sich keiner mehr für ihn, nicht einmal die Typen, Türken, Araber, die die Gegend kontrollierten. Für sie war Danny, klein, hager, bleich, nur eine von vielen erbärmlichen Gestalten, die ihnen den Stoff aus den Händen rissen, gestreckt und egal zu welchem Preis.

Machen wir uns nichts vor: Danny war ein Junkie und viel zu oft auf Speed oder Äitsch. Trotzdem war er nicht dumm.

Und er war verliebt.

Uli, die eigentlich Ulrike hieß, war ein hübsches Mädchen, von den blauen und grünen Flecken abgesehen, die sie ihrem Zuhälter verdankte, weil sie hinter ihrem Fenster in der Linienstraße mal wieder nicht genug Geld angeschafft hatte. Ihre Schmerzen betäubte sie mit Drogen, die Danny mit ihr teilte.

Danny wusste, dass sie beide dem Abgrund jeden Monat ein Stück näher kamen, näher an einen der Hauseingänge, in denen Leute wie sie früher oder später landeten, zuckten, Schaum spuckten, bis ihre Körper erstarrten, weil der Rettungswagen zu spät eintraf. Wenn überhaupt einer kam. Denn längst hat sich in den Krankenhäusern herumgesprochen: Am Nordmarkt wollen die wenigsten Hilfe.

Was ich damit sagen möchte?

Danny hatte die Schnauze voll. Er wollte weg vom Nordmarkt, raus aus der Stadt – und mit Uli ein neues Leben beginnen.

Er hatte sogar einen Plan.

2

»Wissen Sie, wer ich bin?«, fragte er mit kräftiger, volltönender Stimme, denn seine Stimme war sein überzeugendstes Argument. Abgesehen von seinem Namen natürlich. »Ich bin Frank Ehringer.« Er tippte gegen das schwarz-gelbe Signet an seinem Hemdkragen. »*Der* Frank Ehringer.«

»Und ich bin Lady Gaga, alles klar!« Die Frau drehte sich zur Theke weg.

»You chewed me up«, höhnte Katy Perry durch das *View*, der Disko im U, hoch über den Dächern der Stadt, *»you spit me out.«*

Lächelnd winkte Ehringer dem Barkeeper. »Einen Prosecco für Lady Gaga.«

»Wie immer mit Eis, Maria?«, fragte der Barkeeper.

Sie bedachte ihn mit einem strafenden Blick.

Ehringer lachte. »Sie mögen keinen Prosecco? Lieber einen … Nein, sagen Sie nichts, Maria, ich komme von selbst drauf, denn wissen Sie, heute ist mein Glückstag.« Er taxierte ihr schlichtes, schwarzes, hochgeschlossenes Kleid, das sich an ihren Körper schmiegte wie eine zweite Haut, makellos und ohne die Konturen eines Slips zu zeigen. Ihre schmale silberne Clutch lag auf der Bar. »Sie sind der Typ Frau, der …«

»Der ganz bestimmt nicht auf Ihre billige Masche reinfällt!«

Sein Lächeln erlosch.

»You took my light«, sang Katy Perry, *»you drained me down.«*

Jetzt lachte Maria. »Na, sprachlos?«

3

Danny war lange genug am Nordmarkt unterwegs gewesen, um zu wissen, wer welchen Stoff in welchen Mengen vertickte, von welchen Lieferanten sie den Stoff bezogen, er wusste sogar, wo die Lieferanten ihren Stoff zwischenlagerten.

Wie ich schon sagte: Danny war nicht dumm. Er hatte einen Plan. Und er kannte Robert.

Robert war ein Zivilbulle, der Danny mit seiner Freundin bei einer der Razzien am Nordmarkt erwischt hatte.

Für Robert war Danny nur eine kleine Nummer, ein Junkie, der etwas Zeugs für sich und Uli dabeihatte. Robert ließ ihn laufen, weil Danny nichts Erhellendes über die Szene aussagen konnte oder wollte, so genau war das bei den Junkies nie zu sagen.

Ein paar Wochen später traf Danny sich mit dem Bullen erneut, diesmal freiwillig, und diesmal erzählte er ihm von Ahmet. Der war die große Nummer in der Gegend, nur dass ihm keiner bisher etwas konnte.

Robert war überrascht. »Du weißt, wo Ahmet sein Zeug bunkert?«

»Hab's durch Zufall rausgefunden.«

»Und jetzt willst du ihn verpfeifen?«

So ganz schien Robert noch nicht überzeugt. Mit einem schmerzvollen Ächzen hob Danny den Saum seiner Jacke und entblößte zwei hässliche, dunkelviolette Prellungen. »Weil er ein Arschloch ist.«

Robert nickte. »Verstehe!«

»Ahmet schreckt vor nichts zurück«, fügte Danny hinzu. »Ich will weg. Mit Uli. Die …«

»Ja, kenn ich.« Robert stand auf. »Also gut, wir sind im Geschäft.«

4

»You took my light«, trällerte Katy Perry, *»you drained me down.«*

Von ihren offensichtlichen Reizen abgesehen, das begann Ehringer in dieser Sekunde zu begreifen, hatte Maria nur wenig gemein mit den Schickimickipüppchen im *View*, die mit Kamali-Dekolletés, Zanotti-Heels, den Prosecco in der einen Hand, die Gucci-Tasche in der anderen einen Mann wie ihn herbeisehnten.

Maria war anders. Trotzdem, oder gerade deshalb, weckte sie seinen Ehrgeiz.

Er fragte: »Also, was wollen Sie trinken?«

»Ich dachte, das hätten wir geklärt?«

»Betrachten Sie den Drink einfach als …«, er überlegte, »als eine Entschuldigung. Für meine plumpe Anmache.«

»Ein Drink? Sie meinen das reicht?« Ein Tonfall lag plötzlich in ihrer Stimme, den er nicht deuten konnte, amüsiert, provozierend, verwirrend.

»But that was then«, sang Katy Perry, *»and this is now.«*

Ehringer zögerte, dann sagte er: »Schlagen *Sie* was vor.«

»Tatsächlich hätte ich da eine Idee.« Maria trat näher. Der süße Duft ihres Parfüms stieg ihm in die Nase. »Du bist doch Frank Ehringer. *Der* Frank Ehringer.«

5

Am nächsten Abend konnte Danny es kaum erwarten, zum Nordmarkt zu kommen. Rasch stieg er in seine Jeans, schlüpfte in die Daunenjacke und hängte sich einen löchrigen Schal um, den er aus irgendeinem der Altkleidersäcke am Straßenrand gezogen hatte.

Aber damit ist bald Schluss, dachte er und eilte aufgeregt seinen Kumpels entgegen.

Wie immer drückten sie sich an der Ecke Mallinckrodtstraße herum, gegenüber der Grundschule, wie immer hektisch, aufgedreht, verzweifelt in ihrer eigenen Welt, die, wenn sie nicht um den nächsten Schuss kreiste, aus Lästereien bestand – über den Arbeiterstrich der Bulgaren, über das miese Novemberwetter, die Alkis am anderen Ende des Parks, den Regen, die Borussia, Schalke und diesmal sogar über Danny, der mit den Gedanken ganz woanders war.

Sein Körper gierte nach einem Kick. Doch heute wollte Danny einen klaren Kopf bewahren, ein absurder Gedanke für einen Junkie, denn ohne Stoff kann der mit Sicherheit alles, nur nicht klar denken.

Dennoch widerstand Danny der Versuchung, allein schon für Uli, die nur ein paar Straßen weiter die dicken, verschwitzten, stinkenden Freier abfertigen musste.

Schon bald, mein Schatz, schwor er, *wird das alles ein Ende haben.*

Er rieb sich die geprellten Rippen. Vielleicht hätte er Uli bitten sollen, nicht so heftig zuzutreten und –

Er vergaß den Schmerz, als Ahmet aus der Dunkelheit auftauchte.

Ahmet war nur noch wenige Schritte entfernt, da zerriss Blaulicht die Dunkelheit.

Hasch, Koks und Heroin flogen tütchenweise in die Büsche. Dealer und Junkies zerstreuten sich in alle Richtungen.

Danny rannte ebenfalls los.

6

Ehringer lenkte seinen Audi lässig über die Hohe Straße nach Süden. Maria hatte den A 8 auf dem Parkplatz kaum eines Blickes gewürdigt, auch nicht sein Nummerschild, DO-BVB 09. Etwas anderes hatte Ehringer auch nicht erwartet. Es genügte ihm, dass sie neben ihm saß und ihr Duft ihn einhüllte, süß und betörend.

»Du hast vorhin etwas von deinem Glückstag gesagt«, meinte sie. »Heute ist auch meiner.«

»Willst du mir jetzt erzählen, dass du heute deinen Traummann …«, er konnte nicht anders, er lachte, »das ist jetzt aber auch nicht viel besser als meine …«

»Das ist keine Anmache!«, unterbrach sie.

Nein, natürlich nicht, dachte er. Eine solche Plumpheit hatte sie nicht nötig. Er schämte sich für sein Lachen.

Maria hatte Stil, Stolz und strahlte eine Selbstsicherheit aus, die sogar das schlichte Kleid an ihr viel glanzvoller wirken ließ als die teuren Fummel der anderen Frauen im *View.*

»Heute war doch das Spiel«, hörte er sie sagen, »auswärts gegen die Bayern.«

Er nickte, niemand wusste das besser als er. Es aus ihrem Mund zu hören, verblüffte ihn dann aber doch.

Sie sagte: »Drei zu null haben unsere Jungs gewonnen.«

»Unsere Jungs?«

»Ich komme auch aus Dortmund«, sagte sie, als erklärte das alles. Und das tat es.

Echte Liebe, glomm auf einem der Leuchtplakate, die an der Strobelallee die Einfahrt zum Stadion markierten.

Ein Lächeln glitt über Marias Lippen, weiche Lippen, bei deren Anblick ihm heiß wurde, noch heißer, als ihm ohnehin schon war.

7

Danny warf einen kurzen Blick zurück. Der Regen hatte zugenommen, die Sicht verschwamm, er konnte nur erahnen, wie die Bullen sich um Ahmet und das Haus kümmerten, in dem sich sein Lager befand. Oder besser: befinden sollte.

Natürlich, Sie ahnen es schon, Danny hatte gelogen.

Er erreichte die Alsenstraße. Vor einem aschfahlen Altbau parkte ein alter Polo. Ein Typ lehnte rauchend am Kotflügel.

Nun kam der heikelste Moment von Dannys Plan.

Denk an Uli, sagte er sich, *denk an eure Zukunft.*

»Eine Razzia, die Bullen«, keuchte er.

Der Typ warf die Zigarette in den Rinnstein, sprang zur Wagentür.

Danny traf ihn mit voller Wucht am Hinterkopf. Mit der Stirn knallte der Typ gegen das Autodach. Leblos sackte er zu Boden.

Danny fröstelte. Beeil dich!, ermahnte er sich, nahm dem Typen die Autoschlüssel aus der Hand, schloss den Kofferraum auf und – Ja, ich weiß, was Sie denken: Ein Typ wie Ahmet, der den Nordmarkt mit Stoff versorgt, dem die Bullen nichts anhaben können, der lässt sein Zeugs von einem Kumpel im Kofferraum rumfahren? Natürlich, das ist absurd, aber gerade deshalb so genial.

Danny öffnete die Kofferraumklappe und holte die beiden Hello-Kitty-Rucksäcke heraus, die darin lagen. Zwei Kilo, eher mehr. Bei dem Gedanken an den Wert, den er zwischen seinen zitternden Fingern hielt, wurde ihm wieder warm.

Ich hab es geschafft, dachte er. Endlich würde er mit Uli ein neues Leben beginnen. Keine Freier, keine Drogen mehr und nie wieder –

»Ey, du!« Ahmets Stimme!

Scheiße, wo kommt der denn her?

»Was machst du da?«

Danny stürmte los.

8

Ehringer schaute andächtig hinauf zu den gelb illuminierten Stadionpfeilern, die in den schwarzen Abendhimmel ragten. Marias Hand lag auf seinen Arm, eine Berührung, die ihm durch und durch ging.

Ich komme auch aus Dortmund.

Zum ersten Mal kam ihm der Gedanke, dass seine Begegnung mit ihr vielleicht mehr war als nur ein flüchtiger Abend.

»Sieh mal an.« Am Eingang tauchte einer der Sicherheitskräfte auf, Mark war sein Name. »Der Ehringer mal wieder.«

»Ja«, sagte Ehringer.

»Willst du wohl wieder mal …«, Mark grinste, »… das Stadion zeigen?«

»Die Lady wollte sehen, wo ich arbeite!« Ehringer sah rasch zu Maria. Sie kramte in ihrer Handtasche und tat, als hörte sie nicht zu. Trotzdem wäre er vor Scham am liebsten im Erdboden versunken.

»Alles klar!« Marks Grinsen wurde noch breiter. »Aber nur, weil du's bist, Ehringer.« Während er das Tor öffnete, zwinkerte er Maria zu.

Ehringer war froh, als sie sich endlich im Gebäude befanden.

Maria blieb stehen. Wieder stieg ihm ihr Duft in die Nase. Ihre Finger streiften seinen Schritt, nur eine flüchtige Berührung, wie ein Zufall. Doch das war es nicht, oder?

»Bevor du mir deinen Arbeitsplatz zeigst«, sagte sie und löste den Reißverschluss ihres Kleides, »möchte *ich* dir was zeigen.«

9

Danny rannte über die Mallinckrodtstraße. Der Regen peitschte ihm ins Gesicht. Ahmet und sein Typ waren hinter ihm.

Denk an deinen Plan! Denk! An! Uli!

Er drückte die Kinderrucksäcke fest an sich, hetzte in die Westhofstraße. Das Herz schlug ihm bis zum Hals. Die beiden kamen näher. Seine Lunge brannte.

Er spurtete blindlings in die erstbeste Straße nach links, in die nächste sofort nach rechts.

Er warf einen Blick zurück. Von seinen Verfolgern war nichts zu sehen. Aber sie würden gleich auftauchen.

Bloß weg von hier!

Er drückte sich unter einem schmalen Durchgang in einen Hinterhof. Im fahlen Licht einer Laterne wühlten sich Ratten durch Elektronikschrott, zersplitterte Möbel und aufgeplatzte Müllsäcke. Angeekelt watete Danny durch den Müll und schlug gegen eine Tür. Niemand reagierte.

Er hämmerte erneut gegen das Holz.

Hektische Schritte näherten sich dem Hinterhof.

Danny holte zu einem neuerlichen Schlag aus. Das Schloss klickte. Die Tür sprang auf.

10

Ehringer hielt die Luft an. Maria stand nackt vor ihm, sie hatte tatsächlich keinen Slip angehabt. Sie stieg wieder in ihre Pumps, die sie kurz abgestreift hatte, und griff nach ihrer flachen Handtasche. Eine Gänsehaut überzog ihre runden, festen Brüste *und* ihre rasierte Scham.

Sie sah gut aus, viel besser, als es ihm seine Fantasie hätte ausmalen können. Sie legte ihre Finger unter sein Kinn, hob seinen Kopf.

»Du …« Er drängte sich ihr entgegen.

Sie stieß ihn von sich weg. »Weißt du, was ich möchte?«

»Was?«, keuchte er.

Mit einem Kichern lief sie die Stufen hoch. Ihr knackiger Po schwang vor seinen Augen. Dann war sie um die nächste Ecke verschwunden.

Ehringers Herz klopfte wild, während er dem verheißungsvollen Klackern ihrer Schuhe folgte.

Maria erwartete ihn am oberen Absatz einer Treppe. Als er sie fast erreicht hatte, lief sie weiter.

Was hat sie denn vor? Keuchend vor Lust und vor Anstrengung eilte er ihr hinterher. Kaum dass er sie erreichte, entzog sie sich ihm, wieder und wieder. Bis sie unvermittelt stehen blieb. Fast prallte er gegen ihren nackten, zarten Körper.

»Was …« Sein Puls raste. »Was möchtest du?«

Sie küsste ihn.

11

Es stank nach Schimmel, Schweiß und Urin. Danny klebten die Klamotten am Körper, während er dem wortkargen Mann, der ihm geöffnet hatte, durch einen schwach beleuchteten Flur folgte. Die Zimmer hier hatten keine Türen. Wie bei seinem ersten Besuch vor ein paar Tagen sah Danny Männer, Frauen und Kinder, die auf fleckigen Matratzen schliefen.

Er hatte selbst schon in etlichen Abbruchhäusern hausen

müssen, aber die waren ein Paradies gewesen im Vergleich zu den Gammelhäusern der Nordstadt.

Aber das ist jetzt vorbei!

Er hielt die Rucksäcke fest, als hinge sein Leben davon ab.

Das ist meine Zukunft. Meine Zukunft mit Uli!

Der Mann führte ihn in einen Raum, der von einer einzelnen Glühbirne erhellt wurde. Das Fenster stand auf Kipp. Draußen rauschte nach wie vor der Regen. An der Wand stand ein zerkratzter Schrank, davor ein Tisch und drei Stühle.

Auf einem saß ein schnauzbärtiger Mann, der an einer Zigarette paffte. »Du bist spät dran«, knurrte er mit einem Akzent, bulgarisch, rumänisch, so genau kannte Danny sich nicht aus.

Er sagte: »Tut mir leid, aber, na ja, es gab ein Problem.«

»Aber du hast mir was mitgebracht, oder?«

Danny legte die Rucksäcke auf den Tisch.

Der Mann betrachtete sie, während Qualm aus seiner Nase quoll.

Danny holte Luft. »Das ist sicher einiges wert.«

»Ja sicher. Aber wie du schon gesagt hast«, zum ersten Mal lächelte der Mann, »gibt es ein Problem.«

Danny sah ihn irritiert an.

Wie auf ein Zeichen trat Robert in den Raum. Der Zivilbulle hatte eine Frau im Arm.

Danny schluckte. »Uli?«

12

Ehringer schmeckte ihre Zunge, roch ihren Duft, spürte ihren nackten, heißen Körper. Er wollte sie an sich ziehen, doch Maria stieß ihn zurück. Er stolperte, sackte auf einen Stuhl.

Erstaunt wurde ihm klar, wo sie ihn hingelockt hatte. Sie musste sich hier auskennen.

Dieses … Luder!, dachte er grinsend.

Sie schlug einen Bogen um ihn, stöckelnd mit ihren Pumps, lauernd wie eine Wölfin. Ihr Finger strich über seinen Nacken.

Sein Schwanz war so steif, dass es schmerzte. Sie setzte sich auf seinen Schoß, fuhr ihm unter das Jackett, streifte es ihm ab und ließ es zu Boden fallen. Dann stand sie wieder auf und bog ihm seine Hände hinter die Stuhllehne, er hörte den Verschluss ihrer Handtasche und dann klickte es schon und er konnte die Arme nicht mehr bewegen. Die Handschellen saßen straff.

Was …?!

Ehringer lachte. Er hatte es von Anfang an gewusst. Sie war anders. Wie eine Wundertüte, gefüllt mit vielen, hinreißenden Überraschungen. Sie öffnete seine Hose und umfasste seinen zuckenden Schwanz.

Er keuchte. »O ja!«

Im selben Moment traf ihn ein sanfter Schlag.

Er schloss die Augen. »Ja, ja, das gefällt mir.«

Sie verpasste ihm einen weiteren Hieb, diesmal fester.

»Autsch!« Er riss die Augen auf. Sie stand vor ihm, hatte sich sein Jackett um die nackten Schultern gehängt. In ihrer Hand lag eine Gerte. Er fragte sich, was sie noch alles in ihrer Tasche mit sich herumtrug.

Aber spielt das eine Rolle?, schoss es ihm durch den Kopf. *Du bist gefesselt und …*

Die Gerte klatschte auf seine Brust. Er schrie. Blut spritzte. Sein Schwanz erschlaffte.

Wieder zischte die Gerte. Diesmal mitten in sein Gesicht.

Ihm wurde schwarz vor Augen.

13

Roberts Worte erreichten Danny wie aus weiter Ferne. »Du hast doch nicht ernsthaft angenommen, dass ich einen kleinen Junkie wie dich hier im großen Geschäft mitmischen lasse.«

»Aber ich wollte doch nur …«

»Ach komm«, unterbrach ihn Robert, »hast du wirklich geglaubt, dass sie mit einem Loser wie dir abhaut?«

Danny richtete seinen ungläubigen Blick auf Uli.

Sie zuckte mit den Achseln, schmiegte sich enger in Roberts Arm.

Der lächelte. »Weißt du noch, was du mich gestern gefragt hast?«

»Was?« Dannys Stimme klang fremd in seinen eigenen Ohren.

»Ob ich mich an deine Freundin erinnere.« Der Bulle grinste. »Und ob … ich hab sie gar nicht mehr vergessen können.«

Wahrscheinlich war dies der Moment, in dem Danny endgültig verstand, nicht alles, aber einen Großteil des Spiels, das sie mit ihm getrieben hatten, der Bulgare, der am Nordmarkt mitmischte, Robert, der korrupte Bulle, und Uli, die …

Aber daran wollte Danny nicht denken. Sein Verstand weigerte sich.

Der Bulgare rief etwas und zwei muskelbepackte Typen kamen herein, schweigend wie Vollstrecker.

Wenigstens das begriff Danny. Sein Blick fand das Fenster.

14

Ehringer war blind. Sein Körper brannte vor Schmerz.

»Na, wieder wach?«

Er brauchte einige Sekunden, bis er begriff, dass es Marias Stimme war. Sie klang weit entfernt, fremd und kalt.

Er hustete, schmeckte Blut in seinem Mund. »Was ...«

»Was das soll?«

Er nickte, selbst diese Bewegung verursachte Schmerzen.

»Ich habe mit ihm gesprochen«, sagte Maria. »Als er im Krankenhaus lag.«

»Wer?«

»Kurz bevor er starb.«

»Ich habe ...«, Ehringer holte Luft, schluckte Blut, würgte, »... keine Ahnung, von wem du sprichst.«

»Dann denk mal nach!«

Er blinzelte das Blut aus seinen Augen. Er spürte Marias Nähe, roch ihr Parfüm, so verführerisch, so entsetzlich.

Die Gerte raste auf ihn zu, klatschte auf seinen wunden Leib, ein Mal, zwei Mal, immer wieder.

Bevor der Schmerz ihm den Verstand, das Bewusstsein und schließlich das Leben raubte, hörte er sie sagen: »Ich rede von meinem Bruder.«

15

Danny hob die Hände vors Gesicht und sprang. Krachend zerbarst das Glas des Fensters unter seinem Aufprall. Scherben bohrten sich in seine Haut.

Im nächsten Moment landete er auf der Straße.

»Verdammt, er darf nicht entkommen!«, schrie Robert.

Der Bulgare bellte ein paar Befehle.

Danny spurtete los. Blut floss über sein Gesicht. Durch den prasselnden Regen nahm er eine flüchtige Bewegung wahr. Er wischte sich die Augen.

Ein Stück die Straße rauf tauchte Ahmet auf, im Schlepptau seine Kumpels. »Haben wir dich!«

Danny jagte auf die Straße, direkt in die Bahn des schweren Audi A 8, der durch den Regen heranrauschte.

Er winkte und schrie wie ein Verrückter, doch zu spät. Eine Hupe dröhnte, Bremsen kreischten, dann erwischte der Wagen Danny und riss ihn zu Boden. Er knallte aufs Pflaster. Der Schmerz schoss wie ein Messer durch seinen Körper. In seinen Lungen schien flüssiges Feuer zu lodern.

Eine Wagentür klappte. Jemand drehte ihn herum. »Was …«

»Hilf…« Blut füllte Dannys Mund.

Der Mann war groß, im Anzug, seine Stimme war tief und voll.

»Was rennst du mir hier in den Wagen, du kleine Ratte …« Er nestelte an Danny herum, beugte sich über ihn und Danny roch seine Fahne. »Du … du …« Der Typ stockte.

»Hilfe!«, presste Danny heraus. »Sie müssen mir helfen!«

Der Fahrer starrte ihn aus glasigen Augen an. »Das ist nicht dein Ernst, oder?« Er packte Dannys Schal. »Du glaubst, dass ich dir helfe?« Der Fahrer tippte gegen das schwarz-gelbe Signet an seinem Hemdkragen. Dann stand er schwerfällig auf und wankte davon. Der Motor des A 8 heulte auf und dann schoss die Limousine davon. Im Licht der Straßenlaterne sah Danny noch das Kennzeichen – DO-BVB 09. Und dann nahm er zum ersten Mal die Farben seines Schals wahr, Blau und Weiß. Trotz der Löcher las er die eingewebte Schrift. *Schalke 04.*

Epilog

Einer dieser Tage, an denen man im Bett bleiben sollte, denkt Cleve, während es in seinem Magen drunter und drüber geht.

Er wendet sich von Ehringers Leiche ab und mustert die schmale silberne Clutch auf dem Mischpult.

Kollege Konietzka hat unterdessen schon eine Blutspur ausgemacht und folgt ihr. Cleve beeilt sich, um mit ihm Schritt zu halten. Sie gehen die Treppe hinunter, durch einen Tunnel, dann ein paar Stufen hoch, durch die Mixed Zone, deren strahlend gelbe Wände in Cleves müden Augen brennen.

Schmerz pocht hinter seiner Stirn, als sie die Umkleidekabine erreichen. *Kabine BVB* steht auf einem erstaunlich bescheidenen kleinen, gelben Schild.

Auch der lang gezogene Raum mit seinen Holzbänken erinnert Cleve eher an die Sportumkleide seiner Schule. Nur die Frau in dem blutverschmierten Jackett, die in der Ecke sitzt, mag nicht so recht in die Erinnerung passen.

Konietzka beugt sich über sie, während Cleve sich neben der Tür an die Wand lehnt, um zu Atem zu kommen.

Die Frau sagt etwas.

»Sie sagt, ihr Name ist Maria«, sagt Konietzka und hilft ihr hoch. Unter dem Jackett ist sie nackt, abgesehen von ihren Schuhen.

»Maria?« Sie schaut ihn an.

»Was ist passiert?«

Sie wischt sich eine Träne aus dem Augenwinkel. »Sie wollen wissen, was passiert ist?« Sie strafft sich. »Lassen Sie mich von Daniel erzählen.«

Die Krimi-Cops

Heiß, heißer, Bönen

Godefried, den alle aus naheliegenden Gründen nur Freddy nennen, führte sein Alt mit spitzen Fingern vornehm an die Lippen.

Kurt, momentan der Präsident unseres fidelen Doppelkopfklubs *Benrather Jungs*, hob seine tiefe Stimme. »Eins müssen wir noch klären. Wohin geht es dieses Jahr auf Tour?«

Wir saßen wie jeden Montag in *Katjas Stübchen* und hatten schon die ersten beiden Runden Alt hinter uns.

»Lasst uns auf jeden Fall woanders hinfahren als nach Bad Hönningen«, forderte Siggi Jacobs mit Nachdruck und in Erinnerung an ihren Trip nach Rheinland-Pfalz.

»Wieso das denn?«, maulte der Blaue Schorsch.

Schorsch war der Blaue Schorsch, seit er bei seiner Kur in Bad Oeynhausen einen flotten Apotheker aus Willich-Neersen kennengelernt hatte, der ihn – und somit unsere komplette Doppelkopftruppe – kostengünstig und unbürokratisch mit Viagra versorgte.

»In Bad Hönningen kennen wir doch schon alle Frauen«, sagte Siggi.

»Ja und?«, fragte Kurt.

»Die werden auch nicht jünger!«

Der unverheiratete Siggi ist unser Nesthäkchen, der Jüngste im Klub. Er ist erst achtundfünfzig und der Einzige von uns, der sich regelmäßig den lichten, friedhofsblonden Haarkranz dunkel nachtönt. Und er ist immer noch auf der Suche nach der Frau seines Lebens. Obwohl das mit der Suche nach trauter Zweisamkeit bei ihm jetzt ein bisschen eng wird, bleibt Siggi da optimistisch. Auch der Herbst hat schöne Tage!

»Wo soll es denn dann hingehen?«, mischte ich mich ein.

»Vielleicht mal in einen Swingerklub«, schlug Siggi Jacobs vor.

»Swing? Find ich gut!«, erklärte Freddy und summte die ersten Takte von *Take the ›A‹ Train* von Duke Ellington.

Kurt verschluckte sich, Siggi Jacobs schüttelte den Kopf und der Blaue Schorsch erklärte ruhig: »Freddy, ein Swingerklub hat nichts mit Musik zu tun.«

»Hä?«

»Swingerklub ist wie Bad Hönningen. Nur ohne Rhein.«

»Ach?« Freddy runzelte die Stirn.

»Und alle sind von Anfang an nackt.«

»Dann bin ich unbedingt für den Swingerklub!«, erklärte Kurt.

»Pssssssst«, zischten Siggi und ich gleichzeitig.

»Gar kein schlechter Vorschlag«, räumte jetzt auch Schorsch ein. »Und wo gibt es so einen Club?«

Kurt streckte die dreieinhalb Finger seiner linken Hand in die Luft, um bei Katja hinterm Tresen fünf flotte Alt zu bestellen. Bevor Kurt als Portalkranfahrer im Duisburger Hafen in die Logistikbranche gewechselt war, hatte er eine eigene Schreinerei in Düsseldorf-Holthausen gehabt – bis ihm das Missgeschick an der Kreissäge passiert war. Seitdem fehlten ihm anderthalb Glieder links und eins rechts.

Siggi Jacobs beugte sich jetzt verschwörerisch über den Tisch und flüsterte: »Die Katja erzählt da doch immer was von einem Klub.«

»Was?«

»Ja, dass sie in eine Sauna nach Bönen fährt. Da, wo sie herkommt.«

»Bönen?«

»Ja. Und was die da so alles macht. In der … Sauna.«

»Was denn?«, war ich jetzt auch ein bisschen neugierig und schielte zur Theke. Die Katja war schon ein Feger. Schöner Vorbau, breiter Hintern, knapper Rock und enges Top. Die pure Sünde. Seit anderthalb Jahren machte sie die Kneipe jetzt schon, aber keiner wusste, ob sie einen Kerl hatte.

Anfangs hatte ich noch gedacht, dass sie sich gut mit meiner Marianne verstehen würde, so von Frau zu Frau. Aber dann fing die Marianne auf einmal an, wegen der Katja rumzuzicken, von wegen, dass die wohl jedem schöne Augen machte und ihr schon klar wäre, warum wir unseren Stammtisch ausgerechnet in ihrem *Stübchen* hatten. Egal … jedenfalls hab ich die Marianne seitdem nie wieder zu Katja mitgenommen.

»Na, die Katja trifft sich da in Bönen immer noch mit ihrem Liebhaber«, wisperte Siggi. »Habt ihr euch nie gefragt, warum sie hier jedes letzte Wochenende im Monat das *Stübchen* zumacht?«

»Ach?«, raunte Schorsch. »Du meinst, da trifft sie den Kerl? In der Sauna?«

»Aber hallo!«

»Weiß doch jeder.«

»Ich nicht«, maulte Freddy. »Bönen … Hab ich noch nie gehört. Wo ist denn Bönen?«

»Östliches Ruhrgebiet. Hinter Kamen. An der A 2.«

»Ach?«

»Ich bin für Swingerklub!«, sagte Kurt.

»Psssssst!«

Ich war mir noch nicht ganz sicher, ob mir das gefiel, weil ich schon ahnte, wie Marianne die Brauen hochziehen würde, wenn sie von unseren Ausflugsplänen erfuhr. Irgendwie glaubte sie nicht, dass wir die Touren nur aus rein kulturellem Interesse unternahmen. Obwohl ich ihr letztes Jahr genau erklärt hatte, dass es uns in Bad Hönningen nur um die Erkundung neu- und spätgotischer Burgen am Mittelrhein ging.

»Das muss aber unter uns bleiben. Meine Marianne ist im Moment wieder mal so was von eifersüchtig. Wenn die da was spitzkriegt, macht die mich einen Kopf kürzer.«

»Ich bin für Swingerklub«, brummte Kurt.

Der Blaue Schorsch fügte hinzu: »In Bönen.«

»Stöhnen in Bönen«, frohlockte Siggi.

»Aber ich brauche auch ein bisschen Kultur«, forderte Freddy.

»Och …«, stöhnte Siggi Jacobs.

»Kultur muss sein«, blieb Freddy hartnäckig, der mit seiner Frau ähnliche Probleme hatte wie ich mit meiner Marianne.

»Ich bin für Swingerklub!«, summte Kurt.

»Wir werden da schon irgendwelche Kultur finden!«, meinte Siggi.

»In Bönen?«, zweifelte der Blaue Schorsch.

»Ich googel morgen gleich mal die Kultur in Bönen«, versprach Freddy.

Die Gespräche verstummten abrupt, denn die scharfe Katja brachte uns die neue Runde Alt an den Stammtisch. Und als sie sich zu uns runterbeugte, da stimmte auch ich für Bönen. Egal, ob es da Kultur gab oder nicht.

Gesagt, beschlossen, geplant. Am letzten Wochenende im September standen wir in der Wolfgang-Fräger-Straße in Bönen vor dem Haus Nummer 4, einem großen modernen Flachdachbau mit großzügiger Fensterfassade.

»Bad & Sauna«, las Kurt. »Da steht nichts von Swingerklub.«

»Aber hier!« Siggi wedelte grinsend mit einem Werbeflyer. »Hier steht's: *Spiel und Spaß im Wasser.*«

»Ich hab extra Massageöl gekauft«, erklärte ich. »Sicher ist sicher!«

»Wisst ihr eigentlich, dass im Bönener Stadtwappen eine Fußfessel abgebildet ist?«, memorierte Freddy.

»Ach?«

»Hab ich gegoogelt.«

»Scharf!«

Der Blaue Schorsch drückte sich unterdessen an der Glasscheibe die Nase platt und unkte: »Da drinnen ist alles total normal. Da schwimmen komplette Familien. Mit Kindern.«

»Das Bad macht irgendwann zu und dann haben wir Gleichgesinnte freie Bahn!«, sagte Siggi. »Der Saunaeingang ist auf der anderen Seite. Guckt mal die Lady an der Rezeption: lila Fingernägel. Piercing! Super!«

Schorsch löste sich von der Glasscheibe und Freddy entschied: »Dann erst mal Kultur!«

Freddy hatte bei der Gemeinde Bönen eine Führung gebucht. Also wurden wir gleich darauf vor dem Rathaus von Bönen von einem sympathischen Einheimischen in weißer Bergmannskleidung erwartet. Wir lernten, dass es »Glückauf« statt »Guten Tag« hieß und dann ging es mit einem Minivan ruckelnd los – allerdings nur bis an eine Eisenbahnschranke, die den Ort in zwei Hälften trennte. Das passierte, wie der fröhliche Mann erklärte, mehrmals täglich und wenn man in Bönen lebte, gewöhne man sich daran. Nach fünf Minuten ging es dann zügig weiter in Richtung eines Förderturms.

»Ich hab was über zwei *Rote Riesen* gelesen«, meinte Freddy, der alte Streber.

»So nannte man die beiden hohen, roten Schornsteine der Zechenanlage *Königsborn III/IV*. Die sind aber am 14. April 84 gesprengt worden.«

»Interessant!«, sagte Siggi und gähnte.

»Ja. An kaum einer anderen Stelle wird der Strukturwandel im Ruhrgebiet so erfahrbar wie hier in Bönen.«

Freddy beugte sich zu mir und flüsterte: »Das hat der auch nur gegoogelt, wetten?«

Der Fahrer bog auf einen Parkplatz und stoppte den Kleinbus direkt vor dem beeindruckenden Förderturm.

»Boah. Wie hoch ist der denn?«, wollte Kurt wissen.

»Fünfundfünfzig Meter.«

»Sieht toll aus!«

»Oh«, hauchte Siggi und wurde bleich.

»Das ist ein architekturgeschichtliches Industriejuwel«, erklärte der Mann und führte uns durch eine kleine Vorhalle in den düsteren Turmbereich.

In den grauen Betonboden waren zwei Eisenplatten eingelassen. Von einer massiven Metallstrebe unter der Decke baumelte ein gigantischer Haken herab.

»Cool«, flüsterte der Blaue Schorsch ergriffen.

Unser Führer deutete in eine Ecke. »So, jetzt alle in den Fahrstuhl!«

»Ich hab ein bisschen Höhenangst«, raunte Siggi mir im Aufzug zu.

»Was ist denn ein bisschen?«, fragte ich.

»Alles ab ein Meter fünfzig.«

Irgendwie bugsierten wir Siggi dann doch in den Fahrstuhl und der brachte uns nach oben, wo uns eine wirklich beeindruckende Aussicht über die Hellweg-Region erwartete. Es ging sogar nach draußen auf einen Balkon ins Freie. Für alle, außer für Siggi.

»Sind schon ein paar Meter«, flachste unser weißer Bergmann und lehnte sich übers Geländer.

»Mhh …«, machte Siggi und zog sich zurück.

»Da vorne, die Ortschaft heißt Flierich. Ist eine alte

Dorfgemeinde. Mehrfach ausgezeichnet bei *Unser Dorf soll schöner werden*. 1993 hat die Ortschaft sogar auf Bundesebene die Silbermedaille errungen. Die haben einen ganz edlen Weihnachtsmarkt. Lohnt sich. Müsst ihr noch mal wiederkommen. Und das rote Gebäude da unten ist das Logistiklager von *KiK*.«

»Auch eine Art roter Riese«, kommentierte Kurt. »Die einen gehen, der andere kommt.«

»Und wer wohnt da?« Freddy deutete auf ein beeindruckendes Anwesen.

»Das ist das *Haus Bögge*. Ein ehemaliges Rittergut. Schon 1237 urkundlich erwähnt. Gehört einem Unternehmer, der es für viel Geld hat renovieren lassen. Ein echtes Schmuckstück!«

»Schmuckstück? Bin ich auch«, ulkte Kurt.

Weil mir der Wind zu frisch war, ging ich zurück in den Turm und entdeckte dort den Siggi. Er hatte sich an einem Fenster postiert und starrte mit einem Fernglas nach draußen.

»Was machst du denn da?«

Siggi grinste schief und deutete nach unten. »Von hier aus kannst du in die Außenanlagen der Sauna gucken. Super.«

»Siggi, das ist Privatsphäre.« Ich schüttelte den Kopf. Siggi drückte mir das Glas in die Hand.

Ja.

Doch.

Spannend.

Dann nahm mir Siggi den Fernstecher wieder ab.

»Wieso schleppst du eigentlich so ein Ding mit dir rum?«, fragte ich.

»Wieso denn nicht?«, sagte Siggi und versenkte das Glas in seine braune Umhängetasche, als die anderen vom Außenbalkon wieder hereinkamen.

»Tja«, summte Freddy angetan. »So ist das also mit diesem Strukturwandel.«

Der Mann im weißen Bergmannsanzug klatschte in die Hände. »Ein schönes Schlusswort. Fahren wir wieder runter. Sie haben sicher noch viel vor im schönen Bönen.«

»Jawoll!«, riefen Kurt und Schorsch gleichzeitig.

»Und ob!«, schloss ich mich an.

Drei Stunden später und nach der ersten Saunarunde saßen der Blaue Schorsch, Kurt und ich auf der Holzbank im Umkleideraum von *Bad & Sauna.* Die weißen Frotteebademäntel saßen gut, aber die Stimmung war schlecht.

Ich räusperte mich. »Kollegen, lasst uns den Tatsachen ganz brutal ins Auge sehen. Diese Sauna ist eine ganz normale Sauna. Sie ist keine Swingersauna und auch kein Saunaklub. Sie ist nur eine Sauna. Eine sehr schöne Sauna, aber eben nur eine ganz normale Sauna!«

Die anderen beiden ließen den Kopf hängen.

»Das ist bitter«, seufzte der Blaue Schorsch.

»Au Mann«, flüsterte Kurt. »Wenn sich das bei den anderen Doppelkopfklubs auf den Turnieren rumspricht … Ich hör schon, wie es dann losgeht: ›Da kommen die notgeilen, alten Säcke. Können eine Sauna nicht von einem Swingerklub unterscheiden!‹ Mein Gott wie peinlich.«

»Was für eine Schnapsidee!«

»Wie kann man nur so doof sein!?«

»Das darf niemals rauskommen«, sagte ich und dachte in erster Linie an meine Marianne und was passieren würde, wenn sie das Wort Swingerklub im Zusammenhang mit diesem Wochenende zu hören bekäme. Ich sagte: »Freunde, alles, was hier passiert ist, darf diese Räumlichkeit nicht verlassen! Auf keinen Fall!«

Die Schwingtür zur Umkleide wurde mit einem kräftigen

Ruck aufgestoßen. Freddy trat ein. »Ihr ratet nie, wer gerade in die Dampfsauna gegangen ist!«

»Ja wer?«

»Na …?« Freddy zog ein Augenlid herunter und formte dann pantomimisch einen Doppel-D-Vorbau vor seiner Brust.

Ich stöhnte. »Spuck es aus, Freddy!«

Freddy holte tief Luft. »Die Katja!«

»Unsere Katja aus dem *Stübchen?*«

»Ja. Im Bademantel. Zuerst. Dann hat sie den aber ausgezogen und war … O Gott. Ist das toll hier! Viel besser als Bad Hönningen!«

Ich seufzte. »Ist es nicht.«

Kurt erklärte es ihm: »Katja hin oder her – das ist hier nichts mit Swingern. Das ist eine ganz normale Sauna!«

»Ernsthaft?«

»Ja.«

Freddy winkte ab. »Na und? Mir gefällt es hier auch so. Bönen ist toll. Das ist eine super Sauna.«

Ich nickte. »*Genau das* ist die Lösung. Wenn uns jemand fragt – wir wollten mal in eine Wellnesssauna. Und da hat die Katja uns ihre Stammsauna empfohlen. So werden wir es erzählen. Das nimmt uns jeder ab. Wir bleiben jetzt ganz locker und mischen uns unauffällig unters Saunavolk.«

Ich erhob mich.

Kurt erhob sich.

Nur der Blaue Schorsch blieb sitzen.

»Ich kann mich nicht unauffällig unters Saunavolk mischen.« Er deutete auf seinen Bademantel. »Ich hab vorhin schon mal eine Tablette genommen.«

Okay, jetzt sah ich auch, was sich da unter seinem Bademantel entwickelt hatte. »Mensch, Schorsch!«

Er zuckte mit den Schultern. »Ich wollte keine Zeit verlieren! Soll ich jetzt hier sitzen bleiben?«

In diesem Moment brach in der Schwimmhalle nebenan die Hölle los. Alle – also alle außer Schorsch –, hasteten zu der Glastür, die zum Schwimmbad führte. Eine Frau keifte, eine andere schrie. Und der Bademeister führte einen Saunagast ab.

»Siggi«, schrie Freddy.

»Ihr geht zurück in die Umkleidekabine«, befahl ich den beiden. Dann hastete ich hinaus und fing den Bademeister ab. »'tschuldigung, was ist denn hier los?«

»Dieter«, freute sich Siggi.

»Gehört der zu Ihnen?«, knurrte der Bademeister, ohne den strammen Griff um Siggis Oberarm zu lockern.

»Ja. Schon. Was ist denn passiert?«

»Ein Versehen«, flüsterte Siggi.

»Er hat einen weiblichen Gast sexuell belästigt!«

»Ein Missverständnis«, wand sich Siggi im Griff des Bademeisters und flüsterte mir zu: »Mensch, Dieter, das ist hier gar kein … ähmm – Klub.«

»Nein, ist es nicht«, konnte ich bestätigen.

»Aber eben in der Dusche …«

»Es war die Damendusche!«, konkretisierte der Bademeister.

»… da hab ich gedacht, also als die Dame sich da so nach vorne bückte, dass ich …«, Siggi war inzwischen knallrot im Gesicht, »… dass ich nur mal ganz kurz, ich meine, da hab ich doch gedacht, das ist eine Aufforderung. Und habe nur mal ganz schnell …«

Dann fehlten ihm die Worte und mir auch.

Dem Bademeister leider nicht. »Das gibt eine Anzeige und Hausverbot. Lebenslang! Abmarsch!« Er schubste Siggi in Richtung Männerumkleide.

Ich folgte den beiden. Einige Frauen schimpften hinter uns her. Die Hälfte der Schimpfworte kannte ich gar nicht.

»Mann, ist das peinlich!«, stöhnte ich.

Der Bademeister musterte die anderen drei in der Umkleide. »Der Strolch gehört zu euch?«

»Ja«, antwortete Kurt für alle, da er ja schließlich unser Präsident ist und legte seine siebeneinhalb Finger vor dem Bauch ineinander. Das wirkte meist beruhigend – hatte aber auch was Unvollständiges.

»Tolle Truppe«, knurrte der Schwimmmeister.

Ich verdrehte die Augen.

Endlich ließ der Badechef den Siggi los. »Ich brauche den Ausweis! Für die Personalien.«

»Sehr gerne«, flüsterte Siggi und schubste nervös den Blauen Schorsch zur Seite, der vor seinem Spind saß.

Der Schorsch stand hastig auf – und das hätte er besser nicht getan. So ein Bademantel, also … der ist ja gar nicht dafür vorgesehen, *so was* zu verdecken.

»Huch!«, schrie der Blaue Schorsch.

Der Bademantel war aufgegangen und der Kleine Schorsch des Blauen Schorsch stand im Freien. Stand! Aber so was von!

»Was ist das denn?«, schrie der Bademeister.

»Eine Erektion«, erklärte Freddy hilfsbereit und ganz ohne googeln zu müssen.

»Das sehe ich selbst. *Ist* ja auch nicht zu übersehen.« Der Bademeister stieß mit dem Zeigefinger nach dem nackten Schorsch, der mit beiden Händen vergeblich versuchte, sein wild wippendes Dilemma unter Kontrolle zu bringen. »Sie fliegen hier auch raus!«

Der Blaue Schorsch nickte hastig. Ihm fiel keine Entschuldigung ein. Zu wenig Blut im Hirn vielleicht – was beim Zustand seines Gemächtes durchaus wahrscheinlich schien.

Siggi wühlte unterdessen in seiner braunen Umhängetasche rum. »Da ist das Portemonnaie mit dem Ausweis drin. Moment, ich hab es gleich … Hoppla.«

Das Fernglas rutschte aus dem Beutel und kullerte dem Bademeister vor die Füße.

»Was ist das denn?«

»Ein Fernglas«, half Freddy weiter.

»Ich weiß, was das ist!«, brüllte der Bademeister. »Aber was will der Kerl in der Sauna mit einem Fernglas? Das ist doch krank!«

Inzwischen drängten immer mehr Saunagäste neugierig in die Umkleide, um ja nichts zu verpassen. Männer schüttelten den Kopf, Frauen kicherten. So ein Auflauf passte dem Badeboss gar nicht. Er drängte die Gaffer mit breit aufgepumpter Brust zurück in den Gang. »Weitergehen! Zurück! Hier gibt es nichts zu sehen!«

Der Blaue Schorsch war schon halb angezogen, aber er kriegte den Reißverschluss seiner Jeans einfach nicht zu.

Der Bademeister drehte sich wieder zu uns. »Du und du: raus. Und ihr drei steht ab jetzt unter Beobachtung!«

»Tja«, sagte ich zu den anderen. »Vielleicht sollten wir besser alle zusammen gehen. Hier ist irgendwie … schlechtes Karma. Ich spring nur kurz zur Katja in die Sauna und versuch, ihr zu erklären, was wir hier machen, bevor sie da irgendwas in den falschen Hals kriegt.«

Der Blaue Schorsch stöhnte. »In den falschen Hals kriegt …«

»'tschuldige, Schorsch«, sagte ich und huschte Richtung Dampfsauna.

Neben der gläsernen Eingangstür stand ein einzelnes Paar Badeschlappen, pinkfarben und mit Absatz. Ich schlüpfte flink aus meinen Latschen, stellte sie daneben und öffnete die Tür. Über mir zischte heißer, dichter Nebel aus der Decke in den mit grünem Mosaik ausgelegten Raum. Mein Herzchen klopfte, als ich durch den schlierigen Nebelschleier zur Linken eine Bankreihe und ein Paar schlanker, nackter Füße entdeckte.

»Hallo«, grüßte ich aufgeräumt, tastete mich ungelenk durch den grauen Dunst näher. Nach und nach gab der wabernde Dunst einen Blick auf Katjas nackten Körper frei. Zuerst die Knie wurden sichtbar, dann die samtweichen Oberschenkel. Und dann …

Ich wischte mir Schweiß von der Stirn.

Katja saß entspannt mit dem Rücken ans Holz gelehnt. Sie grüßte allerdings nicht zurück. Hatte sie mich überhaupt erkannt? Genierte sie sich?

»Äh, aber … Bist du das, Katja? Ich bin es … Haha. Der Dieter. So ein Zufall, dich hier zu treffen.«

Katja blieb stumm.

»Also, nicht dass du jetzt denkst …«

Ich hatte plötzlich so ein ungutes Gefühl. Irgendwie. Ich beugte mich langsam nach vorn und tippte der Katja an die linke Schulter. Vorsichtig. Dann noch mal. Kräftiger. Und als sie plötzlich leblos zur Seite sackte, entdeckte ich durch den Wasserdampf den gelb-rot-blau gestreiften Gürtel eines Bademantels, der um ihren Hals geschlungen war. Und den jemand sehr, sehr fest verknotet hatte.

Der Wirt aus dem *Gasthof Hotel Timmering*, in dem wir nach unendlich langen Vernehmungen vorläufig unter polizeilichen Hausarrest gestellt worden waren, brachte eine zweite Runde *Steinhäger* für unsere Nerven. Eiskalt ging das Zeug runter wie eine Förderbox.

Apropos runter – auch der Blaue Schorsch konnte schon wieder schmerzfrei sitzen.

Der Polizist, der uns gerade mit Neuigkeiten versorgt hatte, zog die Nase hoch. »Also, ihr seid die merkwürdigste Truppe, seit die kurbrandenburgischen Schützen beim Bönener Kanzelstreit die Alte Kirche belagert haben.«

»Bönen ist toll!«, freute sich Freddy. »Wir kommen garantiert wieder!«

Kurt trat ihm unterm Tisch vors Schienbein.

»Aber von mir aus könnt ihr jetzt heimfahren. Eure Personalien haben wir ja. Der Arrest ist beendet.«

Siggi räusperte sich. »Habt ihr schon jemanden ...« »Dienstgeheimnis.«

»Da war doch von einem alten Liebhaber die Rede«, meinte Kurt.

Siggi schob dem Beamten seinen *Steinhäger* zu.

»Na ja, den haben wir. Aber gestanden hat er noch nicht«, sagte der Polizist. »Doch mehrere Zeugen haben beobachtet, dass es in der Sauna zwischen den beiden einen heftigen Streit gegeben hat.« Der Polizist kippte den Schnaps. »Ist einer aus Bergkamen. Mit denen haben wir es hier sowieso nicht so!«

»Tz, tz!« Der blaue Schorsch schüttelte den Kopf. »Die Katja. Die war so heiß ...«

»Und dann wird sie hier kaltgemacht«, meinte Siggi.

»Freunde! Etwas mehr Respekt, bitte!«, mahnte Kurt mit einem erhobenen, halben Zeigefinger.

»Noch einen *Steinhäger?*«, fragte der Wirt.

Als ob man das fragen müsste.

In der *Aktuellen Stunde* des WDR lief gerade der Bericht über den »furchtbaren Mord in der Sauna des idyllischen 18.000-Seelen-Örtchens Bönen«, als Marianne aus dem Bad zu mir ins Wohnzimmer kam.

Unter ihrem Bademantel war sie nackt, wie der bestens aufgelegte Herrgott sie an einem besonders guten Tag geschaffen hatte. Das war zwar schon eine Weile her, aber Wertarbeit altert nicht, sondern reift.

»Hat sich da in Bönen was Neues ergeben?«, fragte sie und nickte zum Fernseher.

Ich seufzte. »Sie denken, der Liebhaber dieser Katja war's. Jedenfalls sitzt der jetzt in U-Haft.«

»So flott? Gut so! Und ihr habt nichts von der Sache mitgekriegt, bei eurem Wochenende in Bönen?«

»Nein.« Ich räusperte mich. »Nichts. Absolut nichts!«

»Komische Sache«, murmelte sie und kuschelte sich auf dem Sofa an mich.

»Und wie war dein Wochenende, Schatz?«, fragte ich.

Sie machte sich an meinem Hemd zu schaffen. »Langweilig.« Sie seufzte. »Ich hab dich so vermisst.«

Und dann streifte sie ihren modischen, gelb-rot-blau gestreiften Bademantel ab, an dem der Gürtel fehlte.

Peter Godazgar

Dirty Talk in Bergkamen

Die Idee war Hotte ganz plötzlich gekommen. Genauer: bei der Lektüre der *BILD*-Zeitung. Noch genauer: bei der Lektüre der kleinen Erotikanzeigen. Die Idee war geboren, als Bruno auf einmal meinte: »Da is immer nur watt für Männer dabei.« Bruno war Hottes ältester Freund. Und auch sein einziger.

»Datt isset!«, rief Hotte.

»Watt isset?«, fragte Bruno.

»So machemeret!«, rief Hotte.

»So machemerwatt?«, fragte Bruno.

»Jetzt stell dich doch nich dümmer an, allze biss«, sagte Hotte und formulierte damit eine für Bruno quasi unmöglich zu erfüllende Bitte. Er hob den Zeigefinger. »Bruno, mein Freund, bald sind wir gemachte Leute. Bald können wir die Kohle so …«, Hotte machte Bewegungen, als würde er Sand schippen, »… in die Wohnung schaufeln.« Und dann setzte er seinem Freund den Plan auseinander.

Wie Bruno sehr korrekt erkannt hatte, richteten sich glatte einhundert Prozent der Kontaktanzeigen an Männer. »Aber Frauen haben doch auch Bedürfnisse«, dozierte Hotte.

»So?«, fragte Bruno. Er konnte es nicht wissen, denn er war nicht liiert. Noch nie gewesen. Wofür es zahlreiche Gründe gab, angefangen bei seinem Vollbart, an dem man stets Brunos letzte Mahlzeit ablesen konnte, und noch lange nicht endend bei Brunos Angewohnheit, sich fortwährend im Schritt zu kratzen.

»Und weißte, wer diese Bedürfnisse erfüllen tut?«, fragte Hotte begeistert.

»Nee«, sagte Bruno.

»Wir!«

»Ah«, sagte Bruno verstehend, ohne auch nur irgendwas zu verstehen.

»Wir machen eine Hotline auf, wir zwei beiden, verstehste? Wir richten uns so ’ne Nummer ein …«, Hotte sang, »… null-neunhundert-fünf drei-drei-eins! Drei-drei-eins!«

Bruno lachte bollernd. Das verstand er!

An jenem Abend schliefen Bruno und Hotte sehr zufrieden ein. Bruno schlief immer zufrieden ein, denn Zufriedenheit war sein Grundwesenszug. Hotte indes schlief mit der Gewissheit ein, diesmal aufs richtige Pferd zu setzen. Man muss dazu wissen: Hotte hatte schon öfter auf diverse Pferde gesetzt. Es waren immer die falschen gewesen. Anders gesagt: Sämtliche Pläne, die Hotte in den vergangenen Jahren umzusetzen versucht hatte, waren auf grandiose Weise schiefgegangen oder hatten sich als spektakuläre Rohrkrepierer erwiesen. Höhepunkt war eine Vision, das Heiler Naturfreibad zu kaufen, an dessen Gründung vor mehr als hundert Jahren der Vater des Hollywoodstars Gene Hackman beteiligt gewesen war, und es zu einer Art ›French Connection‹-Erlebnispark mit integriertem Multiplexkino umzubauen, weshalb er sogar einen Brief an den Schauspieler geschrieben hatte – ohne Antwort zu erhalten, was Hotte ein bisschen ungezogen fand. Der Plan scheiterte allerdings schon am Kauf der Immobilie.

Gescheitert war auch die Idee, den Bergkamener Cityturm nach Art des Verhüllungskünstlers Christo zu verpacken. Der Eigentümer verweigerte seine Zustimmung zu dem Projekt, was Hotte auch deshalb verärgerte, weil er bereits fünfzig Rollen extra starkes Packpapier gekauft hatte.

Gescheitert war er schließlich mit seinem Videoblog, in

dem Hotte regelmäßig und schonungslos auf Missstände in Bergkamen aufmerksam machen wollte. Das Blog kam über die Auftaktfolge nicht hinaus und ist bis zum heutigen Tag auf YouTube exakt sechs Mal aufgerufen worden – fünf Mal von Hotte selbst.

Nicht gescheitert war er indes mit der Idee, einen der sogenannten *Maßstäbe,* jene schräg in die Höhe ragenden Lichtkunstwerke an vier Einfallstraßen Bergkamens, nun ja, umzuwidmen. In einer Nacht-und-Nebel-Aktion hatten er und Bruno den blau-weißen Maßstab am Rünther Tor mit den BVB-Farben Schwarz und Gelb zu überpinseln versucht. Vor Gericht rechtfertigte Hotte sein Tun damit, fraglos im Namen aller Bergkamener gehandelt zu haben, um diese permanente »Profezzion«, wie er stets sagte, aus der Welt zu schaffen. Eine »Profezzion«, die im Übrigen von langer Hand geplant worden sein musste. Von langer Schalker Hand.

»Profezzion?«, fragte der Richter. »Was meinen Sie?«

»Na, Profezzion halt«, rief Hotte. »Die wollen uns doch alle profezzieren, eine einzige Profezzion ist das doch!«

»Ach so, Provokation meinen Sie«, murmelte der Richter erleichtert.

»Meinzwegen auch dat.«

Der Richter brummte Hotte und Bruno Sozialstunden und Bewährung auf.

Nun also das Projekt ›Hottes Hotline‹. Zum Glück ließ sich Hotte, einmal von einer Idee gepackt, nicht so leicht von derselben abbringen. Sonst wäre auch dieses Projekt im Anfangsstadium gescheitert: Nachdem Hotte im Internetcafé am Bahnhof bei einem Dienstleister eine 0900er-Nummer eingerichtet, sie mit 1,99 Euro pro Minute tarifiert und auf sein Handy weitergeleitet hatte, fehlte nämlich das nötige Kleingeld, um die Anzeige in der *BILD* zu bezahlen.

Doch bei einem Arbeitstreffen mit Bruno am Kiosk am Busbahnhof gelang es den beiden, eine klug modifizierte Version der Kundinnengewinnung auszutüfteln: Warum teure Anzeigen bezahlen, wenn man mit Werbezetteln an den Schwarzen Brettern von Supermärkten, der Volkshochschule an der Lessingstraße, der Stadtbibliothek am Stadtmarkt und den Ortsvereinen der Arbeiterwohlfahrt die Klientel besser und direkter ansprechen konnte? Also verteilten Hotte und Bruno einige Tage später Kopien, am unteren Rand alle zwei Zentimeter ordentlich eingeschnitten, damit Interessenten, genauer: Interessent*innen,* die heiße Nummer gleich abreißen konnten. Was den Inhalt anging, so hatte Hotte sich von den Kontaktanzeigen aus der *BILD* inspirieren lassen. Die Überschrift lautete: *Reizvoll, verrucht und doch seriös.* Darunter stand: *Leidenschaft pur* sowie: *Ruf an! Gönn Dir auch mal was. Ich komme gleich von null auf hundert – und Du mit mir!* Am Längsten hatte er über den Namen gegrübelt. ›Hotte‹ ging ja schon mal gar nicht, jedenfalls nicht für einen Latin Lover; ein Pseudonym musste her, es musste irgendein Name sein, der, nun ja, der reizvoll, verrucht und doch seriös war. Er entschied sich schließlich für ›Charles‹. Das hatte etwas geradezu butlerhaft Seriöses und ließ sich doch im Eifer des Liebesgefechts in ein verruchtes Charlie oder ein schnurrendes Charliebaby umwandeln, überlegte Hotte. Er stellte sich vor, wie die Frau am anderen Ende der Leitung völlig außer sich geriet. »Ja! Charlie! Hör nicht auf, Charliebaby! Gib's mir, Charlie!«

Nach drei Tagen hingen Hottes Zettel an jedem Schwarzen Brett in Bergkamen. Jetzt hieß es: warten.

»Muss sich ja erssma rumsprechen«, sagte Hotte am zweiten Tag und Bruno nickte.

»Is ja auch was ganz Neues für die Frauen, die rechnen ja gar nicht mit sowatt«, sagte er am dritten Tag.

»Viele trauen sich vermutlich auch gar nich, einfach so anzurufen«, sagte er am vierten Tag.

Am fünften Tag machte er sich auf den Weg zu den diversen Schwarzen Brettern, um zu sehen, ob überhaupt schon irgendjemand eines der Zettelchen abgerissen hatte. Beim REWE an der Jahnstraße und beim LIDL am Westenhellweg in Rünthe waren Hottes Einladungen zum amourösen Telefonabenteuer komplett verschwunden, abgenommen von prüden Marktleitern, vermutete Hotte, in zwei weiteren Supermärkten waren gerade mal drei Zettelchen abgerissen. Sollten die Bergkamener etwa derart verklemmt sein?

Zwei Tage später meldete sich Hottes Handy mit der Melodie: *Leuchte auf, mein Stern Borussia.* Hotte und Bruno saßen gerade vor der Glotze und guckten das Dschungelcamp. Beziehungsweise: Bruno guckte, Hotte war gerade auf dem Klo.

Also nahm Bruno das Gespräch an. »Hallo?«, brummte er.

»Hallo?«, antwortete eine schüchterne Frauenstimme. »Spreche ich mit Charles?«

»Nä«, sagte Bruno. »Hier is Bruno.«

»Oh, entschuldigen Sie bitte, da habe ich mich wohl verwählt.«

Im selben Moment kam Hotte zurück ins Wohnzimmer. »War das mein Handy, das geklingelt hat?«

»Ja«, sagte Bruno und stopfte sich eine Handvoll Kartoffelchips in den Mund. »Hat sich aber verwählt. Das war 'ne Tussi, die wollte Charles sprechen.«

Hotte riss die Augen auf. »Wat?! Du Idiot! Ich bin doch Charles!«

»Wieso bist du Charles?«, fragte Bruno.

»Mann, du Vollpfosten, ich bin Charles! Reizvoll, verrucht, seriös!«

»Ach, verdammt, hab ich vergessen.«

»Na toll!« Hotte ließ sich in den Sessel fallen und starrte auf den Fernseher, in dem eine Exehefrau eines ehemaligen Fernsehmoderators gerade kreischend durch einen mit Schleim und Getier gefüllten Tümpel watete.

Erneut erklang die Hymne *Leuchte auf, mein Stern Borussia.* Hotte schnellte nach vorn. »Finger weg!«, brüllte er. »Jetzt gehtet los!« Er nahm das Gespräch an und brummte in der tiefstmöglichen Stimmlage: »Hallo?«

»Hallo?«, krächzte eine Frauenstimme.

»Aaaaah!«, kreischte die ehemalige Frau des Exfernsehstars im Dschungel.

»Hallo!«, wiederholte Hotte und fingerte mit der anderen Hand die Fernbedienung heran. »Hier ist Charles.«

»Was?«, fragte die Stimme.

»Charles ist hier – *dein* Charles.« Hotte senkte seine Stimme noch weiter. »Und ich habe nur meinen weißen Bademantel an.«

»Ich ruf an wegen dem Kinderwagen.«

»Was?«

»Wegen dem Kinderwagen. Kann ich mir den mal angucken?«

»Hier is kein Kinderwagen. Hier is …« Hotte war irritiert. »Ach Scheiße!« Er beendete das Gespräch.

»Und?«, fragte Bruno, den Mund schon wieder voller Kartoffelchips.

»Schnauze!«, schnauzte Hotte und schaltete den Ton für den Dschungel wieder an.

»Aaaaaah!«, kreischte die Exfrau des Ehemaligen.

Nein, die Sache lief nicht ganz so, wie Hotte sich das vorgestellt hatte. Frustriert stand er drei weitere Tage später bei Kaufland am Römerlager an der Kasse, als sein Handy die BVB-Hymne anstimmte.

Automatisch nahm er das Gespräch an.

»Charlie?«, hauchte eine Stimme.

»Watt?«, fragte Hotte und packte einen Sechserpack Bier aufs Laufband.

»Charlie?«, wiederholte die Stimme.

»Ahhhh …« Das Blut schoss Hotte in den Kopf, als er begriff. Die Kundin vor ihm bezahlte gerade. Er drehte sich um, doch hinter ihm stand ein aufmerksamer Rentner. Hotte senkte seine Stimme: »Ähm, ja, ich bin's. Und wer ist da?«

»Hier ist … Lolita.«

»Oh, hallo … Lolita.« Lolita?, dachte Hotte.

Lolita kicherte. »Also, ähm, ich hab so was noch nie gemacht. Was tust du gerade?«

»Ähhh …« Hotte starrte aufs Laufband. »Ich hab hier 'n Sixpack …«

»Oh, so ein starker Mann«, säuselte Lolita. »Und was hast du noch?«

Hotte hatte sich das Handy zwischen Schulter und Ohr geklemmt und packte hektisch seinen Wochenendeinkauf aufs Band. »Eier …«

»Ja, mach weiter …«

Hotte war jetzt beim Sonderangebot aus der Heimwerkerabteilung angelangt. »Und so 'n Hammer …«

»O ja … gib ihn mir, deinen Hammer, Charlie!«

»Ich brauch mal die Wagennummer, junger Mann«, sagte die Kassiererin.

Hotte drehte den Wagen und begann, die Sachen wieder einzuräumen. »Super-Hammer«, schnaufte er ins Handy. Er schwitzte.

»Wie groß ist dein Hammer?«, fragte Lolita.

Inzwischen hatte die Kassiererin Hottes Ware über den Scanner gezogen und drückte die Summentaste. »Waren Sie mit Ihrem Einkauf zufrieden?«

»Achtzehn zwanzig?«, las Hotte erstaunt im Kassendisplay.

»So groß?«, hauchte Lolita in sein Ohr. »O mein Gott.«

Hotte fingerte einhändig einen Zwanziger aus seinem Portemonnaie. »Ich bin jetzt nackt«, sagte Lolita. »Total nackt. Zieh dich doch auch aus.«

»Nackt?«, keuchte Hotte.

»Was?«, fragte die Kassiererin.

»Nicht sie!«, zischte Hotte.

»Jetzt machen Sie doch mal voran!«, mischte sich jetzt der Rentner hinter Hotte ein.

»Schnauze!«, fuhr Hotte den Mann an.

»Was?«, fragte Lolita.

»Nicht Sie, äh, nicht du!«, fauchte Hotte.

Die Kassiererin knallte Hotte das Wechselgeld hin.

»Eine Unverschämtheit, das!«, maulte der Rentner.

»Wer ist denn da bei dir?«, fragte Lolita keuchend. »Sag mir die Wahrheit oder ich lege auf, Charles …«

»Nicht auflegen«, rief er ins Telefon und winkte Bruno zu, der gerade in der Tür des Ladens auftauchte. »Ich komme gleich.«

Es klickte.

Hotte stutzte. »Hallo?«

Er sah aufs Display. Aufgelegt.

Frustriert starrte er die Kassiererin an.

»Sammeln Sie Treuepunkte?«, fragte die Frau.

Nach dieser Aktion ergänzte Hotte seine Werbezettel: *Anrufe nur zwischen 20 und 24 Uhr.* Trotzdem lief die Sache einen weiteren Tag später vollends aus dem Ruder. Es war kurz nach 22 Uhr, Hotte saß in seiner Bude in Rünthe auf dem Sofa, aß kalte Ravioli Diavoli aus der Dose und sah zu, wie der Bachelor im Fernsehen gerade damit anfing, seine

Rosen zu verteilen, als die BVB-Hymne zum zweiten Mal an diesem Abend ertönte. Hotte stellte die Dose ab und griff zum Handy. Wenn das wieder diese bescheuerten Weiber waren, würde er ihnen aber was erzählen. Der Anruf lag noch keine Stunde zurück: Erst hatte die Frau richtig lasziv herumgestöhnt, dass sie es ganz dringend brauche und ob Charles es ihr von hinten besorgen könne, ganz heftig und tief und überhaupt – und als Hotte schon selbst seine Hose heruntergelassen hatte, hatte am anderen Ende eine Horde Weiber losgegackert wie ein ganzer Hühnerhof.

Schlimm! Keine Moral mehr. Kein Anstand. Schlimm, schlimm, schlimm!

Hotte räusperte sich und nahm das Gespräch an.

»Hallo«, hauchte er.

Stille.

»Hallo, wer ist denn da?«

Nichts.

Sicher eine besonders schüchterne Anruferin. Da hieß es für einen Frauenversteher wie Hotte: dranbleiben! »Hallo«, raunte er und drehte den Ton des Bachelors weg. »Hier ist Charles. Ich bin hier gerade am Pool meiner Villa und ich lade dich ein, ein paar schöne Dinge mit mir zu machen …«

Natürlich bekam die große Blonde eine Rose und auch die kleine Brünette …

»Du bist ganz zauberhaft, hat dir das schon mal jemand gesagt? Bist du brünett? Oder blond? Überall? Lass mich dir eine Rose als Zeichen der Lust schenken … und dann gleiten unsere nackten Körper ins warme Wasser des Pools …« Hottes Hand fuhr in seine ausgeleierte Jogginghose.

Immer noch Stille. Der Bachelor überlegte, ob er der Kleinen mit der Kurzhaarfriseur auch eine Rose geben sollte.

»Ich sehe es, das Verlangen in deinen Augen«, flüsterte Hotte. »Und es ist auch mein Verlangen, dich zu spüren …«

Mist – der Bachelor wurde von der Werbung unterbrochen, sodass Hotte im wahrsten Sinn des Wortes einen Hänger hatte.

»Ich … massiere dich ein bisschen. Was hältst du davon? Wir lassen uns erst einmal Zeit und sind gleich wieder …«

»Hotte? Bist du dat?« Das war eindeutig eine Männerstimme am anderen Ende. »Hotte, du Sau. Na warte.«

Hotte starrte auf sein Handy. Die Stimme kannte er doch. Aber woher?

Im nächsten Moment hämmerte jemand gegen seine Tür.

»Hotte, du Sau!« Zitternd spähte Hotte durch den Spion. »Mach auf!« Die Stimme, die eben noch am anderen Ende der Telefonleitung gewesen war, bekam ein Gesicht: Helmut, der zwei Etagen weiter oben wohnte.

»Hotte!«, brüllte Helmut.

Hotte öffnete die Tür. »Wat is denn …«, begann er, aber da hatte Helmut ihn schon gepackt.

»Du blöde Sau«, schrie er. »Wat hast du da mit der Shakira am laufen?«

»Was?«

»Dat ist doch deine Nummer, oder ist dat nicht deine Nummer?« Er drückte Hotte einen seiner zerknüllten Werbezettel ins Gesicht. »Den hattese inner Handtasche und die Nummer da hattese auffem Handy … und ich hab dich da doch eben erkannt … mit deinen Sauereien von wegen Swimmingpool und Rosenblättern …«

Hottes Gedanken rasten. Wahrscheinlich war Shakira eine von den paar Anruferinnen gewesen, die gleich aufgelegt hatten, als er sich meldete. Meine Fresse – Shakira, die schärfste Waffe, die in ganz Bergkamen und eigentlich im ganzen Kreis Unna herumlief. Und leider die Schnalle von Bodybuilder-Helmut.

Helmut hatte Hotte inzwischen in die Küche gedrängt

und seine Hände tatendurstig um Hottes Hals gelegt. Hottes Hände tasteten hektisch auf der Arbeitsplatte hinter Hottes Rücken herum, die rechte bekam endlich etwas zu greifen und schlug damit zu.

Helmut riss die Augen überrascht auf. Ein Ächzen folgte, der Griff um Hottes Hals wurde schwächer, dann sackte Helmut zusammen. Hotte starrte auf den Hammer aus der Heimwerkerabteilung im Kaufland. Dann bemerkte er die rote Flüssigkeit, die sich rund um Helmuts Kopf ausbreitete.

»Au, Scheiße«, murmelte er.

»Hotte?«

Hotte riss den Kopf hoch. Eine Frau stand in der Küchentür. »O mein Gott, was ist passiert?«, fragte Shakira.

»Äh«, sagte Hotte.

»Ist er tot?«, fragte Shakira.

»Äh«, sagte Hotte.

Sie bückte sich, tastete an Helmut herum und meinte dann: »Tja, der ist hinüber.«

»Äh«, sagte Hotte.

Shakira lehnte sich an den Küchentisch und zündete sich eine Zigarette an. »Helmut meinte, ich hätte ihn mit dir betrogen.«

»Haste?«, fragte Hotte.

Shakira pflückte Horsts Werbezettel aus Helmuts schlaffer Hand. »Das hing im Supermarkt … ich hab's eingesteckt und auch mal angerufen … aber der Typ hat das wohl zum ersten Mal gemacht … hat mir was von seinem Sixpack erzählt und …«

»Ich war das«, sagte Hotte.

Shakira riss die Augen auf: »Du?« Dann fing sie an zu lachen. »Du bist Charles?« Sie kriegte sich gar nicht mehr ein. »Da musst du aber noch verdammt viel lernen, Hottelein.«

Sie rückte an ihn heran und hauchte ihm feucht ins Ohr: »Hallo, Charles, ich bin schon ganz scharf, ich will dich spüren, Charles, tief in mir will ich dich spüren, jetzt sofort …«

Hotte schluckte.

Shakira kicherte. »Keine Angst, ich tu dir nichts.« Sie blickte zu Boden, wo Helmut lag. »Jetzt müssen wir aber erst Mal den Mistkerl loswerden, was?«

»Aber …«

»Das hier«, sagte Shakira und zeigte auf den blutigen Hammer in Hottes Hand, »war das Beste, was dem Arsch passieren konnte, glaub mir. Der hat mich behandelt wie den letzten Dreck. Sag mal, hast du nicht noch diesen klapprigen Fiesta?«

»Klapprig?«

»Damit kannst du den Helmut wegbringen und im Kanal zu Wasser zu lassen. Ich mache inzwischen hier alles sauber.«

»Am Kanal?«

»Datteln-Hamm-Kanal!«, zischte Shakira genervt. »Schon mal gehört, du Honk? Bergkamen? Kanalstadt?!«

Honk? Hotte stöhnte. Doch da schmiegte sich Shakira schon wieder an ihn. »Und wenn du Helmut entsorgt hast, dann kommst du wieder her und wir machen es uns ganz gemütlich, ja?« Ihre Hand glitt ins Hottes Schritt und Hotte war sich sicher, dass Shakira definitiv eine Rose verdient hatte.

Eine halbe Stunde saß Hotte in seinem alten Fiesta, Helmut lag im Kofferraum. Auf Nebenstraßen steuerte er den Kanal an und parkte an einer Stelle, die Shakira ihm empfohlen hatte. Zehn Minuten später hatte er zwei große Steine an Helmuts Beinen befestigt und wollte ihn gerade zu Wasser lassen, als er von Scheinwerfern geblendet wurde. Wenig später klickten Handschellen.

Bei der Gerichtsverhandlung spielte Hottes Geschäftsidee eine eher untergeordnete Rolle. Es gab ein bisschen Gekicher unter den Zuhörern im Saal, vor allem als Hotte erzählte, wie er Charles und seinen speziellen Service erfunden hatte. Zu seiner Entlastung taugte die Geschichte nicht. Dazu war der anonyme Anruf, mit dem die Polizei auf Hotte aufmerksam gemacht worden war, zu präzise gewesen: »Da wirft einer einen Toten in den Datteln-Hamm-Kanal«, hatte der Staatsanwalt die Mitschrift des Anrufes vorgelesen. »Der hat so einen klapprigen Fiesta und parkt da bei den Feuchtgebieten an der Landwehrstraße!«

Hottes blutige Küche hatte ihm dann endgültig das Genick gebrochen. Dass das alles eine Verkettung unglücklicher Umstände gewesen war, die mit der Erfindung von Charles angefangen hatte, glaubte Hotte niemand. Besonders übel nahm es der Staatsanwalt ihm allerdings, dass er seine Nachbarin, »diese nette Frau Shakira Schiller«, mit hineinzuziehen versuchte, indem er behauptete, sie sei am Mord an ihrem Lebensgefährten Helmut Czybulla beteiligt gewesen.

Es war wie verhext. Hotte grübelte, wer der anonyme Anrufer gewesen war, der ihn reingeritten hatte. Doch weil man ihm beim Verhör und auch später immer nur die Mitschrift vorgelesen und nicht das Band abgespielt hatte, erfuhr er nie, dass es eine Anrufer*in* gewesen war.

Shakira Schiller indes war eine Frau, die eine Gelegenheit nutzte, wenn sie sich ihr bot. Schon zwei Tage nach Hottes Verhaftung hatte sie im Kaufland-Center vor dem Suche-Biete-Brett gestanden, hatte Hottes *Charles – reizvoll, ver-*

rucht und doch seriös-Zettel ab- und ihren eigenen aufgehängt: *Jennifer, süß und sündig. Bei mir bleibt kein Wunsch offen …*

Das Geschäft lief blendend und als die erste Abrechnung kam, dachte Shakira kurz: Eigentlich hätte Hotte eine Provision verdient.

Peter Gerdes

Wild Wild Wickede

Sie nannten ihn Wickie, dabei war er nicht einmal halb so intelligent wie der kleine Wikingerbengel. Aber er wusste sich immer zu helfen und darauf kam es an.

So wie damals, als sie ihm beinahe den Hauptschulabschluss nicht gegeben hätten. Okay, er war faul gewesen wie die Sünde. Aber nachdem alle seine Freunde zur Realschule oder zum Gymnasium gewechselt waren, hatte ihm echt die Motivation gefehlt, sich in diesen Schulkram reinzuhängen. Bis auf die paar Wochen, als diese scharfe Referendarin die Geschichtsstunden vom alten Schellkötter übernommen hatte.

Da hatte Wickie sogar richtig gelernt für ein Referat über die Geschichte von Wickede, um bei der Neuen zu punkten und vielleicht einen Treffer zu landen. Die Referendarin aber hatte bald die Brocken hingeschmissen. Und Wickie hatte endgültig keine Lust mehr gehabt.

Trotzdem, diesen Abschluss brauchte er unbedingt. Das mit der Lehrstelle bei *Kerkenberg* war schon eingestielt. Die würden in der Gießerei sicher nicht auf ihn warten, bis er seine Ehrenrunde an der Gerkenschule gedreht hatte. Außerdem hätte seine Mutter ihm die Hölle heißgemacht.

Aber dann war ihm eines schönen Tages Peter Pape vor die Füße gelaufen, am *Döner-Saloon* in der Hauptstraße. Und da war ihm die entscheidende Idee gekommen, genau wie bei diesem kleinen Wikinger im Zeichentrickfilm. Nur ohne die Sterne.

Der Pape war sein Deutschlehrer, merkwürdiger Typ, Mitte fünfzig, verheiratet, Kinder aus dem Haus, Frau angeblich öfter in der Klapse. In der Schule machte er immer auf Kumpel. Rein notentechnisch aber hatte Wickie davon nie etwas gehabt. Weil Schreiben irgendwie echt nicht sein Ding war. Und schlau daherreden im Unterricht auch nicht. Deswegen stand er auf massiv Fünf. Und nicht einmal Friedi, die Klassensprecherin, wollte ein gutes Wort für ihn einlegen, obwohl sie sich doch mit Pape so gut verstand. Meinte nur schnippisch, er sollte vielleicht mal was lernen und beim Test nicht bloß weiße Blätter abgeben, und dass er froh sein könnte, wenn er keine Sechs bekäme.

Titten-Friedi. Ha!

Weil es zwei Friederikes in der Klasse gab, musste man sie irgendwie unterscheiden. Titten-Friedi war unmissverständlich. Bei jedem Test stand Pape neben ihr und guckte. Kein Wunder, ihre Dinger waren echt Weltklasse. Dafür gab's natürlich wieder 'ne Zwei.

Und dann begegnete Wickie dem Pape vor dem *Döner-Saloon*. Ging aber nicht rein, sondern tigerte auf und ab und rauchte eine Kippe nach der anderen. Wickie, der seinen Fladen schon verputzt hatte, hielt sich schön im Schatten. Was hatte der Pape hier zu warten?

Der Pape wartete auf Titten-Friedi. Und als sie kam, nahm er sie in die Arme und küsste sie, voll mit Zunge! Dann lotste er sie zu seinem Auto und ab ging's nach Echthausen.

Jenseits der Ruhr war alles etwas anders, das wusste jeder in Wickede. Echthausen lag auf der anderen Flussseite, also schon im Sauerland; 1969 hatten sich die Echthausener nur widerwillig eingemeinden lassen. Merkwürdige Leute, fand Wickie, wie konnte man nicht zu Wickede gehören wollen? Peter Pape war einer von den Merkwürdigen.

Einer, der seine Finger nicht von Schulmädchen lassen konnte.

Wickie konnte es kaum fassen. Plötzlich ergaben sich erstklassige Perspektiven in Sachen Schulabschluss.

Es war nicht schwer, Papes Adresse rauszukriegen. Ein Fotohandy besaß Wickie sowieso. Er schwang sich auf sein Moped und bekam die beiden vor die Linse, als sie Papes Haus wieder verließen.

Die Ehefrau war wohl gerade wieder in der Klinik. Der Kuss wollte kein Ende nehmen, das reichte für drei gute Aufnahmen.

Danach war die Vier in Deutsch kein Problem; Pape machte keine Zicken. Dass Friedi danach nicht mehr mit Wickie sprach, machte die Sache noch unkomplizierter.

Blöd war nur, dass Wickie auch noch in Englisch auf die Fünf rutschte. Und in Erdkunde auch. Wahrscheinlich, weil er nach seinem Fotoshooting irgendwie meinte, jetzt für die Schule endgültig nichts mehr tun zu müssen. Englisch und Erdkunde hatte er beim alten Meißner, dem korrektesten Menschen von ganz Wickede. Bei dem würde er rein gar nichts Verwertbares vor die Linse kriegen.

Blieb nur der Notenausgleich. Die Fünf in Erdkunde konnte er mit der Drei in Physik ausgleichen. Aber Englisch war Hauptfach und Hauptfach-Fünfen ließen sich nur gegen Hauptfach-Dreien aufrechnen. Und Wickies Vier in Mathe stand eisern fest. Blieb nur noch Deutsch.

Also wieder Pape.

»Eine Drei?« Pape glotzte wie ein toter Fisch, als Wickie ihn vor der Schülerbücherei abpasste. »Du spinnst doch! Das kauft uns niemand ab.«

Wickie zeigte ihm die neusten Bilder. Superscharf, in jeder Beziehung, denn Pape ließ seine Finger noch immer nicht von Friedis Titten. Diesmal hatte er sie nicht zu sich nach Hause geschleppt, so vorsichtig war er inzwischen, sondern in eine kleine Wohnung am Walkenbrügger Weg, eigens als

Absteige angemietet. Aber Wickie hatte die beiden auch dort abgepasst.

»Ich muss nur eins dieser Bilder auf Facebook posten und Sie sind so was von tot!«, sagte Wickie.

Pape seufzte ergeben.

Die Zeugniskonferenz war ein Brüller. Wickie hatte sich im Gebüsch unter einem der Kippfenster versteckt; es war heiß, die Fenster standen offen und er konnte alles gut hören und sehen. Pape schwitzte wie ein Schweinebraten, als seine Kollegen ihn wegen Wickies Note grillten. Zum Halbjahr Deutsch Fünf, zum Abschluss Drei – solche Notensprünge mussten begründet werden und Pape ging durch die Hölle. Wickie feixte.

Am nächsten Tag erzählte er Friedi alles brühwarm. Pape war natürlich in Hörweite; seine Ohren glühten ebenso wie ihre. Keiner von beiden traute sich, etwas zu erwidern. Als Friedi dann auch noch die Arme unter ihrer Superbrust verschränkte, wäre Wickie vor Lachen fast geplatzt.

Den Schulleiter hätte er beinahe übersehen. Der stand hinter den Blumenkübeln, die Arme in die Seiten gestemmt, und guckte von Friedis Titten zu Pape und dann wieder zu Friedi. Er runzelte die Stirn.

Eine Woche später war Peter Pape weg von der Schule.

Wickie war's wurscht. Kaum war er nach diversen Abschlussfeten – am heftigsten war die im Westernklub *Colorado* – wieder halbwegs nüchtern, hatte er die Lehrstelle bei *Kerkenberg* angetreten. Und von da an hatte er kaum noch Zeit gehabt, sich um irgendetwas anderes zu kümmern. Gießereimechanik war keine Kleinigkeit, da hieß es jede Sekunde Obacht geben, wenn man die Pelle heil und die Finger vollständig behalten wollte, und außerdem jede Menge büffeln. Das hatte Wickie irgendwie unterschätzt.

Mehr als einmal dachte er daran, hinzuschmeißen. Aber er

lebte jetzt alleine, hatte eine eigene kleine Wohnung weiter unten am Walkenbrügger Weg, die wollte er auf keinen Fall aufgeben. Bloß nicht wieder zurück unter Mutters Fuchtel! Also biss er die Zähne zusammen und hielt durch. Tatsächlich schaffte er seinen Abschluss, nicht glanzvoll, aber immerhin. Er wurde sogar übernommen.

Zur Feier des Tages gönnte er sich abends eine Pizza im *La Posta* an der Hauptstraße. Und da traf er Friedi wieder.

Obwohl sie sich komplett zugeschminkt hatte und eine blond gefärbte Hochfrisur trug, erkannte er sie sofort. Allein schon an ihren Titten. Ihre Klamotten waren grell und der gegelte Typ, der an ihrem Tisch saß und sich ständig über sie und ihre Markenzeichen beugte, war mit Goldkettchen behängt. Die beiden hatten schon gegessen und gingen bald. Wickie, der sich auf eine Zigarette nach draußen verzogen hatte, sah sie in einen aufgemotzten Sportwagen steigen, Marke Schwanz auf Rädern. Dortmunder Nummer. Die Scheiben klirrten, als sie davonbrausten.

Tja, dachte Wickie. Wer mit dem Pape in die Kiste geht, dem ist ja wohl vor nix fies. Da kann man das Hobby auch gleich zum Beruf machen.

Bei *Kerkenberg* in der Gießerei gab es dreißig Mitarbeiter – da kam es auf jeden einzelnen an und Wickie hasste es, wenn es auf ihn ankam. Sich mal eben um die Ecke verdrücken oder den Montag blaumachen war hier nicht drin. Schon gar nicht, wenn der Meister einen auf dem Kieker hatte. Es war also besser, schnell den Absprung zu machen, solange er im Lebenslauf noch *nach der Lehre übernommen* und *ungekündigt* schreiben konnte. Und Wickie wusste auch schon, wohin der Abflug gehen sollte.

Wickeder Westfalenstahl, das war ein Name wie Donnerhall! Der größte Arbeitgeber am Ort und dazu einer mit

Geschichte. Wickie hatte in Geschichte tatsächlich mal aufgepasst – der scharfen Referendarin wegen – und wusste, dass der Ort über tausendzweihundert Jahre alt war. Wobei er allerdings vierhundert Jahre gebraucht hatte, um auf sagenhafte fünf Bauernhöfe anzuwachsen. Der älteste davon führte übrigens den schönen Namen *Wikki*. Sachen gab's! Aber richtig interessant wurde es erst im neunzehnten Jahrhundert, mit der Industrialisierung. Und tatsächlich war der erste große Arbeitgeber aus der Stahlbranche ein direkter Vorläufer des Westfalenstahlwerks. Wickede, das war eben Stahl.

Dreihundert Leute arbeiteten im Wickeder Betrieb des weitverzweigten Unternehmens. Trotzdem war es gar nicht so leicht, einen dieser Arbeitsplätze zu ergattern. Wickie aber war hartnäckig wie eine Klette. Und hatte am Ende Erfolg.

Er mochte das Werk auf Anhieb. Hier war etwas Gewachsenes, etwas, das im Kern richtig alt war und sich doch stetig entwickelt hatte. Ohne Abriss und Neubau; nein, hier war eins aus dem anderen hervorgegangen, hier hatten sich Zellen geteilt und aneinandergefügt. Der Boden allein sprach Bände. Die Rillen, Riefen und Kerben im teils verwitterten Beton, das war echte Geschichte.

Auch der Geruch faszinierte ihn. Ölig, chemisch, eine Mischung aus Schmier- und Kühlmitteln – er fand das heimelig. Und dann die Vorstellung von Ordnung, die hier herrschte! Wickie hatte mal eine Münzsammlung besessen, na ja, eher eine Art Grundausstattung. Und ein Einsteckalbum dafür. Er fand es total öde, wenn alle Münzen in ihre Fächer eingeordnet waren und das Ding im Regal stand. Lieber breitete er sie vor sich auf dem Tisch aus, sortierte sie mal nach Farbe, mal nach Größe, mal nach Herkunft. Dass die Dinger dabei Schrammen kriegten und an Wert verloren, war ihm egal. Was hatte man von den schönen Metalldingern, wenn man sie versteckte?

Hier im Werk sah man das offenbar genauso. Alles, was wichtig war, vor allem die vielen tonnenschweren Coils, die großen Rollen aus kaltgewalzten, plattierten Metallbändern, lag oder stand in ordentlichen Reihen auf dem schrundigen, welligen, Industriegeschichte atmenden Betonboden, so wie Wickies Münzen. Diesen Anblick fand er geil. Bei jedem Gang durch die weitläufigen Hallen fühlte er sich wie Dagobert Duck in seinem Geldspeicher. Oder wie der Stahlkönig von Wickede.

Seine Grundeinstellung zur Arbeit änderte sich dadurch jedoch nicht. Immer noch hielt er sich am liebsten bedeckt. Was herausragt, wird platt gemacht, war seine Devise – immerhin war dies ein Walzwerk. Also schön den Kopf unten halten und sich möglichst unsichtbar machen.

Das ging natürlich am besten nachts.

Wickie verbrachte seine Vormittag gerne schlafend – eine Gewohnheit aus der Schule – und seine Nachmittage angelnd an der Ruhr. Den Rest seiner Zeit füllten Fernsehen und Videospiele. Wenn sich ein Bedürfnis nach weiblicher Gesellschaft meldete, fuhr er ins nahe Dortmund, in die Linienstraße. Ansonsten wusste er mit seinen Abenden und Nächten wenig anzufangen. Da konnte er auch gleich arbeiten gehen.

Leider gab es im Werk keinen ständigen Nachtdienst, sonst hätte er sich sofort dafür gemeldet. Schichten tauschen aber war gestattet und so bekam er es hin, überwiegend nachts zu arbeiten, wenn große Teile des Werks still dalagen wie ein schlafender Riese, nur schwach durchpulst von den fernen Schlägen seiner großen Herzen, der Plattierwalzen, von denen immer irgendwo welche in Betrieb waren. In den äußeren Hallen stieß man dann weit und breit auf keinen

Menschen und nur ein gelegentlich durch einen Quergang vorbeihuschender Riesenstapler, der mit seinem einzelnen Tragholm an ein gigantisches Nashorn erinnerte, zeigte an, dass auch um diese Zeit die Produktion nicht ruhte.

Als Wickie wieder einmal eine seiner ungeliebten Tagschichtwochen hatte und einen nächtlichen Abstecher nach Dortmund machte, stand er in der Linienstraße hinter dem Hauptbahnhof plötzlich Friedi gegenüber. Sie schien um viele Jahre gealtert zu sein und hätte er sie nicht seinerzeit im *La Posta* schon mit ihrer Schminkmaske gesehen, er hätte sie vielleicht nicht wiedererkannt. Trotz ihrer Markenzeichen, die noch top in Schuss waren.

Er grüßte, ganz erschrocken. Sie haute ihm eine runter und spuckte ihm ins Gesicht.

Das fand er ziemlich stark und so schien es ihm nur gerecht, als er im Gehen mitbekam, dass dieser Goldkettchentyp auftauchte und Friedi derbe verdrosch. Immer in den Nacken, wollte wohl sein Kapital schonen. Nicht, dass Wickie jemals erwogen hätte, mit Friedi zu pennen, früher nicht und für Geld schon gar nicht. Aber so musste sie ihm denn doch nicht kommen.

Während seiner nächsten Nachtschicht, als Wickie sich wieder einmal kurz ins Lager verdrückte und bei einer Zigarette die schweren Bicolor-Münzbandrollen bewunderte, fühlte er sich plötzlich an der Schulter gepackt und rüde herumgerissen. Schützend riss er die Arme hoch: »Hömma, nicht durchdrehen, war nur eine Kippe …« Er stutzte, denn der Mann, der da vor ihm stand, war nicht sein Schichtleiter, sondern sein früherer Deutschlehrer. Die Haare grau und ungepflegt, das faltige Gesicht unrasiert, das fleckige Hemd halb aus der Hose, speckige, zu enge Jeans mit Bauarbeiter-Dekolleté – Peter Pape sah echt verkommen aus.

»Herr … Pape?« Wickie fasste es nicht. »Was tun Sie hier? Wie sind Sie überhaupt hier reingekommen?«

»Hinterm Lkw durch am Pförtner vorbei«, knurrte Peter Pape. Sein Schlag kam ansatzlos und hart und fühlte sich an, als hätte der Absender lange darauf gespart. »Du Drecksau«, zischte er.

Wickie schmeckte Blut. »Was denn … wieso?« Er stolperte zurück.

Pape setzte nach. Er keuchte, vielleicht von der Anstrengung, wahrscheinlich aber auch vor Wut. »Als ob du das nicht wüsstest!«, stieß er hervor. »Du konntest ja den Hals nicht vollkriegen! Mit einer Vier war der Herr nicht zufrieden, nein, er musste es auf die Spitze treiben! Nach deiner Drei in Deutsch hat die Schulleitung mich in die Mangel genommen. Pädagogisch unfähig, charakterlich fragwürdig, das volle Programm. Dann haben die mich nach Werl abgeschoben. Mit Friedis Eltern haben sie auch gesprochen. Danach hatten wir beide Kontaktverbot. Kannst du dir vorstellen, durch welche Hölle das Mädchen deinetwegen gegangen ist?«

Pape redete sich so in Rage, dass Wickie Mühe hatte, sich dem Sprühnebel seiner Speicheltröpfchen zu entziehen. Er wich zurück und spürte die scharfen Kanten einer Plattierbandrolle durch sein Hemd hindurch. »Was geben Sie überhaupt mir die Schuld?«, schrie er Pape an. »Ich hab die Friedi doch nicht angegrabscht! Das waren Sie!«

»Angegrabscht?« Papes Augen drohten aus ihren Höhlen zu quellen. »Hör zu, du Arsch, auch wenn du so was nicht kennst: Das mit Friedi und mir, das war Liebe!« Er stürzte sich auf Wickie, die Finger zu Klauen gekrümmt.

Jetzt dreht er endgültig durch, dachte Wickie und schaute sich verzweifelt nach Hilfe um. Niemand in der Nähe, nachts waren die vorderen Werkshallen wie ausgestorben.

Einen Augenblick hatte er Pape aus den Augen gelassen. Der war flinker als gedacht und erwischte ihn am Ärmel. Wickie schrie laut auf, als sich Fingernägel in seinen Arm bohrten und Hemdknöpfe wegspritzten.

»Verdammt, was wollen Sie von mir?«, kreischte er. »Wenn das Liebe ist, wie Sie sagen, dann gehen Sie doch hin zu ihr in die Linienstraße und holen sie da raus, verdammt noch mal!«

»Das mach ich auch, du Dreckstück, wenn ich mit dir fertig bin!«, brüllte Pape. »Friedi hat mich angerufen und mir erzählt, wo sie ist und dass du bei ihr warst, dass du es bei ihr versucht hast. Aber du fasst Friedi nicht an, verstanden? Du nicht! Ich hole sie da raus. Sobald ich das mit meiner Frau geklärt habe.«

»Ach ja.« Wickie verzog das Gesicht. »Hab schon gehört, dass Ihre Frau 'ne Klatsche hat.«

Auf dem Boden liegend fand er sich wieder; Pape hatte einen schweren Schwinger gelandet. »Meine Frau ist krank, du Dreckschwein!«, schrie sein Exlehrer ihn an. »Sehr krank. Ich kann sie unmöglich verlassen. Sie hat eine psychische Wertbeimessungsstörung.« Bei diesen Worten wurde Papes Miene weicher und seine Fäuste entkrampften sich.

»Hä? Sie hat – was?« Wickie verstand gar nichts.

»Das Messie-Syndrom hat sie, du Blödmann!« Pape brüllte wieder. »Sie kommt allein nicht zurecht. Darum ist sie immer wieder in der Klinik.«

»Gut für Sie. Wenn Ihre Alte in der Klapse war, konnten Sie ungestört mit Friedi rummachen, was?« Wickie grinste und rappelte sich auf.

Dann erkannte er pure Mordlust in Papes Augen. Okay, der sieht das anders, dachte er und rannte los, Richtung Halle vier. Irgendwo bei den Pausencontainern, da, wo die Getränkeautomaten standen, hoffte er, auf Kollegen zu treffen. Freundschaften hatte er im Werk noch nicht geschlossen, aber gegen diesen rasenden Prügelpädagogen würden ihm die anderen hoffentlich trotzdem beistehen, schon aus Prinzip.

Natürlich war nirgendwo einer in Sicht. Typisch, wenn man mal jemanden brauchte! Ewig konnte er nicht vor Pape weglaufen; so gut war Angeln auch nicht für die Kondition. Ein Schulterblick zeigte ihm, dass der Ältere, der ihn um einen Kopf überragte, hartnäckig an ihm dranblieb. Irgendwann und irgendwo würde er sich ihm stellen müssen, zum Showdown. Zum Henker noch mal, war Wickede denn der Wilde Westen?!

Jetzt hatten sie den Pausenbereich fast erreicht. Immer noch keine Hilfe weit und breit. Neben den Automaten stand einer dieser riesigen, gasbetriebenen Stapler, über zwanzig Tonnen schwer, die an ihrem Ladedorn Plattierbandrollen anheben und transportieren konnten, die fast genauso schwer waren wie sie. Wickie stellte fest, dass der Motor des Giganten noch lief. Der Fahrer konnte also nicht weit sein, denn nach fünf Minuten bei leerem Fahrersitz schalteten sich diese Dinger automatisch ab. War wohl eben zum Klo in Halle sechs gelaufen.

Als Wickie sich auf den Fahrersitz schwang, war er selbst überrascht. Noch nie zuvor hatte er auf solch einem Ding gesessen, geschweige denn eins gefahren. Aber der Motor lief und Lenkrad und Gaspedal gab es auch. Wenn schon Showdown, dann wenigstens im Sattel, schoss es Wickie durch den Kopf. Wenn das hier Wild Wickede war, galt es, jeden Vorteil zu nutzen.

Pape stoppte abrupt, Entsetzen im Blick. Er taumelte ein paar Schritte zurück, während der einhörnige Bolide auf ihn zurollte. Spät erkannte er, dass seine Rettung nur im Hakenschlagen liegen konnte. Mit einem Satz warf er sich zur Seite.

Erstaunlich, wie wendig dieses Riesenteil ist, dachte Wickie, während er am Lenkrad kurbelte. Im nächsten Augenblick warf ihn ein mächtiger Ruck nach vorn. Was Wickie aber nicht überraschte. Genau diesen Pfeiler hatte er anvisiert.

Er zog den Schlüssel und stieg aus der Fahrerkabine. Gut, dass das Horn genau in der richtigen Höhe stand, dachte er. Es hatte Pape in Brusthöhe aufgespießt.

In den nächsten Sekunden ging Wickie so einiges durch den Kopf. Er starrte auf den blutüberströmten Körper des Mannes, den er getötet hatte, und er fühlte nichts. Nicht einmal sein Puls, von der Verfolgungsjagd noch leicht erhöht, beschleunigte sich. War ihm das hier wirklich so egal, wie es den Anschein hatte? Und war es dann also richtig gewesen?

Er wusste es nicht. Er wusste auch nicht, woher er so etwas hätte wissen können.

Er dachte an Friedi, deren Leben im Eimer war, und an Papes Messie-Frau, die jetzt niemanden mehr hatte, der ihr hinterherräumte. Viel hätte nicht gefehlt und er hätte die Schultern gezuckt. All dies berührte ihn nicht. Na gut, dachte er. Dann geht es mich ja wohl auch nichts an.

Diese übel zugerichtete Leiche aber, die nur vom Dorn des Staplers aufrecht gehalten wurde, die ging ihn etwas an. Die musste weg, sonst kamen die Leute ihm todsicher mit blöden Fragen. Klar, es war Notwehr gewesen, eindeutig – wie im Wilden Westen halt. Aber die ganze Vorgeschichte, die musste ja nun wirklich nicht öffentlich breitgetreten werden.

Also musste die Leiche weg. Um ein Transportmittel brauchte er sich keinen Kopf zu machen. Wickie wollte gerade wieder auf den Fahrersitz steigen, als sein Blick auf die vielen Buckel und Wellen im abgenutzten Hallenboden fiel. Das würde keine ruhige Fahrt werden. Um zu verhindern, dass ihm die Leiche unterwegs vom Dorn rutschte, musste er sie mit einem Seil oder einem Packgurt sichern. Und zwar schnell, denn der zuständige Staplerfahrer konnte jeden Moment vom Klo zurück sein. Wickie sprintete los, schnurstracks über die nächste Gangkreuzung hinweg.

Eine Bewegung, die er nur aus dem Augenwinkel wahrnahm, ließ ihn zusammenzucken. Als er einen Stapler der gleichen Baureihe mit einem tonnenschweren Coil am Dorn auf sich zukommen saß, strauchelte er vor Schreck. Auf dem Rücken liegend, sah er den Stapler rasend schnell größer werden, bis er über ihm aufragte wie ein Berg. Der Fahrer aber schien ihn gesehen und rechtzeitig reagiert zu haben. Wenige Handspannen vor ihm kam der Koloss abrupt zum Stehen. Wickie atmete auf.

Dann erkannte er, wie hart das Notbremsmanöver gewesen war. Zu hart für das Coil vorne am Dorn. Er sah, wie die massige Metallbandrolle ins Rutschen kam, bis sie kippte. Direkt auf ihn herab.

Aber irgendwie berührte ihn auch das erst ganz am Schluss.

Thomas Hoeps & Jac. Toes

Spätes Glück in Bad Sassendorf

Bad Sassendorf, 29. Oktober
Gegen Mittag am Bahnhof angekommen und auf Umwegen zum Schloss spaziert. Eine große Aneinanderreihung von Kliniken, Seniorenheimen, Villen und Hotels. Unterwegs immer wieder Wolken von Erbsensuppenduft durchquert, die vom schweren, feuchten Nebel in den Straßen gehalten wurden.

Durch einen Park. Entspannte Stille, nur durchbrochen von Vogelgezwitscher. Ein Pfleger mit leerem Rollstuhl, zwei Senioren mit Rollator, eine radelnde Mutter mit Kind. An der Therme vermischte sich der Wasserdampf über dem Außenbecken mit dem Nebel. Die Badegäste darin wie Schatten aus dem Zwischenreich.

Haus Sassendorf ist ein Märchenschloss. Wohne im Gästeapartment direkt unterm Dach. Der Schlossherr war allerherzlichst. Doppelt so alt wie ich, aber er ließ es sich nicht nehmen, die Koffer und Kleidersäcke der Dame höchstpersönlich nach oben zu schleppen. Sechs Treppen an Porträts früherer Bewohner des Hauses vorbei.

Hier werde ich mich also auf die Premiere meines Solostücks vorbereiten. Die Werbeflyer lagen schon aus. *Bojoura Bloednagel in Kleists* Die Marquise von O. *In einer Bearbeitung von …* ja, zum ersten Mal mir selbst!

Dieser Kleist – verbirgt eine Vergewaltigung in einem schlichten Gedankenstrich. Und dann sein vieldeutiges »Ach«. Ganze Bücher sind darüber geschrieben worden. Aber nur die wenigsten davon erkannten seinen schwarzen Humor.

Die Hausherrin kam und führte mich durch das Dachgeschoss. Das Mansardentheater, die Requisitenkammer, Umkleideräume, Foyer, alles liegt nah beieinander. Der Ort könnte passender nicht sein. Das Schloss stammt aus Kleists Zeiten, eine schöne Vorstellung, er hätte die Geschichte hier geschrieben.

Heute Nachmittag erste Probe, morgen weitere Erkundung des Städtchens. Unterwegs sah ich Plakate, dass in der Kulturscheune getanzt wird. Bekam Lust auf etwas Ablenkung. Auch vom wahren Anlass meiner Reise: herauszufinden, warum man mich am Leben ließ. Damals. Hier.

Während er seine Wäsche auf einer Bank ablegt, hört er Udo nebenan das Bad bereiten. Sogleich erfüllt ihn das Pladdern des dampfenden Moors in der Edelstahlwanne mit Ruhe.

Ein Klopfen an der Tür, Udo kommt herein und führt ihn in die Badekammer. »Und, wie laufen die Vorbereitungen im Salzmuseum, Herr Mattern?«

»Perfekt«, sagt er, während er sich langsam in das Moorbad gleiten lässt. »Und Ihre Einladung für die Eröffnung ist auch unterwegs.«

Einmal in das Bad eingetaucht, fühlt er, wie der heiße Brei von ihm Besitz ergreift. Zuerst beginnt seine Haut, sacht zu glühen, dann dringt ihm die Wärme durch Mark und Bein.

»Herzkühler, Herr Mattern?«

Udo hält die mit kaltem Wasser durchspülte Spirale in die Höhe und Siegfried winkt wie immer ab.

Nein, sein Herz ist schon vor vielen Jahren genügend abgekühlt worden. Als ihm klar wurde, dass Mercedes nicht zurückkehren würde, sie, die ihn mit ihrer Liebe und ihren Träumen so angefacht hatte wie niemand je. Sie war so freigebig gewesen, mit ihrem Lachen, ihrer Glut, ihrem Leib.

Sofort bewegt er sich wieder durch die Kulissen seines Erinnerungsfilms. Er war siebzehn, jünger als sie, aber er sah älter aus. Zwei Klassen übersprungen, das Abi schon in der Tasche. Jetzt war er frei, oder besser, er fühlte sich frei. Als Hilfskraft bei den Vorbereitungen für das große Einweihungsfest des *Hof Hubert* verdiente er sein erstes eigenes Geld.

Das Fachwerkgebäude, ein alter Gutshof, der vierzig Kilometer entfernt für Jahrhunderte als feste Heimstatt gedient hatte, war Stein für Stein abgetragen, in Bad Sassendorf wiederaufgebaut und zum Hotel umgestaltet worden. Zur Eröffnung reisten Gäste von Nah und Fern an, darunter viele Angehörige der Familie Hubert, die die neue Existenz ihres Heimathofes feiern wollten. Mercedes aus Curaçao wurde als weitest gereister Ehrengast der Familie vorgestellt. Jeder hatte ein paar freundliche Worte für sie, aber niemand unterhielt sich wirklich mit ihr. Ihr Akzent speiste sich aus gleich drei Sprachen: Spanisch, Niederländisch und vor allem Papiamento, aber das erfuhr er erst später.

Anfangs verstand er keines ihrer Worte. Sein verwirrter Blick ließ sie so hinreißend lachen, dass er alle Scham vergaß und in ihr Lachen einfiel. Von da an war er ihr persönlicher Mundschenk und sorgte für diese exotische Blume an der gutbürgerlichen westfälischen Tafel, so gut er nur konnte.

An jenem Abend hatte er den Blicken seines Vaters noch keine große Bedeutung beigemessen, auch das kam erst später. Aber seitdem und noch bis heute spürt er diese prüfende, berechnende Überwachung eines Familienoberhaupts, das sein eigen Fleisch und Blut mit aller Macht beschützt, koste es auch dessen Leben.

Siegfried sieht auf die Uhr über der Tür der Badekabine. Noch fünf geschützte, warme Minuten, die er in seiner Erinnerung verweilen darf. Wie er zu Mercedes ging, noch in derselben Nacht. Die Zimmernummer hatte er sich aus dem Gästebuch besorgt.

Ein neues, großes Gefühl zog ihn dorthin. Er klopfte an, er war willkommen. Ohne ein weiteres Wort knöpfte sie ihm das Hemd auf, die Hose. Belustigt verfolgte sie, wie er hüpfend und stolpernd versuchte, sich Hose und Socken abzustreifen, bis er sich lachend auf ihr Bett warf und alles ihr überließ. Es war so überwältigend, sie überflutete ihn mit ihrer Lebenslust, trank ihn in Minuten bis zur Neige aus und führte ihn danach ganz langsam und sacht so, dass er sie und sie ihn ganz und gar erfahren konnte.

In der folgenden Nacht erzählte sie ihm von ihrer Insel, auf der vor Jahrhunderten ein Mitglied der Familie Hubert sein Glück gesucht und in Gestalt ihrer niederländischen Urgroßmutter gefunden hatte. Mercedes vertrat die jüngste Generation dieses Familienzweiges, der durch einige Beimischungen lateinamerikanischen Blutes glücklich an Farbe gewonnen und doch auch stets die deutsche und niederländische Sprache weiter gepflegt hatte. Sie verwendete Wörter, die kannte kein Mensch mehr hier in Europa. Sie klangen wie Zaubersprüche, wenn sie sie in Siegfrieds heiße Ohren flüsterte, während sie über ihn hinwegglitt wie ein zarter Sommerwind.

Er fragte ängstlich, wann sie zurückfliegen müsste. Als sie erzählte, eine Zeit in den Niederlanden bleiben zu wollen, wäre er am liebsten so nackt, wie er war, und sein Glück hinausschreiend in den Park gelaufen. Aber da hatte sie sich schon rittlings auf ihn gesetzt und begann, mit ihren Händen geheimnisvolle Ornamente auf seinen Körper zu malen, bis er sich vor Erregung aufbäumte und sie ihn in sich aufnahm.

»Herr Mattern?«

Er zuckt zusammen, als Udo ihm mit einem Handtuch die Schweißtropfen von der Stirn tupft. Zeit, die Wanne zu verlassen. Aber die Bilder der Vergangenheit haben ihn erregt und er muss erst ein paar Mal tief durchatmen und an die nächste Fraktionssitzung denken, ehe er dem Moor ohne Peinlichkeit entsteigen kann.

Bad Sassendorf, 30. Oktober
Die Proben ein Fiasko! Tiefste Zweifel. Funktioniert die Verlagerung dieser Geschichte in die Gegenwart überhaupt? Aus dem hitzigen Graf F. den Einsatzleiter der Bereitschaftspolizei zu machen und aus der braven Marquise die Tochter eines Fußballklubpräsidenten – wird das Publikum das mitmachen? Die Story stimmt immerhin: Der Einsatzleiter rettet das Mädchen vor randalierenden Hooligans und vergewaltigt die Bewusstlose in einer leeren VIP-Loge – mit der bekannten Folge einer ahnungslosen Schwangerschaft.

Fühle mich mit der Doppelrolle als Einsatzleiter und Marquise gerade völlig überfordert. Dazu das scheußliche Gefühl, zu alt zu sein, um eine so junge Frau zu spielen. Und diesen testosteronüberfluteten Jungbullen erst recht. Schließlich: Die Szene, in der das Mädchen bei *Bitte melde Dich!* im Fernsehen auftritt, um den Vater ihres Kindes zu suchen, ist bis jetzt viel zu parodistisch. Während das Happy End noch furchtbarer melodramatischer Kitsch ist. Himmel, ich könnte diese Liste endlos fortsetzen.

Schluss damit.

Positiv denken! Ich werde den Einsatzleiter zeigen, wie Kleist sich die Figur vorstellte: als Teufel und Engel zugleich!

Ein gutes Vorbild auch für meinen Auftritt in der Angelegenheit, wegen der ich eigentlich hergekommen bin. Auch darin bin ich mir sicher: Ich werde mich hier ebenso stark verändern wie die Marquise in ihrer Geschichte.

Zurück ins Leben draußen. In den Stress und die Anforderungen. Zehn Jahre wirkt Siegfried in Politik und Gesellschaft jetzt schon als unermüdlicher Motor, um dieser Stadt ein Salzmuseum zu verschaffen. All die Gespräche mit dem Land, der EU, den Stiftungen und Sponsoren. Mit der Eröffnung nächste Woche und seiner Wahl zum Vorsitzenden des Beirates der *Westfälischen Salzwelten*, wie sich das Museum jetzt gerechterweise nennen darf, wird er die Früchte seiner Arbeit ernten.

Er schlendert durch den Kurpark, passiert den *Hof Hubert*, zwingt sich, nicht zum Fenster unterm Dach hinaufzuschauen. Das Fenster, hinter dem er zum allerersten Mal »Ich liebe dich« sagte und es zum letzten Mal auch ehrlich so fühlte.

Ein Vibrieren in seiner Jackentasche stört ihn. Er nimmt den Anruf an, ohne auf das Display des Handys zu schauen, und bereut es sogleich. Sein Vater.

»Der BMW.«

Sofort weiß er, was gemeint ist: Zeit für die Waschstraße.

»Ist das wirklich nötig? Ich habe ihn doch erst letzte Woche waschen lassen. Seitdem ist er keinen Meter bewegt worden.«

»Guter Lack braucht stete Pflege.«

Siegfried schweigt, was sein Vater als Zustimmung wertet. Und so ist es ja auch. So wie immer.

»Am Ende tust du es eh nur für dich«, sagt der Vater noch und legt auf.

Ja, das Erbe. Es eilt mit großen Schritten heran. Seit Kurzem bewohnt Herr Prof. Mattern ein Zimmer in seiner eigenen Klinik. Höchstens noch ein paar Monate und der Alte ist Geschichte. Der Krebs sitzt überall. Trotzdem lässt er sich zwei Mal am Tag im Rollstuhl umherkarren, um das Personal auf Trab zu halten.

Siegfried schaut auf die Uhr. Eine kleine Stunde hat er noch für Marcos Tanztee in der Scheune, eine der kleinen Fluchten, die er sich gönnt.

Das Salzmuseum liegt gleich nebenan. Stolz sieht er auf den Kristall, der quer in das Gebäude hineingesetzt ist und die Etagen miteinander verbindet. Im oberen Geschoss wird es einen großen Ruheraum geben, in dem die Besucher die entspannende Wirkung des Salzes erfahren. Das war seine Idee, nicht ganz uneigennützig: Man kann nicht genügend Rückzugsorte haben.

In der Kulturscheune herrscht Stimmengewirr, Kaffeeduft durchzieht den Raum. Marco sitzt auf der Bühne hinter seinem Synthesizer und grüßt ihn mit einem freundlichen Lächeln, während er einen Walzer ankündigt. Die Tanzfläche füllt sich. Seit dreißig Jahren ist dieser Allround-Entertainer hier der Maître de Plaisir und nicht nur verantwortlich für die Musik, sondern auch für eine ganze Reihe neuer Liebschaften.

Siegfried setzt sich mit einem Mineralwasser an einen ruhigen Fensterplatz mit Blick auf die *Salzwelten.*

»Und nun folgt für einen besonderen Gast ein besonderes Lied«, kündigt Marco an und schaut zu ihm herüber.

Siegfried nickt höflich zurück. Marco kennt seinen Geschmack. ABBA mit *SOS.* Nicht gerade eine tanzbare Nummer, aber der Stimmung zuträglich. In der Nachbarstadt hatten er und Mercedes damals eine Diskothek aufgetan, in der sie ABBA, Chic und all die anderen angesagten Bands spielten und man so frei tanzen konnte, wie man es in Sassendorf kaum kannte.

How can I even try to go on,
When you're gone,
Though I try how can I carry on?

Noch heute treibt ihm der Refrain die Trauer in die Augen.

Siegfried will Marco zunicken, aber der schaut gerade neugierig zur Tür. Unwillkürlich folgt er Marcos Blick und sofort, als er die junge Frau sieht, durchflutet ihn das längst vergessene Gefühl vertrauter Nähe so ungestüm, dass es ihn schwindelt.

Zögerlich geht sie an der Tanzfläche entlang, schaut niemanden an, wohingegen sie von den meisten Gästen ungeniert angestarrt wird. Sie ist jung, viel jünger als alle hier, und sie ist schön und anders.

Mercedes!

Sie ist es, sie muss es einfach sein. Eine solch perfekte Doppelgängerin kann es nicht geben. Ihre aufrechte und doch grazile Haltung, ihr leichtfüßiger und zugleich eleganter Gang.

Er springt auf, stößt gegen den Tisch, das Blumenväschen fällt um, er taumelt kurz, fängt sich, stellt mechanisch die Vase wieder auf.

Das Gelächter am Nachbartisch holt Siegfried zurück in die Realität. Er ringt sich ein entschuldigendes Lächeln ab und verliert dabei prompt die Frau im Gewimmel der Tanzpaare aus den Augen.

Er zieht sein Jackett glatt, zögert. Lass es, Siegfried, du siehst Gespenster, das kommt vom Stress. Die Gespenster, die dich seit Jahrzehnten verfolgen, dich fragen, welches Leben dich erwartet hätte, wenn du damals nur …

Er fühlt sich plötzlich so alt, wie er da mit steifen Schritten durch den Saal geht, die Tür im Blick, damit sie ihm nicht entkommt, nicht noch einmal. Und da steht sie auf einmal direkt vor ihm. Sie ist größer als in seiner Erinnerung. Er streckt seine Hand aus, als wollte er sie anfassen, nur um sicherzustellen, dass sie nicht doch ein Geist ist. Sie rührt sich nicht, schaut ihn nur prüfend an.

»Mercedes …?«

»Ich bin Bojoura. Mercedes ist der Name meiner Mutter.«

Bad Sassendorf, 31. Oktober
S. getroffen. Zufällig. Habe ihn sofort erkannt. Kein Wunder bei all den Informationen, die ich über ihn gesammelt habe. Ein angesehener Bürger, Jurist und Gemeinderatsmitglied, Haus- und Landbesitzer, Vater eines Sohnes, Witwer seit zwei Jahren. Hätte ihn nie bei diesem Tanztee erwartet, vielleicht eine unerwartet lockere Seite. Er war wie vom Schlag gerührt, als er mich sah. Hielt mich für Mama. Die Nachricht von ihrem Tod versetzte ihm den nächsten Schock. Stammelte, er hätte nichts von einer Tochter gewusst. Wie soll ich ihm das glauben? Er wollte mich umarmen, traute sich aber nicht und fragte schließlich, warum ich hergekommen sei. Nach Bad Sassendorf.

»Ich bin die verlorene Tochter.« Haha, die Schauspielschule war doch zu etwas nutze. Ich sagte, es wäre Zeit, zu reden. Ganz nach meinem Drehbuch. Ich schlug ein Treffen für heute Abend acht Uhr im Weinkeller gleich neben dem Schloss vor.

Er starrte mich nur noch an. Eine peinliche Situation. Ich drehte mich um und verließ den Saal.

Er sitzt schon um halb acht im *Alten Weinkeller*, an einem Tisch in einer stillen Ecke. In den Stunden zuvor war er mit dem BMW ziellos umhergefahren. Auch todkrank wird Vater den Kilometerstand überprüfen und ihn zur Rede stellen. Vielleicht fände Siegfried dann endlich den Mut, ihn zu fragen, was damals wirklich geschehen ist.

»Bojoura. Ich habe eine Tochter …« Er flüstert es, aber die Nachricht wird dadurch nicht fassbarer.

Was erwartet sie von ihm? Er hat so viele Fragen. Siegfried liest Goethes guten Rat auf einem der Weinfässer: *Ein Mädchen und ein Gläschen Wein kurieren alle Not, wer nicht trinkt und wer nicht küsst, ist so gut wie tot.*

Dann kommt sie herein. Ratlos, wie er sie begrüßen soll, steht er vor ihr. Sie nimmt ihm die Entscheidung ab und setzt sich. Eine Zeit lang schweigen sie, sind damit beschäftigt, Ähnlichkeiten im Gesicht des anderen zu entdecken. Die Kellnerin kommt, geht.

»Meine Mutter hatte eine Todesangst vor deinem Vater«, sagt sie.

Ich auch, würde er gerne antworten, aber ihre Augen suchen einen Ort draußen in der Dunkelheit.

»Ihr wart noch zusammen, als sie mit mir schwanger war?«, fragt sie.

Er nickt. Ja, so war es. Mercedes war im zweiten Monat. Er hatte es seinem Vater gebeichtet. Und dass er mit Mercedes zusammenbleiben, eine Familie gründen und vielleicht nach Curaçao gehen wollte. Der Alte nahm die Nachrichten ungerührt auf, sagte sogar seine Hilfe zu.

»Mein Vater meinte, dass wir uns gut um sie kümmern müssten. Ich sollte sie am nächsten Tag zur Untersuchung in die Klinik bringen.«

»Sie hat dir vertraut«, sagt Bojoura.

Ja, sie vertraute ihm. Und er, er war so naiv.

»Aber dann hast du sie nie wiedergesehen.«

Sie stellt es fest, aber es ist auch eine Frage.

»Mercedes verschwand im Untersuchungsraum.« Er spricht ganz leise. »Ich sollte draußen warten. Irgendwann schickte Vater mich nach Hause. Es würde noch dauern.«

Bojoura beugt sich nach vorn. »Er wollte sie betäuben und mich abtreiben.«

»Er hat mir gesagt, dass sie die Abtreibung wollte.« Er spricht es so energisch aus, als hätte er sich nicht all die Jahrzehnte wegen seiner Gutgläubigkeit zu Tode geschämt.

»Ohne dir davon zu erzählen?«

»Sie wollte mich doch nicht mehr sehen!« Seine Stimme

ist jetzt nur noch ein kleinmütiges Flüstern. »Sie wollte das Kind nicht und traute sich nicht, es mir zu sagen.«

»Und das hast du so einfach hingenommen?«

»Ich dachte, es wäre das Beste so. Ich war ja noch grün hinter den Ohren.«

Je mehr er sich verteidigt, desto mehr klingt es nach einer Beichte.

»Mama hat nie schlecht über dich geredet. Sie hat fest daran geglaubt, dass er euch beide in eine Falle gelockt hat.«

»Ja ... all die Jahre glaubte ich ...«

»... dass meine Mutter dich verlassen hätte?«

Sie sagt es so anklagend, dass er kaum zu nicken wagt.

Die Kellnerin bringt ihren Wein. Eine Atempause, die nicht hilft.

»Was ist wirklich passiert?«, fragt er tonlos.

»Dein Vater erklärte meiner Mutter, du wärest viel zu schwach, um ein guter Vater zu sein. Und sie könne von Glück sagen, dass er ihr helfen würde, ihren Fehler wieder auszubügeln. Mama tat so, als sei sie einverstanden. Als er sich abwendete, um eine Spritze aufzuziehen, schlug sie ihn mit einem Infusionsständer nieder und floh.«

Siegfried weiß noch gut, wie sein Vater damals spät nach Hause kam und ihm barsch mitteilte, dass Mercedes sich entschlossen habe, nach Curaçao zurückzukehren.

»Und mich hat er zwei Tage später zu einem Praktikum in die Kanzlei eines alten Freundes nach Braunschweig geschickt«, sagte er. »Für ein halbes Jahr.«

»Mama kam bei entfernten Verwandten in Utrecht unter, aber bald tauchte dort ein Privatdetektiv auf. Beauftragt von deinem Vater. Sie floh weiter nach Curaçao, aber sie blieb von der Angst beherrscht, das eines Tages jemand käme, um mich ihr wegzunehmen.«

»Wann hast du Curaçao verlassen?«

»Mama wurde verrückt, wenn ich ein paar Stunden länger fortblieb als verabredet. Mit siebzehn bin ich vor ihrer Panik in die Niederlande geflüchtet, nach Arnheim, zum Schauspielstudium. Seitdem arbeite ich dort und manchmal auch in Deutschland.«

»Und jetzt hat dich der Zufall endlich nach Sassendorf geführt«, sagt er. Die Rührung droht ihn zu überwältigen.

»Nein!«, ruft sie wütend. »Ich bin hier, um Genugtuung zu verlangen!«

Bad Sassendorf, 2. November

Gestern Abend keine Zeile mehr zu Papier gebracht. Was für eine Scheißgeschichte hat mir ›mein Vater‹ aufgetischt! Wie konnte Mama nur immer so voller Zuneigung und Nachsicht über ihn sprechen. S. hat keinen Finger gerührt, um sie zu retten, und suhlt sich bis heute in seinem Selbstmitleid. Wenn es nach ihm gegangen wäre, gäbe es mich nicht.

Es war so erbärmlich. Er war nicht einmal entfernt bereit, seine Schuld anzuerkennen, sein schwangeres Mädchen nicht gegen den Vater verteidigt zu haben. Selbst ihr Tod war nur Anlass für ihn, sein eigenes Unglück zu beklagen. Zornig malte ich ihm aus, wie sehr sich Mama abgerackert hat, wie einsam sie gestorben ist.

Was er denn jetzt überhaupt noch für mich tun könnte, fragte er.

»Mich annehmen!« Es klang so pathetisch, aber er begriff genau, wie absolut es gemeint war. Dass sein Leben jetzt nicht mehr einfach so weiterlaufen kann wie bisher.

Wir haben uns für den Premierenabend verabredet. Dann wird er mehr bieten müssen als sentimentales Gequatsche. Die Welt soll erfahren, dass ich seine Tochter bin.

Er sitzt wie so oft in der Stille der Evangelischen Pfarrkirche. Seine Gedanken drehen sich um das Treffen, das so feindselig endete. Diese Frau wird alles durcheinanderbringen, was er so lange so mühsam in Ordnung gehalten hat.

»Was soll ich nur tun?«, murmelt er. Auch wenn Vaters Versuch, eine junge Frau zur illegalen Abtreibung zu zwingen, längst verjährt ist – sobald die Geschichte herauskommt, ist der Ruf der Familie ruiniert. Der Vater eine Art Vergewaltiger, der Sohn moralisch schuldig der unterlassenen Hilfeleistung. Die Fragen werden schlimm sein, die Gerüchte schlimmer. Er wird alles verlieren: seine Ämter, seinen Einfluss und vor allem die *Salzwelten!*

Es muss einen Ausweg geben, der ihnen beiden nützt. Im Internet hat er über Bojoura recherchiert. In Interviews kritisiert sie, dass es keine Filmrollen für ältere Frauen gibt, erzählt von ihrem Plan, mit eigenen Theaterproduktionen gegen die Strukturen anzugehen.

Wenn er jetzt … Der Gedanke erscheint ihm ungehörig, aber ungehörig ist höchstens der Zeitpunkt, zu dem er ihn denkt. Es reißt ihn hoch, er läuft zum Ausgang, sucht Halt an einer Säule, fühlt sich wie in ein klassisches Drama geworfen.

Ja, er muss dieses Opfer bringen!

Bad Sassendorf, 2. November

Es ist vollbracht. Ich zittere noch, während ich die ersten Eindrücke aufschreibe. Die Premiere meiner ersten eigenen Inszenierung war ein Riesenerfolg. Rund achtzig persönlich eingeladene Zuschauer, viele von weither angereist, füllten den kleinen Theatersaal. Ich war nervös, doch ich hatte gleich an der ersten Stelle die Lacher auf meiner Seite, nicht übertrieben, nicht das Drama überdeckend, ganz so, wie ich es mir wünschte. Der Konflikt stand klar da: Auf der einen

Seite der gesellschaftlich anerkannte Widerspruch von Engel und Teufel im Mann, ihm gegenüber die neue Antwort der Frau darauf: ihre Entschlossenheit und ihr Mut, gegen alle Zwänge ihren eigenen Weg zu gehen und Respekt einzufordern.

S. war tatsächlich da. Ich fühlte mich stark genug, ihn zu fixieren, als ich in der Fernsehszene den unbekannten Vater aufforderte, sich zu melden. Er schaute nicht weg, zum ersten Mal, ein gutes Zeichen. Jetzt weiß er, dass ich nicht davor zurückschrecken werde, den Fall bekannt zu machen, wenn er selbst es nicht tut.

Er sprang als Erster auf, um stehend zu applaudieren. Ich werde gleich dafür sorgen müssen, dass er nicht zu leicht aus der Rolle des Sünders in die des stolzen Vaters schlüpft. Jetzt schnell abschminken und zurück ins Foyer: in Kleists und eigenem Namen die Ernte dieses Abends einfahren.

Er bewundert den Murano-Kronleuchter im Foyer, unterhält sich ein wenig. Vor allem aber verfolgt er, wie Bojoura Gratulationen und Komplimente entgegennimmt. Immer noch leicht erhitzt, befreit und strahlend, fröhliche Lachfältchen um die Augen. Wie mit ihr besprochen, verabschiedet er sich und verschwindet in einem unbeobachteten Augenblick in ihrem Apartment. Eine halbe Stunde später klopft sie. Er tritt hinaus. Sie ist schon wieder zurück ins Foyer gegangen, sitzt mit dem Rücken zu ihm auf einem Barhocker.

»Und? Ist der Herr Papa stolz auf seine neue Tochter?«

Der spöttische Unterton bringt ihn kurz aus dem Konzept.

»Ich habe nachgedacht«, setzt er zögerlich an. »Du möchtest Genugtuung. Das ist dein gutes Recht und dazu stehe ich. Aber was geschehen ist, ist geschehen. Wir können nur die Zukunft anders gestalten. Und diese Zukunft, das sind deine Pläne. Ich habe gelesen, du möchtest dein eigenes Theater gründen …«

Eine tiefe Furche durchzieht plötzlich ihre Stirn. Die Worte, die er sich so sorgsam zurechtgelegt hat, sind mit einem Mal vergessen. Hastig redet er weiter. »Du brauchst Geld, ich meine, du musst investieren. Ich kann dir helfen. In ein paar Wochen wird mein Vater sterben. Er hinterlässt mir Grundstücke und die Klinik. Nach dem Verkauf kannst du über alles verfügen. Über alles, was er besitzt.«

Begeistert schaut er sie an, hofft, dass sie den Kern seiner Idee begreift: dass nun genau der Mann zahlen wird, der für ihr Leid und das ihrer Mutter die Verantwortung trägt.

»Und ich?«, fragt sie.

»Wie? Das ist doch alles für dich?« Seine Stimme zittert leicht.

Mit einem wütenden Hieb fegt sie ein Tablett mit Sektgläsern von der Theke. Glassplitter spritzen hoch.

»Freikaufen willst du dich!« Sie springt auf, ihr Gesicht hautnah an seinem. »Ohne dass es dich etwas kostet.«

»Was willst du denn noch?«

»Deine Tochter sein.«

»Aber – du wirst in deinem Alter doch wohl nicht mehr bei mir einziehen wollen?«

»Tu nicht so dumm. Ich will, dass jeder hier erfährt, wer ich bin. Und was ihr meiner Mutter angetan habt.«

»Ausgeschlossen! Das wäre mein Ende!«

»Du hast dein feines Leben nur führen können, weil Mama von der Bildfläche verschwunden ist. Jetzt ist es Zeit, die Lüge zu beenden. Erzähl ihnen, wie schwach du warst.«

»Was weißt du denn von meinem Leben?! Von den Albträumen, der Qual, nicht so leben zu dürfen, wie ich es mit Mercedes wollte!«

»Dann mach es doch endlich wahr, dieses Leben mit Mercedes! Ich gehöre nämlich dazu. Teile es mit mir, dein Leben. Das ist deine Chance! Deine letzte!«

Er schüttelt verzweifelt den Kopf.

Sie verzieht angewidert den Mund, wendet sich ab, geht.

»Wo willst du hin?«

»Hast du eben nicht gesehen, was die Marquise tat?«

»Nun warte doch!«

Während er ihr zaghaft folgt, knirschen unter seinen Sohlen die Scherben.

Sie winkt ab, ohne zurückzusehen.

Ihre Härte presst ihm die Adern zusammen. Sein Blut rauscht. Soll er denn alles für sie opfern?

Er greift nach ihrem Arm, zerrt sie zurück, die Angst macht ihn stark. »Du hast nicht das Recht, mein Leben zu ruinieren!«

»Und was war mit dem Leben meiner Mutter?«

Sie wehrt sich vergeblich. »Was jetzt? Willst du mich einsperren? In alter Familientradition?«

Sein Griff lockert sich.

Sie mustert ihn höhnisch. »Du bist immer noch genau so feige wie damals.«

Seine flache Hand trifft ihre Wange, bevor er weiß, dass er zuschlägt. Sie stürzt, reißt ihn mit sich zu Boden. Er versucht, wieder hochzukommen, aber sie klammert sich an ihn, zieht ihn zu sich herunter und ihre Hand wischt in einer schnellen Bewegung über seine schweißnasse Stirn. Er fühlt keinen Schmerz, nur, wie ihm sofort ein Strom warmes Blut übers Gesicht und in die Augen läuft. Halb blind sieht er eine Glasscherbe in ihrer Hand aufblitzen.

»Genau so feige!«, zischt sie wieder und macht Anstalten, erneut auszuholen, aber es ist nicht einmal die Gefahr und es sind kaum diese Worte, die sie ihm ins Gesicht spuckt. Es ist die Verwandlung ihres eigentlich so weichen Mundes in diesen so kränkend verachtungsvollen dünnen Strich, wie er ihn bisher nur von einem kennt. Und darüber diese Augen, deren Kälte so vernichtend wirkt, dass sie mehr schmerzt als alle Schnitte, die sie ihm noch zufügen kann. Es sind die Augen seines Vaters, ihres Großvaters, von denen er sich bis eben noch so gut wie befreit glaubte. Doch jetzt richten sie sich erneut gegen ihn, jünger, kraftvoller und umso unbarmherziger.

Immer weiter werden sie ihn quälen, nie wird das aufhören, niemals, wenn er sich jetzt nicht wehrt. Jetzt! Jetzt endlich nimmt er Rache für Mercedes, für all die Demütigungen und das falsche Leben, jetzt drückt er zu, bis sich der Leib des Vaters ein letztes Mal aufbäumt und sein Röcheln endlich erstirbt.

Als er wieder zu Sinnen kommt, ist es ganz still. Er kniet in einem Meer von Scherben, Blut im Gesicht, auf dem Hemd, der Hose. Bojouras Kopf ist in seinen Schoß gebettet, er streichelt über ihr Haar.

»Steh auf«, flüstert er, aber er ahnt schon, sie wird ihm wieder nicht gehorchen. Sie hat ihre eigenen Vorstellungen. Er beugt sich nach vorn, um zu prüfen, ob sie nur vorgibt, zu schlafen. Aber sie spielt nicht. Ihr Blick ist ganz weit weg. Sie ist viel klüger als er. Sie hat ihm gezeigt, dass er endlich Verantwortung übernehmen muss.

All die dunklen Flecken an ihrem Hals. So wird sie hier morgen nicht auftreten können. Er muss sie an einen Ort bringen, an dem niemand sie so sieht, an dem sie sich erholen kann. Am besten in sein Museum. Dort oben wird er sie auf eine der Ruheliegen betten und pflegen, bis sie wieder die Marquise spielen kann. Seine Tochter. Seine stolze, starke Tochter. Sein spätes Glück. Ach.

Osman Engin

Ahlener Feuchtgebiete

Es ist alles so was von schrecklich.

Ich habe gerade mal für fünf Minuten das Hotel verlassen, um meine Laktase-Tabletten aus unserem Ford Transit zu holen, da ist meine Frau Eminanim plötzlich nicht mehr da! Sie ist spurlos verschwunden! Weg!

Nun gut, das ist nicht wirklich schrecklich. Viele gestresste Ehemänner träumen davon, dass sich ihre Frauen in Luft auflösen. Das Schreckliche ist, dass ich auf unserem Zimmer an Eminanims Stelle plötzlich eine mindestens dreißig Jahre jüngere und dreißig Kilo schlankere, wildfremde Frau vorfinde!

Von so einem Tausch träumen selbstverständlich noch mehr Männer. Die schlanke Brünette, die in meinem Bett liegt, ist splitterfasernackt, wie Gott sie schuf, und sehr, sehr hübsch. So einen Fund wünscht sich natürlich jeder Mann – es sei denn, er ist schwul!

So, bis hierher ist an der Sache noch nichts wirklich Schreckliches. Wirklich schrecklich ist, dass diese fremde Frau wie ein Wasserfall blutet. Und zwar aus allen siebzehn Löchern gleichzeitig, die man ihr offensichtlich brutal mit einem spitzen Gegenstand zugefügt hat! Und sie ist mit absoluter Sicherheit tot! Es sei denn, sie hat in ihrem kurzen Leben gelernt, nicht nur ohne Kleidung, sondern auch ohne Blut auszukommen.

Ich laufe panisch vor die Tür, atme tief durch und frage mich, ob ich halluziniere oder anderswie spinne, was ja bei mir öfters der Fall ist.

Dieses Mal leider nicht! Zumindest noch nicht!

Ich bin ohne Zweifel immer noch in New York, Eminanim ist immer noch spurlos verschwunden und die fremde Frau blutet immer noch vor sich hin.

Ich schaue mich verzweifelt im Hotelzimmer um und sehe neben der Tür ein Schild mit einer langen Liste von Hinweisen, wie ich mich im Notfall verhalten soll. Aber einen Tipp, wie man reagieren soll, wenn einem die Ehefrau mit einer siebzehnlöchrigen jungen Dame vertauscht wird, haben die Hoteliers leider nicht.

Ich stürme aus dem Zimmer und rufe mit zittrigen Fingern die Polizei an. Knapp fünf Minuten später ist die auch da und nimmt den Täter auf der Stelle fest. Aber leider den Falschen – nämlich mich!

Ich erzähle dem Kommissar Wotschokowski in wenigen Sätzen das ganze schreckliche Geschehen, damit die beiden anderen Bullen endlich aufhören, meinen Kopf gegen die kalten Hotelfliesen zu knallen, während sie meine Arme auf dem Rücken verknoten.

»Herr Kommissar, noch vor einer halben Stunde waren wir in Paris«, stammele ich. »Doch meine Frau fand es dort zu muffig. Deshalb zogen wir nach New York um. Hier war ich nur fünf Minuten weg, um meine Laktase-Tabletten zu holen, und schon war meine Frau verschwunden und stattdessen lag diese nackte Tote im Bett! Mich würde es nicht im Geringsten wundern, wenn sie Marilyn Monroe heißt!«

»Marilyn Monroe ist schon seit Jahren tot, seit vielen Jahren«, meint Wotschokowski mit dicken Stirnfalten im Gesicht.

»Herr Engin, habe ich Sie eben richtig verstanden, dass Sie vor einer halben Stunde noch in Paris waren und sich jetzt in New York befinden?«, fragt der Möchtegern-Kommissar wieder etwas verwirrt nach, was angesichts der Ungeheuerlichkeit dieses schrecklichen Verbrechens kein Wunder ist.

Na ja, in diesem Kuhdorf namens Ahlen bekommt er mit Sicherheit auch nicht jeden Tag siebzehnlöchrige Frauen zu sehen.

In diesem Moment klingelt sein Handy. »Ach, nein, nichts Besonderes«, murmelt er gelangweilt, »wieder nur ’n Mord. Wieder so ein Mädchen aus Osteuropa.«

Okay, er bekommt sicher einige tote Mädchen zu sehen – aber doch bestimmt nicht mit siebzehn Stichwunden!

»Die Mörder werden auch immer fauler«, lacht er, »letzte Woche hatten die Opfer noch einundzwanzig Stichwunden. Heute sind es bloß siebzehn!«

Okay, okay, er hat schon ein bisschen Erfahrung, was erstochene nackte Frauen angeht. Trotzdem verlange ich, dass er mich endlich loslässt und mit der eigentlichen Tätersuche beginnt.

Doch stattdessen steckt mich dieser überforderte Provinzbulle doch tatsächlich umgehend in die örtliche Irrenanstalt! Nicht mal eine richtige Psychiatrie mit anständigen Übernachtungsmöglichkeiten haben die hier! Für mich machen sie aber eine Ausnahme und geben mir eine von außen abschließbare Einzelzelle.

»Herr Wotschokowski, ich hoffe, das gehört in Ahlen zur Gastfreundschaft«, rufe ich dem Kommissar total verärgert hinterher.

Als Antwort tut der verwirrte Minicolumbo das, was er schon die ganze Zeit genüsslich getan hat: sich völlig hemmungslos am kahlen Kopf kratzen, als hätte er dort die Krätze im Endstadium.

Ich brauche in dieser Anstalt nicht lange, um festzustellen, dass all die Durchgeknallten hier im Grunde viel schlauer sind als die angeblich ach so Normalen da draußen auf der Straße.

Kommissar Wotschokowski müsste eigentlich auch hier sein. Denn er braucht einen ganzen Tag, um herauszubekommen, dass Wörter in manchen Hotels das Gleiche wie Zahlen bedeuten können.

»Herr Engin, weshalb haben Sie mir denn gestern verschwiegen, dass im *Hotel an der Werse* die Zimmer nicht nummeriert, sondern nach Städten benannt worden sind? Und dass Sie mit *Paris* nicht die französische Hauptstadt, sondern Ihr ehemaliges, muffiges Hotelzimmer meinten, das ein Raucherzimmer ist und ekelhaft stinkt. Und dass Sie deshalb nach Ihrer Beschwerde eine Tür weiter ins Zimmer New York umgebucht wurden«, knurrt er vorwurfsvoll.

»Herr Wotschokowski, was mich jetzt viel mehr interessiert: Haben Sie inzwischen meine muffige Frau ... ich meine, haben Sie mittlerweile meine verschwundene Gattin auftreiben können?«

»Nein, leider noch nicht. Dafür müsste ich mir Ihre ganze Geschichte anhören. Was Sie in Ahlen eigentlich suchen. Beziehungsweise: Was haben Sie in Ahlen verloren?«

Damit wir das alles in Ruhe bei einem Bier besprechen können, fährt mich Kommissar Wotschokowski aus der vollen Anstalt in die noch vollere Altstadt. Er parkt direkt vor dem Heimatmuseum in der Wilhelmstraße, das mit seinem gemauerten Fachwerk und dem grünen Tor in der Mitte wie ein Kuhstall aussieht. Auf dem Weg zum Marktplatz sehe ich ein Schild, was bei mir auf der Stelle starke Magenkrämpfe verursacht: *Der Herr Bürgermeister gibt bekannt, dass am Mittwoch Bier gebraut wird und deshalb ab Dienstag nicht mehr in den Bach geschissen werden darf!*

Na toll! Pinkeln ist also noch erlaubt!

»Herr Kommissar, darf ich was anderes trinken? Die Ahlener scheinen das deutsche Reinheitsgebot für Bier sehr freizügig zu interpretieren«, stottere ich leicht angeekelt.

Wir gehen ins *El Español,* ein Spanier direkt am Marktplatz, und ich bestelle mir sofort zwei doppelte Espressi, um richtig wach zu werden.

»Was ist denn hier los? Hat eure Klapsmühle heute Freigang bekommen?«, frage ich überrascht, als ich durchs Fenster beobachte, wie immer mehr Leute auf den Markplatz drängen – mit Kind und Kegel, mit Oma und Opa, ganz Ahlen scheint hier unterwegs zu sein.

»Heute fängt das 29. Ahlener Stadtfest an. Die ganze Stadt ist auf den Beinen«, sagt der Kommissar.

Ich stärke mich mit meinen Espressi und beginne zu berichten: »Also Herr Wotschokowski, unser Unheil fing damit an, dass meine Frau letztes Jahr plötzlich rief: ›Osman, ich habe endlich ein hübsches Damenrad gefunden. Es sieht aus wie neu. Morgen bekomme ich es schon‹, und sich dabei wie ein Kind freute.

›Eminanim, von wem hast du es denn gekauft?‹, fragte ich neugierig.

›Von I. Bey‹, sagte sie verschwommen.

›Wie heißt dieser I. Bey denn mit vollem Namen?‹, wollte ich wissen.

›Nur I. Bey halt‹, zuckte sie mit den Schultern.

›Kein Mensch heißt doch nur I. Bey! Der heißt entweder Ibrahim Bey oder Ilhan Bey oder Ismail Bey. Du weißt, ich kaufe grundsätzlich nichts von Leuten, die ich nicht persönlich kenne!‹, rief ich aufgebracht.

›Ich schon. Dieses Fahrrad soll neu achthundertfünfzig Euro gekostet haben und ist erst ein paar Monate alt. Ich kriege es für nur zweihundertfünfzig Euro. Na, da staunst du was?‹, rief sie strahlend.

Am nächsten Tag bekam meine Frau ihr Fahrrad geliefert und wir staunten tatsächlich nicht schlecht. Selbst für unsere kleine Tochter Hatice war dieses Fahrrad zu klein. Es war nämlich ein Dreirad! Wobei aber das linke hintere Rad fehlte. Und dieser Schrotthaufen war ganz bestimmt nicht erst ein paar Monate, sondern mindestens zwanzig Jahre alt!

Meine Frau schäumte vor Wut und rief sofort die Nummer dieses I. Bey an. Es meldete sich eine Frau namens Marilyn Monroe aus Ahlen. Frau Monroe schwor Stein und Bein, dass das Damenrad noch alle Räder besessen habe, als sie es verschickt hat.

›Auf die Post ist nun mal schon länger kein Verlass‹, sagte sie, ›und auf die Ahlener Post schon gar nicht.‹

Dann schlug sie uns vor, das Ding einfach weiterzuverkaufen.

Auf Eminanims Frage, wer denn so blöd sei, so einen Schrott zu kaufen, konterte sie, irgendeinen Idioten würde man im Internet immer finden, sie hätte uns ja auch ganz leicht gefunden.

›Osman, schade, dass die Technik noch nicht so weit fortgeschritten ist, dass man jemanden durchs Telefon erwürgen kann!‹, knirschte meine Frau und meinte dann zu Marilyn Monroe: ›Ich kann nicht so einfach fremde Menschen übers Ohr hauen, so wie Sie!‹

›Das ist euer Problem, wenn ihr dazu zu blöd seid‹, bellte die Gaunerin und legte auf.

Ich fuhr sofort zu einem Rechtsanwalt.

›Kein Problem, wir holen das Geld zurück‹, beruhigte der mich und lachte. ›Herr Engin, Sie können froh sein, dass man Ihnen keine Steine oder alte Zeitungen geschickt hat. Kommt auch öfters vor.‹

›Alte Zeitungen könnte ich ja wenigstens noch lesen‹, sagte ich völlig genervt. Danach musste ich dem Anwalt erst mal zweihundertfünfzig Euro bezahlen, für seinen Rat und die Gerichtskosten.

Fünf Monate später bei der Gerichtsverhandlung erschien

weder Marilyn Monroe noch ihr Rechtsanwalt und ich gewann den Prozess. Mein Geld bekam ich trotzdem nicht zurück!

›Sie müssen der Frau den Gerichtsvollzieher auf den Hals schicken‹, meinte daraufhin mein Rechtsanwalt. Für diesen Rat und den Gerichtsvollzieher musste ich erneut zweihundertfünfzig Euro überweisen.

Daraufhin meldete Marilyn Monroe spontan Privatinsolvenz an.

›Was heißt das jetzt?‹, fragte ich meinen Rechtsanwalt.

›Das heißt, dass sie ganz offiziell pleite ist und Sie keinen Cent von ihr bekommen können. Aber das Dreirad dürfen Sie behalten, das ist doch auch schon was‹, grinste er.

Ich sagte zu meiner Frau: ›Eminanim, dann müssen wir halt noch ein Kind machen. Bis das Kind groß genug ist, finde ich auf dem Sperrmüll auch das fehlende dritte Rad!‹

Aber meine Frau war der Meinung, dass sie bereits mehr als genug Kinder hätte und die ein Fahrrad bräuchten. Sie wollte deshalb sofort nach Ahlen fahren, um ihr Geld persönlich zurückzufordern. Und so landeten wir gestern hier im *Hotel an der Werse.*

›Osman, lass uns unbedingt in diese *Schuhfabrik* gehen‹, rief meine Frau, als sie gleich nach der Ankunft in der Stadtinformation blätterte.

›Nix da! Keine neuen Schuhe! Ich musste schon genug blechen‹, brüllte ich.

Daraufhin sagte sie, dass sich ein Ahlener Veranstaltungszentrum schlauerweise *Die Schuhfabrik* nennt, wohl um viele weibliche Kunden anzulocken.

Ich ging dann wirklich nur für fünf Minuten raus, um aus unserem Auto meine Laktase-Tabletten zu holen. Als ich zurückkam, da war Eminanim verschwunden und stattdessen lag die tote Frau in unserem Zimmer. Und geschockt wie ich war, dachte ich im ersten Moment, meine Frau hätte die insolvente Marilyn Monroe bereits getroffen und eine kleine Auseinandersetzung mit ihr gehabt.«

»Herr Engin, ich vermute, Ihre Frau ist auch eine Türkin, nicht wahr?«, unterbricht mich der Kommissar.

»Wie? Meinen Sie etwa, als Türkin wäre sie prädestiniert für einen bestialischen Mord? Herr Wotschokowski, Sie haben ja wirklich überhaupt keine Vorurteile, oder? Sicher, meine Frau Eminanim kann manchmal ziemlich aufbrausend sein, aber gleich siebzehn Stichwunden – ich bitte Sie! Fünf oder sechs, okay, aber siebzehn? Niemals!«

»Nein, nein, das meine ich doch gar nicht! Ich frage nur, ob Ihre Frau vielleicht wie eine Bulgarin aussieht?«

»Was ist das denn für eine dämliche Frage?«

»Herr Engin, sieht Ihre Frau gut aus?«

»Wie bitte?«

»Sie müssen sich darüber im Klaren sein, dass Sie sich hier bei uns in Ahlen am Hellweg befinden! Da verschwinden Frauen schon mal.«

»Na, das ist doch endlich eine gute Nachricht«, freue ich mich.

»????«, antwortet er mit vier dicken Fragezeichen im Gesicht.

Ich denke, ich sollte die Sache nicht unnötig verkomplizieren, und sage: »Herr Wotschokowski, wenn die Wege hier alle so hell und gut beleuchtet sind, dann kann ja meine Frau gar nicht verloren gehen und wird sicher wieder von alleine im Hotel auftauchen.«

»Nein, das ist gar nicht selbstverständlich«, antwortet er wichtigtuerisch. »Hier in der Hellweg-Region sind Mord und Totschlag seit Urzeiten an der Tagesordnung. Da kann es auch schon mal passieren, dass eine Frau verschwindet und eine andere mit siebzehn Stichwunden im Hotel auftaucht. Anscheinend muss ich Ihnen zuerst ein paar Infos über unseren Höllenweg geben.«

Und weil ich ihn, höflich wie ich bin, nicht unterbreche, beginnt er mit einen langen Vortrag über Sinn und Unsinn dieser komischen Hellweg-Gegend: »In diesem Raum begegnen sich schon seit Tausenden von Jahren die unterschiedlichsten Völker. Unter anderem die Kelten, die Germanen, die Römer, die Russen, die Polen, die Tataren, die Türken, die Sarazenen.«

»Kein Wunder, dass sie sich gegenseitig die Köpfe einhauen, wenn man Türken und Sarrazin zusammenpfercht«, kritisiere ich die Siedlungspolitik der Stadtverwaltungen am Hellweg.

»Herr Engin, das Kamener Kreuz ist Verkehrsschnittpunkt der A 1 und A 2 und dient als älteste Handelsstraße und Umschlagstation für ganz Europa. Sowohl von Nord nach Süd als auch von Ost nach West! Alle möglichen Waren werden durch diese Hauptschlagader Europas namens Hellweg geschleust. Selbstverständlich auch die Ware Mensch! Hier tobt seit Jahren ein höchst brutaler Krieg unter den Menschenhändlern, die Westeuropa mit Frischfleisch aus Osteuropa versorgen. Statistisch gesehen, gibt es hier mehr Mafiaclans als in Sizilien, die Hunderttausende Frauen aus Osteuropa hierherverschleppen! Am Hellweg haben wir sozusagen die europäische Vertriebszentrale für käuflichen Sex! Sie haben vielleicht gehört, dass Deutschland zum Bordell Europas verkommen ist! Wenn Deutschland das Bordell Europas ist, dann ist der Hellweg die Puffmutter und der Zuhälter in einem!«

Ich stelle meine Ohren auf Durchzug, genieße einen weiteren doppelten Espresso und schaue mir das bunte Treiben auf dem Marktplatz an.

Die Quintessenz von Wotschokowskis Selbstgespräch lautet nach gefühlten drei Stunden: Die Menschen am Hellweg sind durch und durch Halsabschneider. Und das im doppelten Sinne des Wortes und schon lange vor den Neandertalern!

»Herr Kommissar, ich bin schwer beeindruckt«, tue ich schwer beeindruckt, damit er mit seiner total nervigen Schwärmerei endlich aufhört, was für tolle Bordelle und intelligente Zuhälter sie doch hier am Hellweg und dann wohl auch in Ahlen haben. Dabei spielt er abwechselnd den ›guten Bullen‹ und den ›bösen Bullen‹, vermutlich weil er diesen Fall ganz alleine lösen muss, da die Stadt nicht das Geld für eine zweiköpfige Mordkommission hat. Zum Schluss lässt er wieder den guten Bullen raushängen und schlägt mir vor, mit ihm zusammen den Bordellen in der Gegend einen Besuch abzustatten. War ja irgendwie klar, nach der stundenlangen Werbung!

»Herr Wotschokowski, vielen Dank, ich weiß Ihre Fürsorge zu schätzen. Aber bei mir ist es noch nicht so dringend, wissen Sie? Meine Frau ist ja erst seit gestern verschwunden«, lehne ich höflich ab.

»Machen Sie sich keine falschen Hoffnungen, Sie Wüstling!«, lacht er vergnügt und schubst mich gleich darauf auf den Beifahrersitz seines Wagens. »Wir werden nicht den Prostituierten einen spontanen Besuch abstatten, sondern den Menschenhändlern, die Ihre Frau vielleicht entführt haben.« Er klatscht sich sein Handy an Ohr. »Wagen 69, Wagen 69, Bordell-Razzia! Treffpunkt vor dem *Muschelhaus!*«, brüllt er.

»Waauu, Wagen 69! Das ist aber kuul!«, staune ich nicht schlecht. »Wohl dem, der sich extra einen Wagen für Bordell-Razzien leisten kann! Damit bekommt ihr sicher schöne Rabatte.«

»Was für einen extra Wagen, was für schöne Rabatte?«, schnauft er gestresst.

»Es hat sich schon bis zu uns rumgesprochen, dass die Polizisten im Ruhrgebiet in manchen Establischments hübsche Rabatte bekommen. Unsereiner kann davon ja nur träumen«, rufe ich, damit er weiß, mit wem er es zu tun hat.

Nach ein paar Minuten parken wir vor dem *Muschelhaus* und auch der spezielle Bordellwagen Nummer 69 der Ahlener Polizei, der von außen als völlig normaler Streifenwagen getarnt ist, kommt mit quietschenden Reifen neben uns zum Stehen. Ich sehe schon kommen, wie der Kommissar mit kräftigen Tritten die Tür des *Muschelhauses* zerlegt und einen Mafioso nach dem anderen an die Wand klatscht.

Aber es kommt ganz anders! Ich habe wohl die falschen Krimis angeguckt. Herr Wotschokowski zündet sich vor der Tür nämlich erst einmal gemütlich eine Zigarette an und drückt dann beinahe beherzt auf die Klingel. Und genauso herzlich wird er in diese dubiose Lokalität hineingebeten. »Oh, là, là, was für eine tolle Überraschung!«, kreischt der Türöffner einen Tick zu künstlich. »Der Herr Kommissar, schön, dass Sie uns mal wieder beehren. Aber wir haben mit diesem Mord im *Hotel an der Werse* nichts zu tun. Wir würden doch nicht unser eigenes Kapital vernichten.«

»Aber vielleicht das Kapital der Konkurrenz zu entführen, ohne mit der Wimper zu zucken?«, antwortet der Kommissar.

»Welches Kapital von welcher Konkurrenz bitteschön?«, fragt der gut gegelte Herr irritiert und führt uns an die Bar mit vielen hübschen und auch weniger hübschen Damen.

»Na, Süßer, was willst du denn haben? Französisch, Englisch, Griechisch?«, gesellt sich eine der weniger hübschen Damen sofort zu mir.

»Ich kann leider nur Türkisch«, antworte ich wahrheitsgemäß und füge hinzu: »Es wäre wirklich sehr hilfreich, wenn Sie mir sagen könnten, ob sich meine Frau Eminanim hier aufhält. Wie sind nämlich auf der Suche nach ihr!«

Die weniger hübsche Dame zieht ein bisschen beleidigt Leine. Die beiden 69er-Polizisten laufen schnurstracks in den Keller – und wir schnell hinterher.

Die Räume unten sind mit alten Sofas und allerlei Müll vollgestopft. Plötzlich nehmen wir seltsame Geräusche wahr und sehen, wie eine Tür leise zugeht. Mein Herz rast! Bei Allah, wird meine Frau etwa hier im Keller gefangen gehalten?!

»Eminanim, dein Leiden hat ein Ende! Dein tapferer Befreier ist da«, brülle ich und werfe mich mit voller Kraft gegen die Tür.

Im Gegensatz zu mir scheint sie echte alte deutsche Wertarbeit zu sein – ich meine natürlich die Tür, nicht meine Frau! Sie bleibt nämlich da, wo sie ist – aber meine rechte Schulter verabschiedet sich kläglich!

»Herr Engin, die Tür war nicht abgeschlossen, aber sie geht nach außen auf«, lacht Kommissar Wotschokowski und macht die Tür auf.

Im Raum dahinter entdecken wir eine bildhübsche junge Frau, zusammengekauert in der Ecke und ängstlich rumschluchzend. Sie ist ungefähr zwanzig Jahre alt und hat mehr Kurven als der Nürburgring – nur wesentlich erotischer! Sie trägt einen roten, superengen Minirock, so kurz, dass die beiden Polizisten unbedingt hinter ihr die Treppen hinaufsteigen müssen, als wir nach oben gehen.

»Herr Engin, ist das Ihre Frau?«, fragt mich der Kommissar.

»Schön wär's!«, seufze ich tief.

»Sie hat weder einen Ausweis noch kann sie ein einziges Wort Deutsch«, berichtet der ältere der 69er nach ungewöhnlich langer Leibesvisitation seinem Chef stolz.

Also gehe ich mit Kommissar Wotschokowski weiter auf Entdeckungstour. In der ersten und zweiten Etage der Lokalität machen wir jede Tür auf und schauen in und unter jedes Bett. Die Damen in den Betten lassen sich überhaupt nicht stören, aber die Herren springen sofort heraus und versuchen verzweifelt, auf einem Bein hüpfend, in ihre Unterhosen zu schlüpfen.

Diesen herrlichen Slapstick garnieren sie zusätzlich mit bescheuerten Sätzen wie: »Oh, wie komme ich denn hierher? Ich wollte mir eigentlich nur die Haare schneiden lassen und zwar nur die auf dem Kopf! Und wer ist denn diese fremde Frau hier? Wieso will sie einen Hunderter von mir, kostet Haareschneiden nicht vierzehn Euro fünfzig?«

Nachdem wir uns allerlei skurrile Verrenkungen und die unmöglichsten Positionen angeguckt haben, sage ich nachdenklich: »Unvorstellbar, wenn meine arme Frau Eminanim in dieses Milieu geraten sein sollte!«

»Machen Sie sich keine Sorgen. Ihr passiert schon nichts«, tröstet mich der Kommissar.

»Doch, bei diesen modernen Sexpraktiken wird sie sich sämtliche Knochen brechen«, jammere ich.

Als wir wieder unten an der Bar ankommen, wird der Nürburgring gerade gnadenlos verhüllt. Aber nicht vom Verhüllungskünstler Christo, sondern durch einen Bullen, der sie in eine dicke Wolldecke wickelt und damit aus den vielen hübschen, scharfen Kurven eine triste graue Einöde macht.

Dann verlassen wir das *Muschelhaus* und fahren zum *Klub Germanicus* im Herbrand 14.

Der Klub liegt clevererweise direkt gegenüber einem riesigen Betonaltersheim namens *Letztes Quartier.*

»Herr Wotschokowski, das ist doch total praktisch«, rufe ich begeistert. »Die Senioren brauchen mit ihren Rollatoren nur über die Straße zu zuckeln, wenn sie ein bisschen Abwechslung haben wollen.«

»Das ist nicht mal nötig, die bieten auch Zimmerservice an. Hier bekommt ›betreutes Wohnen‹ eine ganz neue Bedeutung«, lacht er.

»In anderen Städten suchen sich die Altersheime die Nähe zu Arztpraxen und Apotheken, in Ahlen zu Bordellen.«

»Das ergibt sich zwangsläufig. Weil in jeder Straße ein offizielles oder illegales Bordell betrieben wird.«

»Dann ist es ja kein Wunder, wenn Milliarden von Prostituierten aus aller Welt hier in Ahlen landen.«

»Herr Engin, nun übertreiben Sie mal nicht so!«, ermahnt mich der Kommissar. »Ich sagte ›Hunderttausende aus Osteuropa‹ und nicht ›Milliarden aus aller Welt‹!«

Seiner Lage und der offensichtlichen Kundschaft entsprechend ist der *Klub Germanicus* an den Wänden nicht mit Peitschen, Handschellen, Dildos und all solchem Zeug dekoriert worden, sondern mit Wiederbelebungsgerätschaften wie Sauerstoffflaschen und Erste-Hilfe-Kästen. Am Eingang werden diverse Zubehörteile für Rollatoren verkauft und in der Bar gibt es ein großes Angebot an Gesundheitstees.

»Na, Süßer, was wollen wir uns denn so Schönes reinziehen? ARD, ZDF, 3Sat oder wollen wir zur Feier des Tages mal Pro7 wagen?«, macht mir eine Dame ein etwas seltsames erotisches Angebot, während sie völlig gelangweilt ihre Zehennägel schneidet.

»Ist das das sogenannte ›Fläträit-Sex‹? Und wenn ja, was kostet denn einmal ZDF-Gucken mit Ihnen?«, frage ich die etwas andere Sexarbeiterin.

»Eine Stunde hundert Euro. Wenn ich dabei deine Hand halte hundertfünfzig!«

»Herr Engin, das größte erotische Abenteuer, was die Damen hier anzubieten haben, ist Hand in Hand mit dem Kunden in die Glotze zu starren«, klärt mich Kommissar Wotschokowski auf.

In diesem Laden finden wir logischerweise weder meine Frau noch irgendwelche illegalen osteuropäischen Damen. Wir finden ja nicht mal einen einzigen Freier! Die schlafen jetzt alle im Seniorenheim gegenüber ihren täglichen Tablettenrausch aus.

Nachdem wir unsere Hagebutten-Fenchel-Johanniskraut-Tees mit viel Süßstoff runtergewürgt haben, stürmen wir in das nächste Bordell. Ganz Ahlen ist offenbar ein einziges Feuchtgebiet, ein Delta der Lust, ein Gestade der Geilheit oder der Begierde. Und ich darf mir im Schlepptau von Kommissar Wotschokowski und seinen 69er-Polizisten die ganze Nacht völlig umsonst Sex in allen Variationen und Etablissements angucken. Ich beschließe, gleich morgen auf Kommissar umzuschulen.

Bei Morgengrauen erklärt Wotschokowski den Spaß leider für beendet. Als er meine Enttäuschung sieht, meint er: »Keine Sorge, wir finden Ihre Frau schon noch. Als Nächstes ist das Umland dran! Zuerst fahren wir nach Dollberg, dann nach Hamm, dann nach Kamen und nach Unna und so weiter.«

Kurz nach neun Uhr kehren wir unverrichteter Dinge nach Ahlen ins *Hotel an der Werse* zurück, um zu frühstücken. Kommissar Wotschokowski hat jedoch keinen Appetit und holt sich nur einen Kaffee, dafür lade ich mir am Büfett zwei große Teller voll.

»Wir haben uns die ganze Nacht umsonst um die Ohren gehauen«, zischt er.

»Es war doch nicht umsonst«, empöre ich mich. »Ich habe in diesen paar Stunden so viele neue Sexpraktiken gelernt, dass meine Frau Eminanim und ich auf Jahre beschäftigt sein werden – falls es uns gelingt, sie wiederzufinden!«

Während ich mein drittes Brötchen mit viel Honig verdrücke, bleibt mir fast das Herz stehen!

»Herr Wotschokowski, das kann doch nicht wahr sein!«, stammele ich schockiert. »Da hinten am Büffet steht meine Frau!«

Ohne seine Antwort abzuwarten, gehe ich betont gelassen zu ihr und flüstere leise: »Eminanim, sei jetzt ganz tapfer und ruhig! Tu einfach so, als wäre alles okay!«

Sie sieht mich erstaunt an. »Wieso? Was hast du denn vor? Willst du schon wieder was aus dem Hotel mitgehen lassen?«, fragt sie und fängt an zu schimpfen, wo ich mich denn die ganze Nacht rumgetrieben hätte.

Kurz bevor sie mir ihren vollen Müsliteller auf den Kopf knallt, mache ich sie mit dem Kommissar bekannt. Wir schwören ihr, dass gestern eine tote Frau in unserem Zimmer New York lag und wir die ganze Nacht damit verbracht haben, Eminanim zu suchen!

»Osman, du bist aus dem Fahrstuhl eine Etage früher ausgestiegen«, lacht sie sich kaputt. »Unser Zimmer heißt nicht New York, sondern New Orleans!«

Kommissar Wotschokowski lacht jetzt auch und meint, dann könnte er diesen Fall für abgeschlossen erklären.

»Herr Kommissar, soweit ich weiß, haben wir den Menschenhändlern das Handwerk nicht legen können«, kritisiere ich ihn, damit er endlich aufhört, sich auf meine Kosten zu amüsieren. »Und die arme siebzehnlöchrige Frau im Zimmer New York ist immer noch tot und es ist kein Mörder in Sicht.«

»Herr Engin, den Menschenhändlern werden wir nie das Handwerk legen können, bei der starken Nachfrage!«, meint er resigniert. »Ich selber habe bereits über ein Dutzend von denen eingebuchtet, alles geht trotzdem weiter.«

»Und den Mörder der …«, beharre ich.

»Jammern Sie mir hier nicht weiter die Ohren voll, Herr Engin! Sie haben doch Ihre Frau wieder und außerdem eine tolle Nacht mit der Tour durch Ahlen verbracht. Hauen Sie endlich ab!«

»Nicht ohne mein Fahrrad!«, ruft Eminanim.

Sabine Trinkaus

Das Fröndenberger Kettenschmiedemassaker

So ein Buch hatte Holger noch nie in der Hand gehabt. Es fühlte sich sonderbar an, samtig, flauschig, anders als normale Bücher. *Chains of Passion,* deutscher Untertitel: *Geheimes Verlangen.* Es war in der Geschäftspost gewesen, mit dem Vermerk *Persönlich* auf dem Umschlag.

Als er es aufschlug, entdeckte er auf dem Vorsatzblatt einige Zeilen: *Erinnerst Du Dich?,* stand da und: *Lust auf ein Wiedersehen?* Dazu ein Datum, eine Uhrzeit, ein Ort. Ein ungewöhnlicher Ort und doch fast gewöhnlich, verglichen mit diesem Buch. Unterschrieben war die Widmung mit *Mona.*

Mona! Großer Gott!

Natürlich erinnerte er sich. Es gab Dinge, die man nicht vergaß, auch nicht in fünfzehn Jahren. Mona zum Beispiel, wie sie damals an der Badestelle am Ortsrand von Fröndenberg aus dem Wasser der Ruhr gestiegen war, Venus schaumgeboren, zögerlich, verlegen, verführerisch. Wassertropfen, die aus ihren Haaren rannen, langsam den Weg nach unten suchten, dorthin, wo Arme und Hände kokett so taten, als wollten sie verdecken, was doch viel zu üppig war, um verdeckt zu werden. Gott, Mona!

So etwas vergaß man nicht. Dafür sorgte schon Andreas, der Holger jedes Mal, wenn sie zusammenhockten, daran erinnerte. Beim vierten oder fünften Bier in der Regel, immer dann, wenn ihnen beim Treffen im Dortmunder *Subrosa* nach einem Fußballspiel mal wieder der Gesprächsstoff ausging. Sie hatten damals nach dem Abitur unterschiedliche Wege eingeschlagen. Das, was sie verband, waren eigentlich nur noch der BVB und die Weißt-du-noch-Geschichten.

»Weißt du noch, die Mona?«, fing Andreas dann gerne an, »Mann, Mann, Mann! Weißt du noch, wie geil das war?«

Geil war nicht unbedingt das Wort, das Holger für den Vorfall damals einfiel. Aber er hatte an dieser Stelle des Gesprächs normalerweise genug Bier intus, um Andreas' Grinsen freundschaftlich zu erwidern. Obwohl der ihm damals den Abend versaut hatte. Aber darüber sprachen sie nie, denn das verbot sich unter Freunden.

Mit Mona hatten sie im Lateinkurs gesessen, bei der alten Grätz. Mona war in ihn verknallt gewesen, das hatte Holger ganz klar gesehen. Äußerlich tipptopp, sonst aber eher der Strebertyp, schüchtern und brav. Darum war da nichts mit ihr gelaufen – sah man von diesem einen Abend ab. In diesem Sommer, in dem die Hitzewelle es leicht machte, sich mit ihr an der versteckten Badestelle am Ufer der Ruhr zu verabreden, die Andreas ihm empfohlen hatte. »Perfekt in jeder Hinsicht, Alter«, hatte er gesagt. »Da geht was, garantiert!«

Kurz danach hatten sie Abi gemacht, sich in alle Richtungen zerstreut, und Holger war mit Beate zusammengekommen.

Sein Blick glitt zu dem gerahmten Foto auf seinem Schreibtisch.

Beate, abgeleitet von *beatus* – beglückt, glückselig. Ja, sie führten eine glückliche Ehe, *beatus* hieß auch: herrlich und prächtig. Beate war jetzt zweiunddreißig und sah noch gut aus für ihr Alter.

Dass es in ihrer Ehe nicht mehr so prickelte wie in den Flitterwochen, hatte Holger längst hingenommen. So war das in einer Langzeitbeziehung, sagte er sich, einer harmonischen, von Gewohnheit und Zuverlässigkeit geprägten Partnerschaft. Sie arbeiteten beide viel, man war am Abend müde. Und seit Beate ihre Leidenschaft für das Golfspiel entdeckt hatte, schien der letzte Rest der Unternehmungslust im Ehebett verloren gegangen zu sein. Das war völlig normal, kein Grund, sich zu beklagen. Obwohl, dachte er dann, während er in dem Buch blätterte, hier und da las, obwohl …

Sein Blick fiel auf die Autorennotiz. *Mona W. ist das Pseudonym einer Autorin, die mit ihrem aufsehenerregenden autobiografisch gefärbten Debüt sofort die Bestsellerlisten eroberte. Sie lebt in einem kleinen Ort am Hellweg und schreibt derzeit an ihrem zweiten Roman.*

Es durchfuhr Holger heiß. Das konnte doch nicht … oder doch …? Gott, wenn er damals geahnt hätte, was da offenbar in Mona schlummerte … Gott, Mona!

Es klopfte an der Bürotür und er konnte das Buch gerade noch in der Schreibtischschublade verschwinden lassen, ehe seine Sekretärin hereinkam.

»Herr Breitscheidt ist jetzt da«, sagte sie, starrte ihn an.

Seine Ohren, verdammt, sie starrte auf seine Ohren.

»Ist Ihnen warm, Chef? Soll ich die Heizung ein bisschen runterdrehen?«

In den folgenden Tagen ging ihm Mona nicht aus dem Sinn. War sie wirklich diese Mona W.? Und wenn dem so war – was wollte sie ihm sagen mit diesem Buch? Was erwartete sie von einem Treffen, von ihm, jetzt, nach all den Jahren? Wollte sie tatsächlich das vollenden, wozu sie damals nicht gekommen waren?

Wieder und wieder flogen seine Gedanken zurück zu jenem Abend. Tausend Mal studierte er die Widmung, googelte ebenso oft wie erfolglos seine Mona und die aufstrebende Bestsellerautorin W. Natürlich las er auch das Buch, studierte einzelne Szenen ganz genau und fand das, was da stand, durchaus nicht uninteressant. Wenn auch ein wenig befremdlich, denn eigentlich war er eher der Typ fürs Herkömmliche. Ganz normal, das reichte ihm und Beate ja völlig. Dachte er.

Bis dann eines Abends sein Blick auf Beates Nachttisch fiel. Und es da lag. *Das* Buch. Nicht *sein* Buch, wie er nach der ersten Schrecksekunde begriff, sondern ein neues Exemplar der *Chains of Passion,* ungelesen, ungebraucht, ungewidmet.

Irgendwie schaffte es Holger, die Fassung zu wahren. Unter die Decke zu schlüpfen und so zu tun, als sei es das Normalste der Welt, hier zu liegen, neben seiner Frau, die so ein Buch las. Die irgendwann die Nachttischlampe ausschaltete und einschlief, während er kein Auge zumachte. Hatte er sich geirrt? Reichte es Beate vielleicht doch nicht, das Herkömmliche? Schlummerten in ihr Bedürfnisse, von denen er nichts ahnte? Wünsche, wie sie die Frau in diesem Buch hatte? Ein erschreckender Gedanke, denn natürlich sah Holger es als seine heilige Pflicht an, seine Gattin glücklich zu machen. Aber das, was dieser Mann in diesem Buch mit dieser Frau tat, erforderte ja eine gewisse … nun ja: Sachkenntnis. Man konnte nicht einfach ins Schlafzimmer spazieren und der Gattin mal eben den Hintern versohlen. Gar nicht zu reden von all diesen Hilfsmitteln, Gerätschaften, von denen Holger bislang noch nie gehört hatte und über die er sich erst mit einer Google-Bildersuche hatte kundig machen müssen.

Es war also sicherlich von Vorteil, zunächst gewisse Erfahrungen zu sammeln, irgendwo, mit irgendwem, mit jemandem, der sich möglicherweise gut auskannte. Wie etwa Mona.

Am nächsten Tag schlug er vor, mal wieder seine Mutter zu besuchen, übers Wochenende. Das fügte sich ausgezeichnet mit Beates Plänen, zu einem Golfturnier in die Eifel zu fahren.

»Dann habt ihr zwei viel Zeit füreinander«, sagte Beate. Sie schaute Holger ein bisschen besorgt an. »Hast du Fieber? Deine Ohren sind ja knallrot.«

Warum nur war es so verdammt warm in dieser Kirche?

Holger starrte auf das Hochgrab, wo Eberhard und Ermgard nebeneinander ruhten und versuchte, sich auf Muttis Vortrag zu Chorabschluss und Zweifenstergruppen in der Stiftskirche zu konzentrieren. Es war lange Muttis Traum gewesen, offizielle Stadtführerin in Fröndenberg zu werden. Leider hatte ihr kurz vor Erreichen dieses Ziels ein Hüftleiden einen Strich durch die Rechnung gemacht und sie außerdem genötigt, ins *Schmallenbach-Haus Hubertia* umzuziehen. Und darum oblag es nun Holger, bei jedem Besuch einen Stadtrundgang mit ihr zu machen und von dem Wissen, das sie sich angeeignet hatte, zu profitieren. Gerade war sie allerdings nicht recht bei der Sache. »Hast du vorhin dieses Gesicht gesehen?«, fragte sie. »Diese alte Zunzel, die schaut immer so, wenn sie dich sieht. Das ist unverschämt!«

»Ach, Mutti, lass sie doch!«, murmelte Holger, obwohl er wusste, dass seine Worte nicht fruchten würden. Ein böses Schicksal, *mala fortuna*, hatte nämlich dafür gesorgt, dass ausgerechnet die alte Grätz das Zimmer neben Mutti belegte. Während Holger seiner alten Lateinlehrerin mittlerweile gelassen gegenüberstand, war es für Mutti eine ungeheure Provokation, täglich die Frau zu sehen, die ihrem Holger seinerzeit das Latinum verweigert hatte. Zu Recht, wie die Grätz leider bis heute betonte. Außerdem versäumte sie keine Gelegenheit, darauf hinzuweisen, wie wenig sie von Menschen ohne Latinum im Allgemeinen und von Holger im Speziellen hielt. Ihre kleinen Spitzen verpackte sie dabei gern in lateinische Floskeln, was Mutti zur Weißglut brachte. Denn bis sie herausgefunden hatte, was etwa *de nihilo nihil bene* bedeutete, war es für eine saftige Replik schon zu spät.

»Gemalt mutmaßlich von Conrad von Soest, in Auftrag gegeben 1383.« Mutti hatte sich wieder auf den Grund ihres Hierseins besonnen und deutete mit ihrem Gehstock aus schwarzer Eiche zum Hochaltar hinauf. Holger riskierte einen Blick auf seine Uhr. Noch knapp zwei Stunden bis zu seinem Date mit Mona.

Verdammt, er schwitzte. Das war nicht gut, besonders nicht für die neue Unterwäsche: schwarz und sündig, gestern erst gekauft und vorhin heimlich mit heißen Ohren angezogen, nachdem er Beate zu ihrem Golfwochenende verabschiedet hatte.

Ermgards steinerner Mund schien sich zu einem spöttischen Lächeln zu verziehen.

»Ein kunsthistorisches Kleinod, dieses Grab«, erläuterte Mutti. »Schau dir die Details an, da, der Hund, auf dem Ermgards Füße ruhen. Symbol ihrer Treue …«

Ermgards Grinsen wurde breiter. Holger schüttelte den Kopf, um die verstörende Vision zu vertreiben. Starrte auf die steinplastische Miene, die ihn irgendwie an Beate erinnerte. *Beati pauperes spiritu*, schoss ihm durch den Kopf, selig sind die geistig Armen. Noch so ein Grätz-Spruch, der sich tief in sein Gedächtnis eingebrannt hatte.

Weg mit der Grätz. Weg mit Beate, die jetzt irgendwo im Green stand, den Golfschläger fest mit beiden Händen umfasste, elegant ausholte und dann zuschlug, gerade richtig fest und dabei doch auch zärtlich … nackt, wie Gott sie geschaffen hatte. Nass, mit Wassertropfen, die aus den Haaren über die Schulter liefen, sich ihren Weg suchten, nach unten … *In sucum et sanguinem*, Fleisch und Blut, sagte Ermgard mit der Stimme von Frau Grätz, ihr Grinsen verbreiterte sich abermals.

Holger versuchte verzweifelt, die Bilder, die sich da unangemessen in seinem Kopf vermengten, auszublenden. Er war in einer Kirche, verdammt, er stand mit Mutti vor einem Grab – Mutti, Kirche, Grab, dachte er, Grab und Grätz, bloß nicht Mona, jetzt nicht Mona, die immer die Beste in Latein gewesen war.

»Der Löwe zu Eberhards Füßen ist ein Symbol der Stärke«, fuhr Mutti im besten Fremdenführerton fort, »er war ja auch Mitglied des Deutschen Ritterordens, das sieht man an diesem wunderbaren Schwertknauf …«

Grätz, Grab, Mutti, Kirche! Holger starrte auf die steinernen Toten, keusch, parallel, Eberhard, ein edler Fürst, Ermgard, seine fromme Gattin, die sicher fließend Latein beherrschte und keine bizarren sexuellen Begierden hegte, die den armen Eberhard an die Grenzen seiner Leistungsfähigkeit brachten.

»An der Nordwand, dort oben, konnte ein Rest Wandmalerei konserviert werden, siehst du – da, der Apostel Jakobus mit dem Stab, Paulus mit dem Schwert … Holger? Du schaust ja gar nicht hin!« Sie stieß ihn mit ihrem Stock an.

»Doch, ich … wunderschön, Mutti, bemerkenswert!« Verdammt. Er musste hier raus. Er musste sich sammeln. Und dann tun, was er Mona schuldig war und auch Beate, *beatus*, herrlich, prächtig, so wie Mona, üppig, aufreizend, Rinnsale und Tropfen auf heißer Haut, sanft sich wölbende Rundungen, die sich voller Verlangen reckten …

»Junge, warum grinst du so debil?«, fragte Mutti frustriert. »Und was ist mit deinen Ohren?«

Endlich war es so weit. Die Tür zum Kettenschmiedemuseum stand einen Spalt offen. Holger zögerte kurz, sah sich noch einmal um. Es dämmerte bereits, der Park lag im warmen Abendlicht. Er fühlte sich ein wenig benommen von den drei Bier und den zwei Schnaps, die er sich noch schnell genehmigt hatte, nachdem er Mutti wieder im *Haus Hubertia* abgeliefert hatte. Zum Teufel, sagten die Promille, zum Teufel mit Beate, mit Mutti und Ermgard. *Carpe diem*, Frau Grätz, sagte der Schnaps.

Er betrat den Vorraum. Es war düster, aus dem Ausstellungsraum drang ein flackerndes Licht. Dann hörte er ihre Stimme.

»Holger?« Sanft, ein bisschen rauchig.

Mona!

Heiß, Gott, ihm war heiß. Er ging zur Tür, sah in den Raum, beleuchtet von Dutzenden von Kerzen. Im Kamin loderte ein Feuer. Und da stand sie. Mona. Schlank und doch üppig, in einem schimmernden Catsuit, schwarz, glänzend, hauteng. Vollkommen bekleidet und doch so nackt, wie man sein konnte, genau wie damals, prall und rund und lockend. Feuer statt Wasser, Latex statt Haut …

Gott, Mona!

»Äh …« Er räusperte sich. »Hallo, Mona, schön … ich meine … gut siehst du aus.« Er ärgerte sich, dass das nicht so erotisch klang, wie er es gern gehabt hätte.

Mona lachte. Sie stand beim flackernden Kamin, neben ihr ein Metalltisch, mit einer Flasche Champagner und zwei Gläsern. »Nicht reden«, sagte sie. »Komm einfach her.«

Er gehorchte.

Sie reichte ihm ein Sektglas. »Trink erst mal einen Schluck«, sagte sie leise. »Dann sehen wir weiter, okay?«

Wie damals, dachte er, Gott, ja, das hatte er zu ihr gesagt, am Ufer der Ruhr. »Du hast das also nicht vergessen«, sagte er leise.

»Wie könnte ich?« Sie stand jetzt direkt vor ihm, so nah, dass er meinte, ihre heiße Haut unter dem schwarzen Latex zu spüren. »Ganz offen sein, ganz locker, hast du gesagt.

Wir werden jede Menge Spaß haben, hast du gesagt. Weißt du noch?«

Er nickte. Der Drang, sie zu packen, sie an sich zu ziehen, zu küssen, sie anzufassen, wurde fast übermächtig. Gierig leerte er das Glas und atmete tief durch. »Mona, ich … also, wie soll ich sagen, ich … weiß nicht recht … du … dieses Buch … ich kenne mich jetzt nicht wirklich gut aus und …«

Wieder lächelte sie, strich ihm sanft mit der Hand über die Brust. »Unser erstes Mal, natürlich«, hauchte sie. »Keine Sorge. Vertrau mir!«

O Gott, sie erinnerte sich an jedes Wort, das er gesagt hatte. Sie wollte es zu Ende bringen, endlich, und verdammt, er wollte es auch.

Gott, Mona!

»Heiß hier, nicht wahr?« Sie begann, sein Hemd aufzuknöpfen, arbeitete sich langsam von seiner Brust aus nach unten. Er schloss die Augen. Das Feuer knackte. Es roch nach Rauch, nach Öl, nach Metall.

Mona machte sich an seinem Gürtel zu schaffen. Dann ging sie in die Knie. Ihm stockte der Atem, er stöhnte auf. Zu früh, leider, denn sie hatte nur etwas vom Boden aufgehoben. Eine Kette, kaltes Metall, das sie nun spielerisch um sein Handgelenk schlang.

»Na, fühlt sich das gut an?«, schnurrte sie.

Geht so, dachte Holger, kämpfte gegen den Impuls, sie an sich zu ziehen. Verlor den Kampf, verdammt, er musste sie anfassen!

Sie wich ihm aus, elegant, blitzschnell. »Nicht doch, mein Lieber. Du bist doch hier, um zu lernen.«

Sie kam wieder näher, er spürte die Hitze, die des Feuers und die ihres Körpers, roch einen Hauch Schweiß, seinen oder ihren, er wusste es nicht. Ihm wurde schwindelig. Er hörte sie lachen.

»Es ist doch ganz erstaunlich«, sagte sie. »Wie wenig es braucht, um Typen wie euch zu ködern.«

Dann wurde ihm schwarz vor Augen.

Als er wieder zu sich kam, war er nackt. Splitterfasernackt. Seine Arme waren nach oben gestreckt. Er hob vorsichtig den Kopf, ignorierte den stechenden Schmerz im Nacken und erkannte seine Handgelenke, umschlungen von Ketten, die sich in einem Strang trafen, irgendwo oben im Zwielicht an der Decke verankert. Seine Füße berührten kaum den Boden, er hing mehr, als dass er stand.

»Na, gefällt dir das?« Mona stand vor ihm.

Er hustete. »Also … ehrlich gesagt … nicht so richtig.«

»Du warst kurz weggetreten«, fuhr sie fort, ohne auf seine Bemerkung einzugehen. »Du verträgst wohl diese Tropfen so schlecht wie ich damals den Alkohol. Zu dumm.«

»Mona, was soll das?«

Abermals dieses Lachen. »Gute Frage, mein Lieber. Hab ich mir auch gestellt, damals. Was zum Teufel soll das? Ein romantischer Abend am Ufer, nur du und ich. Ich hätte alles getan, Holger, wirklich alles. Und vielleicht wäre es tatsächlich schön geworden. Zu schade, dass dein widerlicher kleiner Spannerfreund vor lauter Geilheit vergessen hatte, den Blitz auszuschalten.«

»Mona, das … ich wusste doch nicht, ich meine … ich hatte doch keine Ahnung, dass Andreas …«

»Erspar uns das Lügen, Schatz«, unterbrach sie. »Jetzt ist es sowieso zu spät dafür. Mir ist eigentlich nur wichtig, dass du verstehst, wie es sich anfühlt. Sich täglich zu fragen, was das sollte. Und was mit diesen Fotos ist, wer sie sieht, wer was damit anfängt. Du wirst sehen – es fallen einem nur widerliche Antworten ein.«

Holger war nun speiübel. Hier lief etwas vollkommen

falsch. »Du, ich … also … ja, das ist blöd gelaufen, irgendwie …« Er versuchte, zu retten, was zu retten war. »Der Andreas, der war eine ganz arme Wurst, das weißt du doch. Ich hätte nie gedacht, dass er wirklich … ich meine, ich war doch genauso sauer wie du, dass er …« Er versuchte zu lächeln. »Bind mich los und ich mach alles wieder gut. Darum sind wir doch hier, wir zwei, du und ich!«

»Irrtum, mein Lieber«, sagte sie geschäftsmäßig. »Doppelirrtum sogar. Wir sind hier, damit du was lernst. Und wir sind außerdem nicht allein.« Sie deutete ins Halbdunkel und was Holger dort sah, traf ihn wie ein Schlag in den Magen.

Andreas.

An Ketten, nackt, hängend, so wie er, mit einem Schmerbauch, unwürdig, erbärmlich. Sein Blick vorwurfsvoll und verzweifelt zugleich, einen Gummiknebel im Mund – *Ball gag* erinnerte er sich an das, was er vor einer gefühlten Ewigkeit recherchiert hatte.

»Dein perverser kleiner Kumpel«, sagte Mona. »Nicht im Busch diesmal. Und ich bin auch nicht wütend. Immerhin hab ich ihn ja eingeladen. Damit er auch was lernt.«

Auf einmal hielt sie eine Kamera in der Hand. Sie richtete sie auf Andreas, der sich wand, wimmerte hinter dem Knebel.

»Na, wie fühlt sich das an?«, fragte Mona, während sie auf den Auslöser drückte. »Heiß, oder?« Sie richtete das Objektiv auf Holger. Er schloss die Augen. »Nein«, hörte er sich winseln, »Mona, bitte nicht!«

»Jetzt zier dich nicht so. Kleine Erinnerung. Für ganz private Zwecke.« Sie kam näher. Ganz nah. Sah ihm in die Augen. »Ich werde mich daran freuen. Oft. Ich will dich doch einfach nur ansehen, Holger.« Sie wandte sich ab. »Und jetzt entschuldigt mich, ihr Süßen. Ich muss los.«

Dann war sie weg.

Holger wusste nicht genau, wie er die nächsten Stunden überstanden hatte. Er fror, er zitterte. Während das Feuer im Kamin herunterbrannte, hatte er versucht, mit Andreas zu reden. Das erwies sich allerdings als einseitiges Unterfangen, das nicht dazu beitrug, die Lage zu entspannen. Zumal Andreas' Grunzen sonderbar vorwurfsvoll klang, obwohl ihm das nun wirklich nicht zustand, wie Holger fand. Letztlich verdankten sie schließlich ihm das ganze Schlamassel.

Nutzlose Gedanken, die nicht weiterhalfen. Deshalb hatte er sich darauf konzentriert, an der Kette zu zerren, bis Schulter, Hüfte und Knie so schmerzten, dass er vollkommen ermattet die Augen schloss, um wenigstens den Anblick seines Freundes loszuwerden – erbärmliches Spiegelbild seiner selbst.

Ob es Schlaf war oder Bewusstlosigkeit, die ihn schließlich wegdämmern ließ, wusste er nicht.

Etwas weckte ihn. Eine Stimme. Eine Männerstimme.

Gott sei Dank!

»... möchten wir der wunderbaren Mona Willemeit für die Ausrichtung dieses kleinen Sektempfangs für die Freunde der Kettenschmiede danken ...«, tönte die Männerstimme herein.

Mona ... Mein Gott, Mona ... was ...?

Sektempfang?

Holger schien es trotz seiner Lage nicht klug, jetzt um Hilfe zu rufen. Er spähte hinüber zu Andreas, sah aufgerissene Augen, die sein eigenes Entsetzen spiegelten.

Und dann öffnete sich die Tür und das Licht ging an.

Ein Heer weißhaariger Häupter ergoss sich ins Kettenschmiedemuseum, spähte auf der Suche nach dem Sekt herum und stockte, kreischte auf und kicherte, erregte sich mit schrillen Stimmen.

Gott! Mona! Holger wimmerte.

Er sah Andreas' Mutter in der Menge der Besucher, die sich aufgeregt plappernd um ihn scharte. Schlimmer konnte es nicht werden, dachte Holger, aber dann entdeckte er sie …

Mutti.

Seite an Seite mit der alten Grätz!

Muttis Mund öffnete sich, schloss sich, öffnete sich wieder. Sie kam näher, Schritt für Schritt, Holger hörte sie nach Luft schnappen.

Ein Albtraum!

Erstes hysterisches Lachen brandete auf.

»Na sieh einer an«, hörte er dann auf einmal die Grätz. »Der Holger! *In sucum et sanguinem*, na, wenn das keine Pracht ist!« Sie grinste. »Hat aber ein bisschen zugelegt, Ihr *filius*, oder?«, sagte sie und kicherte bösartig.

Mutti schien sie gar nicht zu hören. Der Blick, mit dem sie Holger anstarrte, machte ihm klar, dass es Dinge gab, die auch eine Mutter niemals vergessen oder vergeben konnte.

»Und da ist ja auch Ihr Sohn«, wandte sich die Grätz nun an die Mutter von Andreas. »Andreas heißt der, nicht wahr, der Mannhafte? Der Holger und der Andreas scheinen ja ein paar recht interessante *animi concitatio* zu teilen. Aber *suum cuique*, nicht wahr?«

Holger hörte Mutti keuchen.

»Sie haben übrigens beide kein Latinum«, erklärte die Grätz irgendwem, der es offenbar genau wissen wollte. »O ja, ich kenne ihn schon ewig. Der Holger war immer schon … nun, *nemo enim poste persona ne diu ferre*, wie ich ja immer gerne sage.«

Niemand kann auf Dauer eine Maske tragen, dachte Holger, erstaunt darüber, wie ihm plötzlich ganz spontan und mühelos das Latein zuflog.

»*De nihilo nihil bene*, es hilft ja nichts.« Die Grätz tätschelte lächelnd Muttis Arm. »Machen Sie sich nichts draus. *Onus est honos*, Bürde ist Würde, nicht wahr?«

Holger sah, begriff aber nicht. Er sah, wie Muttis schwarzer Gehstock sich hob. Sah den schweren silbernen Knauf blitzen. Er konnte ihn spüren, den heiligen, lodernden Zorn, der einen Weg suchte. Der ihn fand.

»*Tace!*« Er sah den Stock niedersausen, »*Vipera!*«, wieder und wieder den Schädel treffen. »*Abi in malam crucem!*« Er sah die Stirn der alten Grätz platzen, die Nase brechen. Zähne splitterten. »*Caenum!*« Holger hörte Knacken und Knirschen, sah die alte Grätz blutüberströmt zu Boden gehen und hörte sie noch ein letztes Mal unter dem Fußtritt aufstöhnen, den ihr die Mutter von Andreas verpasste.

Holger sah Hände, die Mutti packten, sie wegzerrten. Sah, wie jemand sich über die alte Grätz beugte, ihr den Puls fühlte und dann den Kopf schüttelte.

De nihilo nihil bene, dachte er noch, ehe ihm gnädigerweise wieder schwarz vor Augen wurde.

Natürlich gehen wir davon aus dass unsere Leser das Latinum haben – aber falls Ihnen gerade einige Vokabeln entfallen sind:

animi concitatio – Leidenschaften
suum cuique – jedem das Seine
Tace! – Schweig!
Abi in malam crucem! – Geh zum Teufel!
Vipera – Schlange
Caenum – Dreckstück

Tatjana Kruse

Sexy Hölle Hellweg-Bahn

An diesem sonnigen Sonntag im Oktober verlässt die RB59 (aka Hellweg-Bahn) den Bahnhof Soest auf Gleis 1 fahrplanmäßig um 9:03 Uhr in Richtung Dortmund Hauptbahnhof, wo sie um 9:51 Uhr auf Gleis 4 eintreffen soll. Es befinden sich siebenundzwanzig Menschen und ein Schaf an Bord, inklusive des Lokführers Rüdiger W.

Keiner ahnt, dass es eine Zugfahrt in die Katastrophe wird, bei der niemand ohne Schaden an Leib und Seele davonkommt und die zwei von ihnen mit dem Leben bezahlen …

Grau, mit gelben Streifen, schnittig – so braust der flinke, leichte, innovative Regionaltriebwagen (aka FLIRT) durch die erwachende westfälische Landschaft.

FLIRT. Horst wertet das als ein Omen des Schicksals. Auf einem Internet-Kleinanzeigenportal hat er zwischen *Rottweiler-Welpen zu verschenken* und *Gewerbliche Restposten aller Art* seine Kontaktanzeige geschaltet.

Nur eine einzige Frau hatte sich darauf gemeldet. Martina. *Martina.* Ein Name wie ein sinnliches Versprechen. Sie wird um 9:35 Uhr in Dortmund-Sölde zusteigen und dann mit ihm in Dortmund am Bahnhof einen Kaffee trinken.

Horst schwitzt. Er wischt sich den Schweiß an den abstrakt gemusterten, überwiegend aber blauen Sitzen des Zuges ab.

Ruhig Blut, Hotte, mahnt er sich und tastet nach dem Metall in seinen Manteltaschen, ruhig Blut – du weißt, was du zu tun hast!

Omma Gisi (aka Gislinde Z., 75) arretiert die Bremse am Rollstuhl ihres Mannes, klappt den Sitz herunter und setzt sich. Wie gut, dass die Mehrzweckgroßabteile der Hellweg-Bahn so geräumig sind. Unvorstellbar, wenn sie ihren Alfred in eine der alten Regionalbahnen hätte verladen müssen. Sie tätschelt sein Knie unter der braun karierten Wolldecke. Das Knie zuckt.

Sie seufzt. »Parkinson«, erklärt sie dem Mann, der ihr in der Großabteilfläche bei Tür und Toilette schräg gegenübersitzt. Doch der stöhnt nur vor sich hin und scheint sie gar nicht zu hören.

Manni hat keine Ahnung, was die Alte von ihm will, aber er versucht auf alle Fälle, leiser zu stöhnen. Es ist ein wohliges Stöhnen. Seine Finger krallen sich in seine Oberschenkel.

Gleich ist es so weit, gleich kommt SIE und dann … warte … warte … warte …

Nudel raus im Führerhaus. Lokführer Rüdiger W. hat abfahrbereit die rechte Hand am Fahr-Brems-Hebel des FLIRTs, während er mit links den Reißverschluss seiner Hose aufratscht. Der Vorhang an der Glastür zum Fahrgastraum des Triebwagens ist zugezogen. Und sollte jemand vom Gleis aus hereinschauen, so würde der nur einen Mann mittleren Alters mit Mittelscheitel sehen, der vorschriftsmäßig einen blauen Pulli über einem weißen Hemd trägt. Was nicht zu erkennen ist: unter der Gürtellinie huldigt Rüdiger W. aus tiefstem Herzen der Freikörperkultur. Der gesellschaftliche Zwang zur textilen Verhüllung kratzt bitter an ihm und wann immer möglich, entblößt er sich. Natürlich nur dort, wo ihn niemand sehen kann! Wie hier, in seinem raumschiffgleichen Führerhaus des triebfördernden FLIRTs mit all seinen Armaturen, Anzeigetafeln und

Schalthebeln. Die Seitenfenster hat er schon geöffnet. Herrlich, ein Frischluftbad für seinen kleinen Rüdiger. So hat es die Natur gewollt! Nun kann es losgehen.

Ahnungslos betrachten unterdessen die Passagiere die an den Panoramafenstern vorbeigleitende westfälische Landschaft unter dem wolkenbetupften, strahlend blauen Himmel. Omma Gisi beäugt misstrauisch den Stöhner. Ja, Manni stöhnt immer noch leise. *Jetzt … jetzt gleich …*

»In Kürze erreichen wir Westönnen. Ausstieg in Fahrtrichtung links.«

Jaaaaa … Manni atmet orgasmisch aus. Diese Stimme! Noch nie hat ihn eine Frauenstimme so betört, elektrisiert, kurzum: geil gemacht. Er hat den Betreiber der Hellweg-Bahn mehrfach angemailt, um mehr über die Frau zu erfahren, der diese einzigartige, orgasmusfördernde Stimme gehört, aber nie Antwort erhalten. Doch Manni ist keiner, der sein Glück, wenn er es erst einmal gefunden hat, so einfach zwischen den Fingern verrinnen lässt. Wenn es nicht problemlos geht, dann eben auf die harte Tour. Noch heute soll Plan B greifen, das hat er sich fest vorgenommen. Heute, am Ende der Fahrt, wird diese Stimme ihm gehören! Er tastet in seine linke Manteltasche. Ja, es ist noch da …

Omma Gisi gefällt die bleiche Gesichtsfarbe ihres Schräggegenübers nicht, aber wirklich Sorgen macht ihr dessen Stöhnen.

»Alles in Ordnung, junger Mann?«, ruft sie ihm zu.

Sein Kopf ruckt in die Höhe, er schaut sie an, steht auf und geht in den vorderen Teil des Triebwagens.

»Ts, ts, ts, diese jungen Leute von heute«, sagt Omma Gisi zu ihrem Mann. Der hat seine schwarz-gelbe BVB-Kappe tief in die Stirn gezogen und starrt blicklos auf den schematisierten Streckenplan der Hellweg-Bahn neben der Tür. Nur sein Knie zuckt.

Wie lange sind die wohl schon verheiratet?, überlegt Dennis P. (25) mit Blick auf die Omma mit ihrem Alten im Rollstuhl. Dennis hat mit seiner Lebenspartnerin Mona eine Vierersitzgruppe belegt. Mona hat es gern geräumig. Und Dennis liest ihr jeden Wunsch von den Augen ab, denn ihre Liebe ist ja noch jung und frisch. Frisch wie die sattgrünen Wiesen und Weiden, die draußen vorbeigleiten und die Mona interessiert betrachtet.

Dennis streichelt den Poncho-Zipfel seiner Liebsten. Sie zu küssen, traut er sich nicht. Zärtlichkeiten in der Öffentlichkeit sind nicht ihr Ding. Sein Ding allerdings ... aber lassen wir das.

Mona ist überhaupt sehr schüchtern, was alles Körperliche angeht. Aber das gibt sich schon noch.

»Ist das etwa ein Schaf?«, ruft da Omma Gisi nach einem konsternierten Blick auf Mona.

»Entschuldigung?« Dennis zuckt zusammen.

»Das ist doch ein Schaf!«, stellt Omma Gisi fest, um sich gleich darauf zu empören: »Nutztiere sind im Zug nicht erlaubt!«

»Das ist ...«, stammelt Dennis, »... doch kein Schaf, das ist ... äh ... ein Hirtenhund, eine ungarische Spezialzüchtung!«

Aber Omma Gisi bleibt hart. »Hören Sie mal, ich bin auf dem Bauernhof aufgewachsen, gleich hinter Wickede. Ich erkenne doch ein Schaf, wenn ich eins sehe!«

Dennis läuft knallrot an, springt auf und zerrt Mona in den vorderen Zugteil.

Schaf! Was erlaubt sich diese senile Alte! *Schaf!* Seine Mona ist auf der Bundesschafschau in Berlin in der Kategorie der Nordischen Kurzschwanzschafe zur schönsten Heidschnucke Deutschlands gekürt worden. Und zwar exakt zweiundzwanzig Minuten, bevor Dennis sie entführt hat, um den Rest seines Lebens mit ihr zu verbringen. Es ist Liebe auf den ersten Blick gewesen. Mona und er, das ist größer und tiefer und romantischer als Romeo und Julia, Laurel und Hardy oder die beiden auf dem Bug der *Titanic.*

»Ist das zu glauben?«, zischelt Omma Gisi ihrem Alfred zu. Aber der zuckt nur erneut mit dem Knie.

»Ist das zu glauben?«, ruft sie daher dem bulligen Mann im schwarzen Trenchcoat zu, der gerade zu ihrer Rechten die äußerst geräumige Zugtoilette betritt. Der sieht sie nur an, sagt nichts und lässt die Tür hinter sich zugleiten, gerade als der Zug in den Bahnhof Lünern einfährt.

»Ts, ts, ts«, macht Omma Gisi, enttäuscht von der mangelnden sozialen Kompetenz der nachwachsenden Generationen.

Kurt S. (45) verriegelt die Tür der Zugtoilette. Mein Gott, das war knapp, er hält es keine Sekunde länger aus.

Mit einem Ruck öffnet er den Trenchcoat. Darunter ist er nackt. Also, er trägt natürlich Kniestrümpfe, aber sonst nichts.

Nun ja, *nichts* stimmt nicht so ganz. Er hat den Brust- und Taillenharnisch mit Metallpenisring umgeschnallt, den ihm seine Frau Susi zum Geburtstag geschenkt hat. Es ist ein Einteiler aus abgesteppten, verstellbaren Lederriemen in Echtleder für den wagemutigen Fetisch-Warrior. Leider in Größe L/XL. Kurt hätte aber XXL gebraucht. So bekommt er kaum Luft in dem Teil. Keuchend beugt er sich über das Metallwaschbecken. Wie soll er das nur den ganzen Tag aushalten? Als seine Susi ihm damals vorgeschlagen hat, es mal mit »was Härterem« zu versuchen, hat er sich eigentlich vorgestellt, dass sie sich in Plüschhandschellen vor ihm auf dem Bett räkelt und er ihr beim Vögeln den Hintern versohlt.

Von wegen! Susi hatte da ganz andere Neigungen und vor allem andere Pläne. Deshalb steht er jetzt hier, als sogenannter Sub, im Lederharnisch mit Hodenklemme auf dem Weg zum jährlichen Freundschaftstreffen des Soester BDSM-Klubs *Hellweg Pain* mit den Mitgliedern des Vereins *Schmerz Schwarz-Gelb e. V.* aus Dortmund.

Bei dem heutigen Spieleabend wird es Kitzelstrafen und Wachsspiele und strenge Erziehung aller Art geben, und er, Kurt, würde bestimmt wieder viel zu viel gepeitscht, weil er – wie jedes Mal – sein *safeword* vergessen würde. Wenn er nur die Lederriemen lockern könnte! Aber die hat seine Susi mit einem Vorhängeschloss gesichert.

Kurt ist gerade dabei, gewisse Körperteile unter dem dünnen Wasserstrahl aus dem Zugwaschbecken zu kühlen, als es klopft.

»Da is einer drin!«, ruft Omma Gisi der grazilen Rothaarigen zu, die an die Toilettentür klopft. Drei Mal lang, drei Mal kurz.

»Ja, ich weiß«, antwortet die junge Frau lächelnd. »Das ist mein Mann.«

Die Tür gleitet auf und sie schlüpft hinein.

»Hach, was die da drin wohl treiben?«, gluckst Omma Gisi und stößt ihren Alfred an.

Omma Gisi ist nicht von vorgestern, sie weiß, dass Zugtoiletten nicht nur ihrem eigentlichen Zweck entsprechend genutzt werden. Da gibt es auch Quickies. In ihrem über siebzigjährigen Leben – davon zwanzig Jahre berufsbedingt als Bahn-Pendlerin – hat sie sich angesichts des einen oder anderen ranken Fahrscheinkontrolleurs durchaus hin und wieder gewünscht, auch einmal eine Zugtoilette in diesem Sinne zweckzuentfremden …

Aber Kurt und Susi treiben es in der Zugtoilette nicht miteinander. Susi befiehlt: »Hier, anlegen!«, und reicht ihrem Mann die Nippelklemmen aus Edelstahl, die sie letzte Woche bei *beate-uhse.com* online gekauft hat.

Sie haben eben Unna hinter sich gelassen. Die Hellweg-Bahn gleitet durch blühende Landschaften. Ein Greifvogel durchmisst das Blau des Himmels, um sich dann blitzschnell auf einen arglosen Hasen in einem Rübenfeld zu stürzen.

»Da is wer drin!«, ruft Omma Gisi erneut, als Manni an der Tür zur Toilette ruckelt.

Manni schluckt schwer. Gleich wird *SIE* wieder zu ihm sprechen, diesmal mit besonders viel Text. Da muss er allein sein. Allein mit sich und ihrer Stimme. Unbedingt! Wie soll er sonst … zu spät. Da erklingt schon der melodische Jingle und sie spricht: »In Kürze erreichen wir Holzwickede, Flughafen Dortmund. Sie haben Anschluss an den Shuttlebus zum Flughafen. Ausstieg in Fahrtrichtung rechts.« Manni erschauert, denn jetzt kommt dasselbe noch mal auf Englisch. Auf Englisch klingt ihre Stimme noch viel erotischer. Manni erschauert demzufolge auch viel heftiger.

Die Toilettentür geht auf und Kurt und Susi kommen heraus. Aber jetzt ist es zu spät.

Manni presst beide Hände an die Toilettentür und erbebt in der Hüftregion. Das war dann wohl für ihn der Höhepunkt der Reise.

Im Gehen klappt der hochgestellte Kragen von Kurts Trenchcoat um und man sieht das Hundehalsband mit den

Stahlnieten, mit dem Susi ihn eben noch zusätzlich überrascht hat. Omma Gisi schüttelt den Kopf.

»Lauter Abartige«, murmelt sie. Dabei ist Omma Gisi eigentlich die Letzte, die hier die Moralkeule schwingen sollte. Weil sie wegen ihrer Beine nicht mehr im Verkauf arbeiten kann und weil die mickrigen Renten von Alfred und ihr vorn und hinten nicht reichen, verdient sie sich neuerdings im Telefonmarketing etwas dazu. Für eine 0900er-Nummer heizt sie als *Reife Perle 65 plus* den Männern für 1,99 Euro die Minute ein. Zudem ist sie im Januarheft von *Frauen – reif und sexy* das Centerfold gewesen. Natürlich unter Pseudonym. Als *Wilde Hilde aus Hemmerde.* Alfred war ausgeflippt, als ihm bei der letzten Inspektion seines Rollstuhls der Medizintechniker zwinkernd das Heft zugeschoben hatte.

Männer, die auf Züge starren. Sie sind zu viert. Und sie wissen, dass sie nicht geliebt werden, nein mehr noch, manche hassen sie sogar. Man nennt sie ›Kontrolettis‹. Sie selbst bezeichnen sich als ›Mitarbeiter des Prüfdiensts‹. In ihrem Job rechnen sie immer mit dem Schlimmsten. Beschimpfungen gehören zur Tagesordnung. Das Kontrollieren der Fahrscheine wird immer gefährlicher. Ein Kollege von ihnen – na schön, nicht bei der Hellweg-Bahn, sondern im Duisburger Nahverkehr – ist erst vor Kurzem brutal niedergeschlagen worden. Darum sind sie auch alle bewaffnet. Mit Pfefferspray und Tasern. Und mit dem Mut derer, die wissen, dass sie ihre Pflicht zu tun haben.

Sie stehen am Gleis in Sölde. Und starren. Und da vorn kommt sie auch schon, die Hellweg-Bahn.

Und die Katastrophe nimmt ihren Lauf …

Auf die Minute pünktlich hält die RB59 in Sölde. Die Türen gehen auf. Vier Männer und eine Frau treten ein. Niemand beachtet sie groß. Nur Horst springt auf. Das muss sie sein. Seine Martina. Mit der er gleich romantische sechzehn Minuten bis zum Dortmunder Hauptbahnhof fahren wird, um dort mit ihr einen Kaffee zu trinken. Sie ist sein erstes Date seit fünf Jahren! Entsprechend nervös ist er. Der Frosch in seinem Hals verhindert eine artikulierte Lautäußerung. Er kann nur grunzen.

Das Grunzen klingt bedrohlich.

Schaf Mona mäht in Panik.

Die vier von der Kontroletti-Gang wirbeln herum. Sie sehen einen hageren Kerl mit wirrem Blick, der zwei lange, schwarze Metallröhren aus seinen Manteltaschen gezogen hat und in ihre Richtung hält. Sie fühlen sich akut von Horst bedroht.

Günther K., Dienstältester der Truppe, zieht sein Pfefferspray und tut, was getan werden muss. Er sprüht.

In diesem Moment hat Horst aber schon beide Daumen auf die Auslöser gepresst. Die Konfetti-Kanonen schießen ihren Inhalt quer durch den Triebwagen. Und während die extra langsam fallenden, leuchtend roten Konfettiherzen zu Boden segeln, schreit sich Horst die Lunge aus dem Leib. So ein hoch dosierter Pfeffernebel in den Augen ist wahrlich kein Vergnügen.

Mit voller Wucht trifft es aber Mona. Für die preisgekrönte Heidschnucke ist das alles hier im Triebwagen eindeutig zu viel. Der rote Regen, die schreienden Menschen.

Mona blökt ein letztes Mal. Und fällt tot um.

Herzschlag.

»NEIN!«, gellt Dennis, als er begreift, dass Mona in die ewigen Schafgründe eingegangen ist. »NEIN!«

Ruhig bleibt in diesem Tohuwabohu aus Lärm und Farbe nur Omma Gisi. Sie zieht die rote Notbremse direkt neben der Tür. Weil sie das immer schon mal tun wollte.

Dortmund Hauptbahnhof. Die Hellweg-Bahn rollt mit eklatant unplanmäßiger Verspätung auf Gleis 4 ein. Polizei und Sanitäter stehen schon bereit. Von den Mitgliedern des BDSM-Klubs Soest haben sich zwei Subs und drei Doms bei der Notfallbremsung hinter Sölde Schürfwunden zugezogen. Es gibt eine Gehirnerschütterung und zwei Kreislaufzusammenbrüche, einer davon ist Dennis, der die leblose Mona im Arm hält und sich vor Qual die Seele aus dem Leib schluchzt.

Manni schluchzt auch, aber nur, weil er in Holzwickede nicht rechtzeitig in die Toilette kam, um dort mit seinem Handy IHRE Ansage aufnehmen und sie in Ruhe zu Hause immer und immer wieder anhören zu können.

Lokführer Rüdiger entsteigt gebeugt dem Führerstand des Triebwagens. Er hat sich während der Notbremsung, bei dem hektischen Versuch, seine Nudel wieder einzupacken, den Schniedel im Reißverschluss geklemmt. Er schluchzt ebenfalls.

Die Männer vom Prüfdienst haben dem halb blinden Horst die Augen mit Wasser ausgespült und führen ihn nun heraus. Martina sagt noch, wie süß sie die Idee mit dem Konfetti findet, dass sie und Horst ihrer Meinung nach aber nicht füreinander geschaffen seien. Es sei nichts Persönliches. Hotte schluchzt folglich auch.

Omma Gisi ist die Einzige, die nicht schluchzt. Sie setzt ganz auf ihr Alter (»Ich kann ja kaum noch was sehen und das hat so furchtbar geruckelt, da hab ich mich an dem roten Griff festgehalten, Herr Bahninspektor!«) und kommt mit einer Verwarnung davon.

Sie schiebt ihren Alfred nach draußen. Dessen Knie zuckt nicht mehr, also ist er jetzt endgültig hinüber. Im Grunde hätte er schon lange tot sein sollen. Nach dem Streit gestern

Abend, bei dem er ihr strikt untersagt hatte, weiter Telefonsex zu betreiben, hat sie ihn bei seinem samstäglichen Wannenbad ertränkt. Es war schon ein bisschen gruselig, dass sein Knie so lange noch gezuckt hat. Aber aus ihrer Jugend auf dem Bauernhof weiß Omma Gisi, dass manche Hühner nach dem Schlachten ja auch noch eine Weile ohne Kopf auf dem Hof herumliefen. Warum sollte eine Männerleiche da nicht zucken dürfen?

Jetzt ist sie diesen Klotz an ihrem Bein aber endlich los. Sie wird ihn mit der U 47 zum Hafen bringen und in den Dortmund-Ems-Kanal kippen. Mitsamt Rollstuhl. Und dann wird sie der Welt zeigen, wie viel Saft noch in der alten Zitrone steckt!

Jawoll!

Autorinnen und Autoren

Marc-Oliver Bischoff, geboren 1967 in Lemgo, verschlug es nach dem wirtschaftswissenschaftlichen Studium zunächst an den Bodensee, in die Schweiz und schließlich nach Frankfurt, der Stadt, der er sich bis heute am meisten verbunden fühlt. Inzwischen lebt und arbeitet er in der Nähe von Stuttgart. Für seinen ersten Kriminalroman *Tödliche Fortsetzung* wurde er mit dem ›Friedrich-Glauser-Preis‹ in der Sparte ›Debüt‹ ausgezeichnet. Zuletzt erschien von ihm *Die Voliere* (2013).

www.marc-oliver-bischoff.de

Martin Calsow, geboren 1970 in Münnerstadt, wuchs am Rande des Teutoburger Waldes auf. Nach seinem Zeitungsvolontariat arbeitete er bei verschiedenen deutschen TV-Sendern in Köln, Berlin und München. Ein langer Aufenthalt im Nahen Osten führte ihn schließlich zum Schreiben. Nach zwei Thrillern veröffentlichte er mit *Quercher und die Thomasnacht* seinen ersten Krimi mit dem unkonventionellen bayerischen Ermittler Max Quercher. Zuletzt erschien von ihm *Quercher und der Volkszorn* (2014).

www.martin-calsow.de

Osman Engin, geboren 1960 in Izmir, lebt seit 1973 in Deutschland. Er schreibt regelmäßig Satiren für verschiedene Magazine und die Hörfunkrubrik *Alltag im Osmanischen Reich* für Funkhaus Europa. Er veröffentlichte bisher mehr als fünfzehn Bücher, darunter *Tote essen keinen Döner* (2008) und *1001 Nachtschichten – Mordstorys am Fließband* (2010). Zuletzt erschien sein Roman *Deutschland allein zu Haus* (2013).

www.osmanengin.de

Lucie Flebbe, geboren 1977 in Hameln, schrieb mit vierzehn Jahren ihre ersten Geschichten und veröffentlichte 2008 als Lucie Klassen mit *Der 13. Brief* ihr von der Kritik hoch gelobtes Krimidebüt. Seitdem schrieb sie – jetzt unter ihrem neuen Ehenamen Lucie Flebbe – weitere fünf Krimis mit den Abenteuern ihrer unkonventionellen Heldin Lila Ziegler, zuletzt erschien *Tödlicher Kick* (2014).

www.lucieflebbe.de

Nina George, geboren 1973 in Bielefeld, lebt und arbeitet als Schriftstellerin und Journalistin in Concarneau. Als Anne West schrieb sie erfolgreiche Erotika, als Nina George veröffentlichte sie mehr als sechshundert Kolumnen, neunzig Shortstorys und fünf Romane. 2012 wurde sie für die Story *Das Spiel ihres Lebens* mit dem ›Friedrich-Glauser-Preis‹ ausgezeichnet. Zuletzt erschien ihr Roman *Das Lavendelzimmer* (2013), der über ein Jahr auf der Bestsellerliste stand, sowie der Auftakt zu einer neuen Provencekrimireihe *Commissaire Mazan und die Erben des Marquis*, den George mit ihrem Mann, dem Schriftsteller Jo Kramer, unter dem Doppelpseudonym Jean Bagnol verfasste.

www.ninageorge.de www.jeanbagnol.de

Peter Gerdes, geboren 1955 in Emden, fuhr schon mit sechzehn zur See und arbeitete in diversen Berufen, zuletzt als Journalist und Lehrer. Er lebt mit seiner Familie im ostfriesischen Leer und schreibt seit 1995 Krimis. Daneben rief er die *Ostfriesischen Krimitage* ins Leben und betätigte sich als Herausgeber. Zusammen mit seiner Frau Heike gründete er 2011 das *Tatort Taraxacum* mit Krimibuchhandlung, Restaurant und regelmäßigen Veranstaltungen. 2014 erschien sein zwölfter Kriminalroman *Langeooger Lügen.*

www.facebook.com/ostfriesische.krimitage.3
www.tatort-taraxacum.de

Peter Godazgar, geboren 1967 in Korschenbroich, studierte in Aachen und volontierte bei der *Mitteldeutschen Zeitung* in Halle, wo er heute als Redakteur arbeitet. Er schrieb unter anderem den Filmroman zu Til Schweigers *Knockin' On Heaven's Door* und bisher drei humoristische Krimis mit dem tölpelhaften Privatermittler Markus Waldo. Zuletzt erschienen von ihm die Liebeskomödie *Willst du mein Single sein?* (2013) und der Thriller *8*, den er gemeinsam mit sieben KollegInnen in acht Tagen im Krimi-Bootcamp eines Verlages verfasste.

www.peter-godazgar.de

Andreas Gruber, geboren 1968 in Wien, studierte an der dortigen Wirtschaftsuniversität. Er lebt als freier Autor mit seiner Familie und vier Katzen in Grillenberg in Niederösterreich. Andreas Gruber veröffentlichte seit 1997 eine Vielzahl von Short Storys, ehe er mit *Der Judas-Schrein* 2005 seinen ersten Roman vorlegte, einen Thriller mit Horrorelementen. Inzwischen ist mehr als ein halbes Dutzend Romane von ihm erschienen – zuletzt *Todesfrist* und *Herzgrab* (2013).

www.agruber.com

Thomas Hoeps und **Jac. Toes** sind das erste deutsch-niederländische Krimiautorenteam. Thomas Hoeps, geboren 1966 in Krefeld, promovierte als Germanist in Dresden und leitet seit 2004 das Kulturbüro Mönchengladbach. Jac. Toes studierte niederländische Literatur in Arnheim und publizierte 1993 seinen ersten Krimi. Gemeinsam schrieben Hoeps und Toes die Krimitrilogie *Nach allen Regeln der Kunst, Das Lügenarchiv* und *Höchstgebot.* Zuletzt gaben sie die deutsch-niederländische Anthologie *Schmugglerpfade* (2014) heraus.

www.hoeps.wordpress.com
www.jactoes.nl

Ralf Kramp, geboren 1963 in Euskirchen, lebt als Krimiautor und Veranstalter von Krimi-Erlebniswochenenden in Hillesheim in der Eifel. Mit seiner Frau Monika leitet er dort das *Kriminalhaus* mit dem *Café Sherlock* und dem *Deutschen Krimi-Archiv* (30.000 Bände). Er veröffentlichte bisher mehr als ein Dutzend Kriminalromane und mehr als hundert Kriminalstorys. Zuletzt erschien von ihm *Stimmen im Wald* und der Roman *8*, den er gemeinsam mit sieben KrimikollegInnen schrieb.

www.ralfkramp.de
www.kriminalhaus.de

Die Krimi-Cops – das sind die Polizisten Klaus Stickelbroeck, Ingo Hoffmann, Martin Niedergesähs, Carsten Rösler und Carsten Vollmer. Ihren ersten Gemeinschaftskrimi *Stückwerk* (2007) schrieben sie, als sie noch gemeinsam in der Dienstgruppe Anton auf der Polizeiinspektion Ost in Düsseldorf Dienst schoben. Inzwischen sind drei weitere Gemeinschaftskrimis dazugekommen. Klaus Stickelbroeck hat seine ›Solokarriere‹ mit eigenen Krimis vorangetrieben.

www.krimi-cops.de

Martin Krist, geboren 1971 am Niederrhein, lebt in Berlin. Seit 1997 ist er als Schriftsteller tätig. Nach mehr als dreißig Sachbüchern, darunter Biografien über die Hamburger Kiez-Ikone Tattoo-Theo, die Punk-Diva Nina Hagen und die Grunge-Ikone Kurt Cobain, schreibt er seit 2005 Krimis und Thriller. Zuletzt erschien von ihm *Drecksspiel* (2013).

www.martin-krist.de

Tatjana Kruse kam 1960 in einem Zug zur Welt und ist seitdem leidenschaftliche Zugfahrerin. Und natürlich schreibt sie nicht nur ihre Kriminalromane und Kurzkrimis auf der Schiene (unter anderem ihre Serie um den stickenden Exkommissar Siggi Seifferheld), die ihr den Ruf ›Königin der Crime-Comedy‹ einbrachten, sondern erlebt auch Menschliches und allzu Menschliches in Großraumwagen, Ruheabteilen und Zugtoiletten …

www.tatjanakruse.de

Volker Kutscher, geboren 1962 in Lindlar, studierte Germanistik, Philosophie und Geschichte und arbeitete als Lokalredakteur in Wipperfürth. 1995 veröffentlichte er mit *Bullenmord* seinen ersten Krimi, seit 2007 schreibt er an einer erfolgreichen Serie historischer Kriminalromane, die in der Weimarer Zeit angesiedelt sind. Im Mittelpunkt steht der Kölner Kommissar Gereon Rath, der in Berlin vor dem Hintergrund der nationalsozialistischen Machtergreifung ermittelt. Zuletzt erschien *Märzgefallene – Gereon Raths fünfter Fall* (2014). Derzeit arbeitet der Regisseur Tom Tykwer an einer Umsetzung der Gereon-Rath-Romane als TV-Serie unter dem Titel *Berlin Babylon.*

www.gereonrath.de

Sandra Lüpkes, geboren 1971 in Göttingen, verbrachte die längste Zeit ihres Lebens auf der Nordseeinsel Juist und wohnt nun in Münster, wo sie als freie Autorin und Sängerin arbeitet. Sie veröffentlichte bisher mehr als zehn Romane, zahlreiche Kurzgeschichten und einige Sachbücher. Besonders ihre aufgeweckte, etwas chaotische Serienheldin Wencke Tydmers, die inzwischen als Profilerin beim LKA tätig ist, hat eine bundesweite Fangemeinde. Zuletzt erschien der neunte Krimi mit Wencke Tydmers – *Götterfall* (2013).

www.sandraluepkes.de

Beate Maxian, geboren 1967 in München, verbrachte ihre Kindheit in Bayern, Österreich und im arabischen Raum. Sie lebt und arbeitet als Autorin, Moderatorin und freie Journalistin in Wien und in Oberösterreich. Bisher veröffentlichte sie neben zahlreichen Kurzkrimis neun Kriminalromane, zuletzt *Tod hinter dem Stephansdom* (2013) und *Der Tote vom Zentralfriedhof* (2014).

www.maxian.at

Ingrid Noll, geboren 1935 in Shanghai, kam 1949 mit ihrer Familie nach Deutschland und wuchs im Rheinland auf. Sie arbeitete in verschiedenen Berufen, heiratete und begann erst im Alter von fünfundfünfzig zu schreiben. Ihr Debüt *Der Hahn ist tot* wurde ein Bestseller, dem zahlreiche weitere folgten. Bislang veröffentlichte Ingrid Noll rund ein Dutzend Romane, die sich nie an dem Muster des klassischen Krimis orientieren, sondern Alltagsgeschichten erzählen, in denen der latente Wahnsinn hinter der Fassade solider Kleinbürgerlichkeit aufgedeckt wird. Zuletzt erschien von ihr *Hab und Gier* (2014).

Jutta Profijt, geboren 1967 in Ratingen, ging nach dem Abitur ins Ausland, verkaufte Walzwerke und unterrichtete Unternehmensvorstände und Studenten. Sie veröffentlichte 2009 ihren Kriminalroman *Kühlfach 4* mit Pascha, dem Geist eines prolligen Autoschiebers, der gemeinsam mit ›seinem‹ Rechtsmediziner ermittelt. Es folgten bisher vier weitere *Kühlfach*-Romane – zuletzt *Knast oder Kühlfach* – und viele andere Geschichten.

www.juttaprofijt.de

Arno Strobel, geboren 1962 in Saarlouis, lebt in der Nähe von Trier und arbeitete bis Anfang 2014 bei einer großen deutschen Bank in Luxemburg als IT-Fachmann. Seitdem ist er nur noch als freiberuflicher Autor tätig. Er begann erst im Alter von vierzig Jahren zu schreiben und veröffentlichte seitdem mehr als ein halbes Dutzend Thriller. Zuletzt erschien von ihm *Das Rachespiel* (2014).

Sabine Trinkaus, geboren 1969 in Hessen, aufgewachsen im hohen Norden, lebt heute in Alfter bei Bonn. Seit 2007 verarbeitet sie ihre kriminellen Energien in kurzen und langen Geschichten. 2010 erhielt sie den ›Agatha-Christie-Krimipreis‹ für ihre Story *Am Tatort,* 2012 erschien ihr erster Roman *Schnapsleiche,* es folgten *Schnapsdrosseln* und zuletzt *Der Zorn der Kommissarin* (2014).

www.sabine-trinkaus.de

Gabriella Wollenhaupt, Jahrgang 1952, arbeitet als Fernsehredakteurin in Dortmund. Ihre freche Polizeireporterin Maria Grappa hatte 1993 ihren ersten Auftritt. Mit *Grappa sieht rosa* stellt sie zum vierundzwanzigsten Mal ihre Schlagfertigkeit unter Beweis. Zudem hat sich die Autorin gemeinsam mit ihrem Ehemann Friedemann Grenz mit *Blutiger Sommer* auf einen Ausflug in den Vormärz und mit *Schöner Schlaf* in die Kunstszene begeben.

www.gabriella-wollenhaupt.de

Herausgeberin & Herausgeber

H. P. Karr, geboren 1955, lebt im Ruhrgebiet. Er veröffentlichte rund ein Dutzend Thriller, darunter – gemeinsam mit Walter Wehner – die Gonzo-Romane, von denen *Rattensommer* 1996 als bester Krimi des Jahres mit dem ›Friedrich-Glauser-Preis‹ ausgezeichnet wurde. Im Jahr 2000 erhielt das Autorenteam den ›Literaturpreis Ruhrgebiet‹. Er ist seit 2002 Mitherausgeber der Anthologien zum Festival *Mord am Hellweg,* außerdem Krimiexperte in der *Telefonischen Mordsberatung* auf WDR5. Zuletzt erschien von ihm *Agentur LUX – Volles Risiko* (2012) und *Vera Falck ermittelt* (2013).
www.hpkarr.de

Herbert Knorr wurde 1952 in Gelsenkirchen geboren. Der promovierte Literaturwissenschaftler ist seit 1994 Leiter des *Westfälischen Literaturbüros in Unna e. V.* und dort zuständig für Autoren- und Literaturförderung für NRW. Unter anderem ist er Ideengeber und einer der Festivalleiter der Biennale *Mord am Hellweg,* des größten internationalen Krimifestivals Europas; seit 2011 Intendant des Netzwerkprojektes *literaturland westfalen.* Neben zahlreichen Sachbüchern, Satiren, Kurzkrimis und Herausgeberschaften (unter anderem für die Hellweg-Krimibände I bis VII) schrieb er unter dem Pseudonym Chris Marten zusammen mit Birgit Biehl die bei Lübbe veröffentlichten Thriller *Hydra* (2009) und *Todespfad* (2011).
www.herbert-knorr.de
www.wlb.de
www.literaturlandwestfalen.de

Sigrun Krauß, geboren 1957 in Großburgwedel bei Hannover, lebt seit 1990 in Unna. Studium der Anglistik, Amerikanistik und Romanistik an der Johannes-Gutenberg-Universität Mainz. Freie Lektorin für diverse Verlage und Leitung des ›Open Ohr Festivals Mainz‹. Seit Juli 1990 bei der Stadt Unna und als Bereichsleiterin Kultur verantwortlich für die Kultur und Kulturinstitutionen der Kreisstadt Unna. Initiatorin einer Vielzahl kultureller Projekte, unter anderem hat sie seit 2002 gemeinsam mit Herbert Knorr die Festivalleitung der Krimi-Biennale *Mord am Hellweg* inne. Daneben agiert sie als Geschäftsführerin des Lichtkunstprojektes im öffentlichen Raum *Hellweg-ein-Lichtweg*, einem weiteren regionalen Projekt der Kulturregion Hellweg.

www.unna.de

www.hellweg-ein-lichtweg.de

Der Krimiband „Sexy.Hölle.Hellweg“ ist Teil des Projektes Mord am Hellweg VII, Europas größtem internationalem Krimifestival. Wir bedanken uns bei allen Förderern, Sponsoren und Medienpartnern des Festivals.

Hauptförderer

Ministerium für Familie, Kinder, Jugend, Kultur und Sport des Landes Nordrhein-Westfalen

RUHR Kulturmetropole

Sparkasse UnnaKamen

BUSSE & BAHNEN NRW

Medienpartner

WDR 5

WELT am SONNTAG

Festivalhotel

Ringhotel Katharinen Hof ★★★★ Familie Kilpe

Einzelne Veranstaltungen oder Veranstaltungsreihen werden unterstützt von

Polnisches Institut Düsseldorf

Sparkasse Bergkamen-Bönen

Institut Français Düsseldorf

Fundacja Współpracy Polsko-Niemieckiej / Stiftung für deutsch-polnische Zusammenarbeit

Sparkasse Lünen

Gemeinschaftsstadtwerke Kamen · Bönen · Bergkamen GSW

Nederlands letterenfonds dutch foundation for literature

Norwegische Botschaft

Schwedische Botschaft

IKEA

VKU

Hauptveranstalter

UNNA

Westfälisches Literaturbüro in Unna e.V.

Krimihäppchen ins Jenseits

Zügig ins Jenseits

Mörderische Geschichte für Bahnfahrer
ISBN 978-3-89425-415-5
Auch als E-Book erhältlich

Mord in vollen Zügen – die etwas andere Reiselektüre

Sechzehn Kurzgeschichten, die sich mit allen Aspekten befassen, die das Bahnfahren liebenswert und so mörderisch unterhaltsam machen. Folgen Sie unseren KrimiautorInnen auf dem Schienennetz und überzeugen Sie sich selbst: Für manchen Reisenden kommt die Endstation früher als erwartet …

Zugestiegen sind: Angela Eßer, Roger M. Fiedler, Romy Fölck, Nicola Förg, Edgar Franzmann, Nina George, Ralph Gerstenberg, Peter Godazgar, Stephan Hähnel, Kathrin Heinrichs, Michael Herzig, Tatjana Kruse, Jutta Profijt, Niklaus Schmid, Ella Theiss und Alexandra Trudslev.

»Genau die richtige Lektüre für Bahnfahrer – Berufspendler ebenso wie Urlaubsreisende.« Ruhr Nachrichten

Online ins Jenseits

14 Krimihäppchen von App bis .zip
ISBN 978-3-89425-432-2
Auch als E-Book erhältlich

Twitter mir das Lied vom Tod

Wenn die ›Netiquette‹ versagt, das YouTube-Video bloßstellt, ein Hacker seine Tastatur glühen lässt oder ein falscher Freund alles über einen erfährt, dann ist man im Internetzeitalter angekommen.

Namhafte KrimiautorInnen sind online gegangen und haben die heimtückischsten Cybermorde aufgespürt: Frank Bresching, Jürgen Ehlers, Roger M. Fiedler, Christiane Geldmacher, Karr & Wehner, Krystyna Kuhn, Sunil Mann, Jörg Marenski, Sabina Naber, Karl Olsberg, Roland Spranger, Sebastian Stammsen, Sabine Thomas und Rainer Wittkamp.

»Eine spannende Lektüre, die man offline genießen sollte. Damit man nicht online ins Jenseits surft.« Petra Samani, lovelybooks.de

Mörderisches Ruhrgebiet

Theo Pointner

Abgesang

Print-ISBN 978-3-89425-390-5
E-Book-ISBN 978-3-89425-855-9

Katharina Thalbach und ihre Kollegen von der Bochumer Kripo bekommen es mit gleich zwei ungewöhnlich brutalen Mordfällen zu tun: Kurz nacheinander werden Mandy und Svenja Maslarski ermordet aufgefunden. Die beiden Frauen sind Mutter und Tochter, und jede durchlitt ihr eigenes Martyrium. Während das fünfzehnjährige Mädchen brutal erstochen wurde, fand bei ihrer Mutter eine fast rituelle Tötung statt.

Als auch noch ein fünfjähriger Junge verschwindet, steht die Frage nach einem Serientäter im Raum und den Ermittlern läuft die Zeit davon ...

»Der Bochumer Autor ist bekannt für raffinierte und fesselnde Plots mit Figuren, die man nicht so leicht vergisst.« Ostthüringer Zeitung

Reinhard Junge

Achsenbruch

Print-ISBN 978-3-89425-354-7
E-Book-ISBN 978-3-89425-855-9

Vor dem Haus der Bochumer Oberbürgermeisterin Irmhild Sonnenschein explodiert eine Autobombe und tötet ihren Lebensgefährten Lukas Beißner. Hauptkommissar Lohkamp vermutet, dass die Bombe ihr Ziel verfehlt hat und ein politischer Machtkampf gegen die OB tobt. Das BKA lässt jedoch öffentlich verlauten, dass islamistische Terroristen am Werk waren.

Das Fernsehteam PEGASUS recherchiert derweil den Hintergrund des Opfers und verschafft sich Zutritt zu Beißners Zweitwohnung. Was Kalle Mager auf Beißners Laptop entdeckt, sorgt nicht nur für jede Menge Zündstoff, sondern bringt ihn selbst hinter Gitter …

»Mit Witz und Ironie zielt Reinhard Junge auf geltungssüchtige und korrupte Lokalpolitiker.« Buch aktuell